プロレタリア文学の経験を読む

浮浪ニヒリズムの時代とその精神史

武藤武美

影書房

プロレタリア文学の経験を読む

——浮浪ニヒリズムの時代とその精神史

目次

第一部　浮浪する精神の諸相　7

或る批評精神の形姿　9
——正宗白鳥小論

浮浪文化と「第七官界」　19
——尾崎翠の一冊の全集

不安と混沌の原初的形態　31
——『源氏物語』『更級日記』から

第二部　浮浪文化と克服の諸相　43

「操觚者」中野重治　45
——そのグニャグニャの雑文精神

アナーキズムと芸能　58
——プロレタリア文学の「失敗」と「可能性」

文学革命としての『空想家とシナリオ』　82
——前衛作家の「地獄めぐり」

「観音」と「車輪」　104
——『『暗夜行路』雑談』雑感

傍観のパラドクス　126
——鷗外と重治を重ねて読む
プロレタリア文学の再生　150
——中野重治「素樸ということ」を読み換える
葉山嘉樹の「転向」　162
——『今日様』『氷雨』『暗い朝』
啄木・春夫・重治　182
——「騒擾時代」の精神史的覚書
白鳥・折口・犀星　210
——「ごろつき」の文学

第三部　新たなる浮浪と離散の時代　237

チャップリンと浮浪者　239
——映画に見る二十世紀の世界
「戦後責任」とは何か　245
——大衆芸能を手掛かりとして

補論　読書の小窓から——旧刊紹介　263
経験の発見　宮本常一『野田泉光院——旅人たちの歴史1』　265

或る生き方の探求　川崎彰彦『夜がらすの記』　269
〈女〉――この名づけえぬもの　J・クリステヴァ『中国の女たち』　274
一人一人に何が出来るか　E・ライマー『学校は死んでいる』　278
歴史的想像力の輝き　石母田正『日本の古代国家』　282
かくも慎ましき形姿　G・ヤノーホ『カフカとの対話』　286
濃やかさの追求　耕治人『天井から降る哀しい音』　290
ユートピアへの冒険　伊谷純一郎『ゴリラとピグミーの森』　294

第四部　浮浪ニヒリズムの克服――藤田省三を読む　299

日本社会の底にあるもの
――『藤田省三対話集成2』　301
過ぎ去りしものからのユートピア
――『精神史的考察』　313
普遍的道理に従う「義侠」の人
――「『安楽』への全体主義」　320

あとがき　328
初出一覧　329

第一部　浮浪する精神の諸相

或る批評精神の形姿
――正宗白鳥小論

一九〇八（明治四十一）年の夏、正宗白鳥は近松秋江と一緒に丸善に遊び、さらに三越呉服店に立ち寄った。きらびやかな着物に目移りしてキョロキョロ見回している秋江を尻目に、白鳥は「なるほど、これでは婦女子をして狂せしむる筈だ」などと呟きながらスタスタ先へ歩いて行く。三階に上ると、そこには絵画や陶漆器類が陳列してある。それは後に大震災を経て百貨店時代を創り出すことになる、その先駆的前身が初めて姿を現わしたものなのであった。窓外には三井・日本・正金などの銀行の建物が人を圧するように屋根を連ねて突っ立っている。そこで秋江は問う、「借問す、『建次』先生の創造者は何と感じたか」と（近松秋江『文壇無駄話』）。「建次先生」とは白鳥の作品『何処へ』の主人公であった。

一九一〇年前後に書かれた白鳥の初期の代表作品『塵埃』『玉突屋』『何処へ』『微光』『泥人形』『窒息』等には、新聞社のしがない校正係をしている四十男の腰弁社員や、撞球場に四六時中トグロを巻いてゴロゴロしている不良学生どもや、両親の面倒を見なければならない筈の三十歳近くになってもいまだに三食つきの下宿などを探すことばかり考えてグズグズしている雑誌記者とか、かっての愛人と新しい恋人との間を往来してフラフラしているふんぎりの悪い卒業間際の学生とか、定職もないままに三十三歳にしてやっと結婚はしてみたものの妻に対しては何の感情をも抱くことのできない男などといった、そうした世間道徳からみてダラシのない連中が登場し、各々が便々とした暮しに明け暮れているありさまが描かれている。『窒息』とか『何処へ』とか『泥人形』とか『微光』とかという作品の題名を見ればそこに象徴的に示されているように、彼らはデパートや銀行が林立し玉突屋がはやり出したような新しい東京社会の中で、その日暮しの生活をしている根なし草のような人間なのであった。

こうした新しい「文化社会」の成立は、明治国家が制度的に完成した結果なのであった。国家が機構的に聳立したとき、「独立国家」を創出しようとした維新の健康な緊張をもった「立国の精神」は既に社会的に消滅し去っており、機構的制度の中にもぐり込もうとする連中が大挙して出現する一方、制度化された現実の中で何の精神的支えも見い出すことができずに、都市社会に流されて浮浪化する「遊民」の一群が確実に出現しつつあったのである。彼らは、学校制度の確立にともなってやがて大量に排出されることになる、制度によって作られた人間の、いわば良心的な先駆をなす者たちなのであった。「学問」の世界に触れることによって、「立身出世」に汲々としている俗物どもを否定しながら、同時に学校制度にへばりついて「権威」をふり撒く俗物的学者によって構成された虚偽の「学問的世界」にのめり込むことをも拒否し、制度によって作られながら、自分たちを産み出した制度そのものに対して決定的な違和感を抱かざるを得ない状態にあった。「国家」や「学問」や「機構」から期待され、世間的にはそれへと吸引されながら、しかもどんな生き方にも徹することの出来ない、そうした立脚点を失った極度に不安定な「宙ブラリン」の苦痛を社会的にも、したがって内面的にも否応なく痛切に経験していたわけで、これらの者こそ白鳥が自己を含めて描いた寄る辺なき孤独な人物、「世界に取残された淋しい人」(『何処へ』)たちなのであった。そしてこうした新しい「遊民」が陥った不安定で解体的な精神状況とほとんど相似形をなす内面的な特徴を頒ちもつ女として、正統な所属を失った半所属的な「お妾さん」を描いたところに『微光』の画期性があり、そのような女の典型を描いた作品が小説『毒婦のやうな女』なのであった。

こうした人物を描いた、生え抜きの自然主義作家白鳥の出現には社会的意味があった。それは、日露戦争前後に完成して機構的に整備された明治国家から突き離されて落ちこぼれ、「国家」や「栄誉」やあるいは「文壇的師弟関係」などとは全く無縁の存在となった「三文文士」にこそ、新しい状況下における人間のナマの生活と経験が逆にはっきりと見えてきたということであった。国家や団体からの没落経験によって、「上昇志向」にまとわりついている「儀式」や「五倫的道徳観」や「華美な外見」や、その他もろもろの虚偽意識が払拭されて、俗物的な「社会関係」から切り離された「自由」な存在となったとき、初めて「生の不安」と孤独が自覚されたのであった。そのときあらためて、人間とは何か、人生いかに生きるべきかという問題が生じたのであり、その課題をまともに背負って登場したのが自然主義作家としての正宗白鳥なのであった。だからこそ白鳥によって初めて「遊民」の苦痛と不安が的確に表現されたのであった。

むろんこうした新しい状況下における人間の根本問題について描こうとした作家は白鳥に限らない。彼とほぼ同時期に本格的に小説を書き始め、終始白鳥と対照的な立場にあったとされる漱石などもその一人であった。例えば三四郎は「ストレイ・シープ」と口走り、『それから』の代助は「ニル・アドミラリ」に陥っていた。その意味において漱石もまた新しい時代に対して典型的で代表的な応答をしていたことになる。しかしながら漱石の小説と白鳥のそれとの間には或る根本的な違いがある。既に白鳥自身が指摘していたことではあるが、漱石の作品にはいわば「仕掛け」が露骨なのだ。晩年になるにつれて弱まるにせよ、彼の作品には物事や世相や人間を「理屈」で解釈し、伏線をはりめぐらした脚色の面白さで読者に期待をもたせようとする意図が一貫してある。その意味で通俗的部分を含む（但し『道草』は除く）。その卓抜とされる「心理分析」もしばしば「人間通」ぶりの穿さくに堕してしまい、「女同士の話がまるで外交談判でもしてゐるやう」（白鳥）なありさまで、漱石の眼には「人物の筋肉の微動にも、一ページも書続けられるほどにその人の心の表現が籠つてゐるらしく見られるのだ。漱石の面前では、うつかり痒いところをちよつと掻く訳にも行かない」（白鳥）ことにもなる。つまりはもっともらしいのだ。

完結的体裁を作った「フィクション」とその中での心理分析が有効であったのは、人間の顔かたちに豊かな表現力と象徴性があり、そうした「性格」が生と社会の意味を表現することができた、そのような社会においてなのである。しかし生の社会的意味と目的が見失なわれてしまい、「物」（機構・制度）によって逆に人間が支配されているような無機的な世界の中では、人間的な真実はいわば無意識の深層の奥深くに埋もれているのが普通なのであって、外見からすぐにそれと察知しうる「表情」や「心理」などは、おそらく吹けば飛ぶようなどうでもよいしろものなのである。恣意による作為的な「筋立て」や「理屈」による「心理分析」なんかでは、もはや人間も出来事も完全には描き切ることが不可能な時代状況が出現したのが現代なのである。こうした現代に生きる思索者の大切な役割の一つが、崩壊しつつある社会の中で余儀なくフラフラうろつきまわりながら、だからこそその状況を我が身のこととして自覚しつつ、その自分をも含めて、この無機的な世界を批評的に描き、その中に埋もれている人間的真実を抉り出すことにあるとするならば、白鳥は少くともその第一歩を踏み出していたはずであった。そして間接的に言えば、それが秋江への回答でもあったはずである。現代作家の基本的条件は表面的な「創作力」にあるのではなくして、むしろ、現代における人間経験のこうした根本的変質についての自覚にその根本があるといっても過言ではあるまい。

白鳥は外見的に通りのよい高級通俗風の（エセ普遍の）「理屈」による解釈とか、それ自体で一見完結されたかに見える「フィクション」や作り事の「美」を拒否し、同時に時代に対して（むろん文壇なども含めて）順応してゆくような便乗的な「共感」や「感動」をも意識的に拒否して、自己を含めて世界を徹底して突き離し、出来事をまさにナマのままに表わすために、わざわざいわば雑報記事風に表現した。意識されたその表現は全く味もソッケもないブッキラボーなものであった。むろん彼の作品の登場人物にもいろんな悩みはある。しかし深刻な悩みさえも全く「事もなげ」に表現したのであった。このことは白鳥一流の、あの砂を嚙むような雑文的文体が如実に語っている。したがって、凡庸なことや珍奇であることがさも人間の普遍的真実であるかの如くに、いたわるように表現している凡百の自然主義的私小説作家とは全然違い、しかも同時に、当時はやりのインテリの深刻ぶった「余計者」の風情などは白鳥の文章にはほとんどみられなかった。憂うつ症状のインテリの内面は、例えば作品化された「女」の視点から皮肉に相対化されており、したがって意味ありげな風には絶対に描こうとしない白鳥の公正な精神が彼の文体の中に働いていた。虚偽と化した「形式」や表面を取り繕う「理屈」や装飾的化粧の「美」や状況便乗的な「共感」を拒否するこうした雑報記事的な文体によって、ゴタゴタとこんぐらがって複雑多岐にわたることとなった人間と社会の一局面を造作なしにムンズと把え、そうすることによってそこでうごめく人々の人間的真実をくっきりと掘り起そうとしていたのであった。そうした表現の一端は、例えば白鳥独特のあの小説の打ち切りの仕方に表われている。そこには、ダラダラと続いて終りのない現実の生活を前にして、それをいつまでもラチもなく書き続けるのではなく、その現実の含む真実を一見記録風に書き綴りながら、終りなきその現実をあたかも断ち切るかのようにして無理矢理に幕を閉めてしまったという風な、自然完結的な終り方を拒否する白鳥の断固たる姿勢が端的に示されていた。

この徹底した対象化の精神こそ現代における本物の散文精神であり、その方法的自覚の下に成ったものが、少くとも彼の初期作品なのであった。そしてこの方法的視点を意識的に地方の漁村へと転移させて、其処で都市へとなびきつつあった人々の生活と意識と下層貧民の生態を見事に切りとった作品が『五月幟』や『入江のほとり』や『牛部屋の臭ひ』等の傑作群なのであった。とくに『牛部屋の臭ひ』には、牛小屋に寝泊りしている半分腰の抜けた老婆と、目のみえない母親と、背負籠を背負って物売りしている後家であるその娘との、女三世代の乞食のように汚らしく貪婪な生活が、一人歩きの巡礼や朝鮮帰りの漁夫や脱営の罪で殺された男などとかみ合わされて、当時（現代）の流民化する不安定な状況におのずと重ね合わせられながら描かれていた。しかも、そうした悲惨で貧しく不安な貧民の生活が、ドサ回りの旅芸人が醸し出す年に一度の嬥歌（カガイ）風の雰囲気の中で祭りのような活気に満たされる瞬間が鮮やかに再現されていた。そうした雰囲気を導入部として展開されるこの小説の女たちには、季節の移り代りと年々の祭礼の繰り返しに象徴されている、太古の昔から連綿と再生産され続けてきた、生の悲惨を吸収する大地のような女のもつ根源的な力強ささえもが感じられるのであった（そしてこうした「母性の原理」は「機構化」と「合理化」が全社会的に貫徹されている現在ではもはや完全に消滅してしまったものなのである）。

こうして白鳥は、都市のド真中や地方の漁村において、浮浪化しつつうごめきあっていた人々の生地《きじ》の生態と精神風景をくっきりと把えていたのであった。だからこそ彼の作品には「現代」

が生き生きと表現されていただけではなく、そこには白鳥に固有の、或る克服への姿勢が確実に存在していたのであった。

白鳥の生涯を貫くテーマは「如何に生くべきか」という問題であり、それは世界から取り残されていることの不安に基づいていた。この不安感が白鳥を内村鑑三とダンテの『神曲』へと導いたのであった。「不安の影に驚いて、救ひを求むる心持をつけつけと吐露してゐる青年内村の意気込み」（白鳥）に感動した白鳥は、自己の内面を神という普遍者にのみ開こうとした。そうすることによって世界から捨てられていることの不安と孤独からの救いを求めたのである。しかしその結果白鳥が獲得したものは、むしろその不安からは絶対に逃れることの出来ない、神と共にただ二人ある真の自由と孤独だったのである。このことが白鳥に、世俗の何物からも歪められることのない強靱な自尊心と自分一個の感受性の他は何物にも頼ろうとしない強烈な自意識とを授けたのであった。かくして、その自尊心と自意識に基づいて、自分を見捨てた世界を逆に突き離し、人生を全くの独力で観察する「孤独者」白鳥が誕生したのであった。そしてこの「孤独者」が抱く「世界に対する断絶感」が白鳥をして、社会的には世間との慣習的な結びつきを断ち切らせ（ここに白鳥独特のあの、ブッキラボーで滑稽とも思える風体と物腰――中野重治の巧みな表現によれば「弱い山賊（?）のような恰好」――や、儀礼的交際を出来るだけ遠慮してひっそりとつつましやかに生活する態度が生まれる）、内面的には国家や政治はむろんのこと、文学や小説にさえも根本において関心を向けさせなかったのである（したがって白鳥には小説や戯曲や評論などといったジャンルの区別などどうでもよいことであり、ましてや「本格小説」を書こうとか、自然や女を巧みに描こうとか、人情の機微に通じようとか、そういった「文士気質」など微塵もなかった）。こうした白鳥にとって、時代に順応的な「同情」や独善的な「説教」や狂信的で預言者風の「煽動」などによって再び欺瞞に満ちた「世界」との繋がりを求めようとする、そのような「伝道」はもはや否定すべき対象でしかなかった。内村がそうした「伝道者」の有する虚偽的な性格をわずかでも頒ちもったかに見えたとき、白鳥はいともあっさりとキリスト教と訣別したのであった。こうして虚偽と欺瞞による世界との関係を一切断ち切った白鳥は、退屈で「つまらない」、しかも不安な人生を断固として受け入れつつそれをひたすら傍観し続けたのであった。それは白鳥にとって、いわばダンテ的な「地獄めぐり」の苦痛を甘受することでもあり、そうした「地獄」を潜り抜けることによって人間的なるものの再生と復活への熱意さえもが彼のその姿勢には含まれているようでもあったのだ。

晩年に書かれた『自然主義文学盛衰史』の中で藤村の『エトランゼ』をとりあげた際、旅行中に見聞した外国人の生活を書いたところで「ちよつとしたお愛嬌になるだけ」なのであり、藤村が「そんな現実の外国人や外国人の家庭なんかよりも、空想の外国人を作り上げて、それを相手にする気持になつたところに、私は好感を抱き共鳴を覚えるのである」と述べていた。パリでの「慰め難い無聊と、信じ難いほどの無刺戟」にさいなまれていたとき藤村はいつもきまって、自分のところに訪れて親しげに語りかけてくれる一人のエトランゼを空想してかろうじて慰藉を得ていたのであった。這いつくばるようにしてあれほど執念深くネチネチと人生を追究していた一人の作家が、逃避行の末、どうしようもない孤独にさいなまれるに至ったとき、やっとのことで救われたのは他ならぬ「空想力」によってなのであった。そこのところに白鳥が注目して、「分別盛りの四十代の藤村が異郷に於て、かういふ心境に陥つてゐるところに、私は自然主義の究極を見るやうな感じがする」と書いたのであった。その白鳥の眼力の底には、彼自身の生の姿勢が鮮やかに現われていた。「現実に徹底せんとした果てが、空想に堕し、空想に慰藉を求めるやうにな」った作家藤村の真実の姿を『エトランゼ』の中に読みとる白鳥の中にこそ、自己と人生をひたすら観察し且つそれを突き離して表現しようとした一個の散文精神が、必然的に落ち込まざるを得なかった徹底した孤独の中にありながら、その孤独さえも自ら無愛想に摑み出そうとする、批評精神の典型的形姿が垣間みられるのである。

こうしたこと一切をひっくるめて、白鳥が保持し続けたような姿勢をどうしたら現在の私たちひとりひとりの経験の中に蓄積させることができるのだろうか。今日の課題に還元して言えば、生まれながらにして私たちにまとわりついている物化された無機的な時代状況を自分をも含めて批判的に克服する営み――「精神の自由」を平凡でつつましやかな日常生活の隅々において持続的に行使し、そうすることによって埋もれている人間的真実の再生を企てることはいかにして可能になるのかということである。白鳥はあくまでもソッケなく語りかけているのだ。

浮浪文化と「第七官界」

――尾崎翠の一冊の全集

一

今日の私たちが頭のてっぺんから足の先まで身ぐるみ漬かってしまっているために、それに対してはほとんど無自覚になっている生活様式の現代的状況が時代の画期として出現したのは一九二〇年代（「大正」末期から「昭和」初頭にかけて）であった。所謂大衆都市化の状況とそれに伴う新しい風俗文化――ビルディングの林立や車の氾濫とともに、あらゆる街角にカフェや喫茶店や撞球場が立ち現われ、一挙に一般化したサラリーマンやサラリーガールが映画とジャズとダンスとスポーツに熱狂する――そういう今日的風俗現象が出現したのはその時代のことであった。こうした現象を生み出したものは、言うまでもなく生活様式の「現代化」であり、大量生産制度の成立に伴う生活の消費化であった。そこでは生活は大量生産過程の函数でしかありえず、生活様式のすみずみまでが制度化と規格化によって貫かれようとしていた。この新しい状況が人間の精神にもたらす帰結とその精神史的意味については、W・ベンヤミンやS・クラカウアーがすでに的確に指摘していたが、彼らによって指摘された、現代都市化状況が人間の感覚構造にもたらした変化は、その何分の一かの小さなスケールにおける萌芽的なものに過ぎなかったとはいえ、この国においても確実に同じ種類の症状を表わし始めていた。それは一言にしていえば「浮浪への衝動」であった。生活のすみずみにまで貫徹された規格化のもたらす息苦しい「閉塞感」から逃れようとして、大量生産の結果氾濫している消費物資の洪水の中から、目新しく目前に出現するものに関心を移してゆくことの帰結として、結局なにものにも焦点があわせられず、理想もモラルも感動も、果ては絶望や幻滅さえも消滅して、「昨日」と「明日」のしっかりした区別も消えうせてしまい、あるのはただ「今」（ナウ）の刹那と欲望と、その欲望充足後の「白け」ばかりが沈澱していく、そうした新しいタイプのニヒリズムが蔓延し出していたのであった。尾崎翠のことばでいえば、まさに時代全体が「分裂心理病」に罹っていたのであって、在来のモラルや徳目のすべてが、その「浮浪衝動」の下で茶化されざるを得ない、そのような風潮が人々の生活態度に浸透してきていた。

「小説形式とはたがのはずれた世界の映像」であるところに存し、その「形式はほかのいかなる形式にもまして先験的な寄るべなさの表現なのである」（ルカーチ）のならば、核心と焦点を失って夢遊病者のようにフラフラと揺れ動く「分裂心理病」時代の文化的特質を批評的にえぐり出すことが現代文学の一つの課題であったはずである。確かにこの「昭和」初頭の頃くらい「文学」が氾濫していた時代もあるまい。大小様々の雑誌や無数の同人誌の氾濫、所謂「円本」や叢書類の刊行、さらには空前の海外文学の紹介等がこのことを率直に物語っている。「放浪記を書き始めた動機はハムスンの『飢』という小説を読んでからである」と言った林芙美子の言葉に示されるように、「文学者が世界的同時性ともいうべき意識をもった」(平田次三郎)のもこの頃からであった。しかしこうした傾向は、「世界大都会尖端ジャズ文学」などと銘打った叢書の出現に象徴されるように、〃尖端〃を切ることがもてはやされた都市風俗文化の文壇版、いわば文学的浮浪化現象の一つにしかすぎなかった。大量生産の軌道に乗った「文学」が都市文化の風俗現象と類縁関係に入るのはむしろ当然のことであって、化粧品のレッテルやホテルの色刷りラベルのような通俗小説が、小器用に洗練された明るさを装って流行し出していた。こうして大衆都市化の状況は、それを批判的にえぐり出さなくてはならない当の文学をも逆に呑み込み、文学や思想さえをも一つの風俗現象へと解体させていたのである。こうした時代全体の風俗化と浮薄さに対する根本からの批判と克服を一つの課題として担って出現してきたのがマルクス主義とプロレタリア文学なのであった。

初期のプロレタリア詩の良質の部分においては、現実がその表面的華麗さの奥に隠しもっているものや懐深く抱いているものを発見し、それらを一層くっきりと把握するための、方法的自覚に基いた社会的想像力のあらわれがあった(西杉夫『プロレタリア詩の達成と崩壊』)。少くともそのための萌芽があったことだけは確かであった。そしてこれら初期プロレタリア作家とほぼ並行して、例えば佐藤春夫が『退屈読本』所収のいくつかの掌編において、またあるいは辻潤や草野心平や金子光晴が、遍歴する「虚無僧」的手段とか、店舗の所有を否定して青天井の街角を移動して歩く「大道商人」とか、東洋・西洋の海外を散策する「国際浮浪者」とか、といった「遊民」的存在形式を借りながら、「分裂病時代」にあえてわが身を曝し、一人身を投げ出しながら、浮浪化する状況を自分の体全体で確認し、そうすることを通して内側から浮浪化状況の克服の方法を独力で模索していたのであった。それらには、孤立してはいたけれども自分の思考と想像力を唯一の武器として歩んで行こうとする誠実な姿勢があった。これら、克服への各々の独自の模索があったにもかかわらず、それらのすべてを政治主義的スローガンによって上から組織的にひとまとめにくくってしまい、結局それらを圧し潰してしまったのが同じ克服を志向していたプロレタリア文学であったところにマルクス主義の悲惨の一つがあった。それ以降、大衆都市化の状況に対する批判的認識は、坂口安吾の初期作品（『黒谷村』その他）や初期の太宰治や石川淳等の少数者を除けば、むしろ時代劇映画の勃興の中に、例えばマキノ正博『浪人街』、伊丹万作『国士無双』、山中貞雄『人情紙風船』、等の中に自覚的に独自の仕方で表現されていた（尾崎翠がいちはやく注目した衣笠貞之助の『駕籠』もそうした作品の一つと思われる）。

克服への独自の試みが一つ一つ潰されていく中で（国家権力の政治的暴力と前衛党のイデオロギー的しめつけという相反する二つの力によってそれはなされたのであったが）、その中で尾崎翠は全く独力で克服へのめざましい仕事を行っていたのであった。タガと関節がはずれて、バラバラとなった状況の中で、うわついた気分が隅々にまで蔓延している根なし草時代の浮薄さにわが身をさらし、それにとりまかれながらも、そうした社会状況が生み出した文化の現代的特徴を批判的に認識しようとするとき、尾崎翠の作品はある確かなリアリティをもって私たちに迫ってくる。

二

年譜によると尾崎は一九二〇年に女子大を退学した後、鳥取と東京の間を行き来しながら小説で身を立てることを決意していたらしい。当時、作家志望の女性が味わった困難は今日では想像を絶するものがあったわけで、カフェの女給になるのはむしろ当り前の方であって、時には林芙美子のように風呂屋の下足番やテキヤ稼業でその日ぐらしをしなければならなかった。尾崎も例外であったはずはなく、新宿の上落合にある大工の持家のトタン屋根の二階に間借りをして（下落合は中産階級上流の邸宅が建ち並ぶ高台であるのに対して、上落合は川筋に当たる谷あいの低地であって、下級職人たちの住居地であった）、三越の賃仕事をしたり、故郷の母親に無心したりしながらコツコツと小説を書いていた。この頃までにすでに書き上げていた作品が、全集の分類でいえば中期の作品である『無風帯から』と『松林』の二つであった。前者には、実母や恋人に寄せる腹ちがいの妹の心情が兄の立場からきわめて真摯に素直な克明さをもって描かれており、後者には主人公とペット（犬）との関係が、玩具の人形にいたずらするような、奇妙で異常なたわむれの中に描かれていた。この二つの作品にはすでに、誠実な人間関係を誠実なものとして素直に把えながら、しかもその関係を人形を扱うかのように、「もの」として異化して表現する視点――後にはっきりと方法的自覚の下に展開される「尾崎翠的世界」の萌芽が潜在的に示されていた。そうしてこの視点は『花束』と『初恋』へと受け継がれ、小気味よく乾いた文体とユーモアによって、後の「完成期」の作品群を生み出してゆく前提となっていたのであった。

上落合で中期の作品を書き上げて以後の彼女は、屋根裏部屋のような二階間の机の前にふとんの下の畳が腐りかける程にへばりつき、ミグレニンを大量に常用しエアシップ（たばこ）を肺が黒こげになる程吸い続けながら、ただただ「紙反古」の山を積み上げ、月末になると「地球のしかめ面」を避けるため「わざわざ武蔵野館の三階へ出かけて」映画という「影への隠遁」をはかる生活をくり返すことになる。それはもう「枯れかかった貧乏な苔」の一念、ひたすらなる一念という他はないものであった。その一念とは何か。

かつて私たちは、この世界の中心に人間が存在し、その人間が見たり聞いたりさわったりする世界は確固たるものであって、その感覚の確かさを信用することによって人間はこの世界を認識し表現し変革することができると信じてきた。しかし今や個人は生産過程の函数のようなものでしかなく、従って実体的主体としての「個人」なんかどこにも存在せず、「私」はもはや単なる函数 x としてしかありえず、そんな「私」が自分の感覚によって実感として確かめることができる世界（自我中心の個人主義）などは吹けば飛ぶようなチャチなものでしかないことが明らかとなった。したがって自分の感覚それ自体がすでに信用のおけないものとなって、見たり聞いたりさわったりできる世界そのものが不可解なものになり、さらにはそのように信用できない感覚をもつ「私」は、自分にも意識しえない「識閾下の私」によって支配されている「分裂心理」の持ち主であることが明瞭となってしまった。一人の人間の頭のてっぺんから足の先までが、そして人間相互の関係が、さらにはそれら人間どもによって構成された世界もまたすべてバラバラな分解物と化してしまった時代状況が出現したのである。ここのところに、移り気で浮薄な風俗文化が蔓延する社会的人間的根拠があった。このタガと関節がはずれた世界の中にいやおうなく生かされながら、しかもそれを内面的に克服してゆくためには一体どうしたらよいのか。尾崎の「苔の一念」はかかってこの点にあった。そのためにはまず、こういう社会状況の中で便乗的かつ容認的に君臨して権威を握っている支配的文化をきっぱりと拒否して、たとえどんなに孤立しようとも、自分一人になってでも人間の品位を守っていこうとする決意をつつましやかな生活態度の中で黙って指し示すことが重要なのであって、この態度こそが尾崎をして屋根裏部屋に隠遁させたのであった。態度としては屋根裏部屋に自分を釘づけにしてインチキな世界をきっぱりと否定しながら、同時に根なし草のような寄る辺なき時代に対して精神として自覚的に向き合う方法を尾崎は発見した。それが彼女の、世界に対する「漫想」であり「彷徨」であり「歩行」なのであって、それの象徴が失意の悩みを運び去ってくれる「風」であり「空気」であり、下宿の二階から眺めることのできる「火葬場の煙」の流れなのであった。風や空気や火葬場の煙がこうした象徴性をもったことが、かつて認識論史上、存在したことがあったであろうか。虚偽の格好を作り出すことだけを志向する「体系」を拒否したそのような精神の働きによって、彼女は無意味なスクラップとして物化された生活状況の中においてキラリと輝く人間的真実を把えようとしたのであった（ここのところが林芙美子の熱心ではあるが無邪気な「放浪」との決定的な差である）。

むろんこのことは一筋縄ではいかない困難な仕事であった。第一、感覚が信用できないのだから単純な実感とそれに対応したコトバを信用して安易に表現することは全くナンセンスであった。「言葉は常に文学の強敵だ」という緊張した自覚を尾崎はいつももっていた。人間的な要素と意味がすべて函数化されて石ころのように物化されているのが現代の文化状況ならば、函数化された世界の中にも人間的意味と精神の輝きがあることを発見しなくてはならない。人間が物にされたのならば、逆に物を人間につれもどすことが肝腎である。そのためには、普段は絶対に見えないものを見、聞けないものを聞き、さわれないものにさわるように感覚を働かせなくてはならない。椅子の下のラムネの瓶に歓呼の声をあげさせ、月夜に溜息をつかせ、豚に風邪を引かせ、苔に睡眠をとらせ、寝台にすすり泣きをさせ、机にあばたのしかめ面をさせたりすることができなくてはならない。こうしたことが尾崎の「変態感覚」の作用なのである（くれぐれも擬人法なんかと混同しないで欲しい）。社会状況に順応的な既成の働きとは違った風に五官を働かせ、そうした五官のチグハグな機能を自覚的に一つに溶けあわせ、あるいはほぐれさせて、そのようにして二つ以上の感覚を結合し重ね合わせ、そうすることによって識閾下の世界を形象化し、物の領分にあらためて人間的意味を発掘し、人間と世界についての新しい関係の仕方について模索していたのである。こうした「変態感覚」の実現については彼女の薬物使用が関与していたのかも知れない。時としていささか錯乱し異常をきたすことがあっても、そのことによって順応的でない本当の正気の精神と健康な感覚、つまりは理性が生じうるということこそが現代文化の一つの症状なのであり且つ特徴なのである（例えばベンヤミン「マルセイユのハシーシュ」を見よ）。人は尾崎のこの「変態感覚」の作用を「聴覚と臭覚のモンタージュ」だとか「視覚と聴覚の対位法」とか呼んでいるが、しかし言うなれば「物質的なものや抽象的なもののうちにある精神的なものを体験する能力」（カンディンスキー）と呼ぶ方がむしろはるかに適当だ。その意味では彼女は表現主義の最良の体現者であったといってよい。

三

彼女の小説のどこを読んでも失恋の匂いがする。彼女の仕事はすべて恋愛という小さな窓を通して行われた。ヒロイン小野町子のように彼女もおそらく断髪のボウイッシュな「女の子」であったろう。彼女は男の子になりたがっていたのであり、ときにはなったつもりでいたのであり、そういうつもりで女である自分を「物」を観察するように視つめることができていた。彼女は女である自分を徹底して突き離し、虚構としての男の視点から「女の子」として視ていたのであり、そうすることによって抱きしめたいほどの自分の苦悩や苦痛（恋愛上のものもあったであろう）を小石のようにつまみあげ、徹底的に物的に表現することができた。人間としての誠実な熱情を抱きながら、それをいともあっさりとしかも完全に物として異化して表現した。ここに尾崎翠のきっぱりとした機知の根本がある。コミック・オペラの哀感に満ちた曲から人糞のせつない臭気を思いつき、恋愛抒情詩から二十日大根の生殖過程に関する論文を着想させ、孤独な人間同士の美しい対話を物干し竿の三叉の交差によって実現させ、人の幸福感をカラスのカラカラとした「嗤い」で表現したりすることによって、人間の真情を一旦は自覚的に「物」の形に移し変え、完全に把握して説明しつくし、同時に物の世界の中に埋もれている人間的精神的意味を発見しようとした。人間的なものを「物」として表現し、物の中に人間を発見し、そうした人と物とを相互媒介的に虚構化した創造の世界こそが尾崎翠の「第七官界」なのであった（「第七官界」というこの題こそ、世間に含み込まれた第六官を超えたところに社会状況の克服を勝ちとろうとする彼女の姿勢の端的な表現であった）。そしてこの世界を創造しえた方法は、役者の体軀を一旦バラバラに解体してそれらを集めなおし、自分の五官と対応させて再考察してゆく彼女の映画批評の方法と不可分であった。「顔の荒けづりな女優の腕は、大抵寛やかに、広く動くな。彼女の四角い顋はそれで救われるのだ」と言って、顔や腕などの身体と動作の基本的な関係について思案し、阪妻の着物における衿垢の不可欠性、チャップリンにおける帽子と杖の不可欠性、あるいはナジモヴァと鬘の必然的関係などについて観察し、衿垢や帽子や杖や鬘といった「物」が人柄をこしらえてゆく関係を発見しえた批評家尾崎翠にして初めて可能となった方法的産物が『第七官界彷徨』なのであった。しかも、そのような困難な仕事をたった一冊の本に納まる程の端的さにおいてなし遂げたのであった。

浮浪化する都市文化の渦中にあって、尾崎は屋根裏部屋に「苔」のようにじっとへばりついて「第七官界」を創造した。そうすることによって、移り気で無責任な社会体系から離脱し、全感覚を挙げてメチャクチャな文化を批評的にとらえようとしたのであった。彼女の「拒否」と「離脱」があまりにも徹底的であったために、それが物理的にも実現してしまい、実際に鳥取に「隠遁」せざるを得なかったのだが、しかしそのことは彼女にとって果たして「むごいもの」ばかりを意味したのであろうか。故郷の四畳半の一室に蟄居しつつ、彼女が以前いちはやく注目した映画『駕籠』の中の素浪人のように、「屋根裏部屋へ、これが私の幸運よ」とかなんとか案外つぶやきながら、最大の苦痛を、ニッコと笑って引き受けていたかも知れないではないか。そんな風にしてしか人間の根本にある尊厳が守り抜けない時だってあるのだ。

言うまでもなく尾崎翠のスケールは小さい。男と「女の子」とのママゴト遊びから世界を視ているからだ。むろん、恋愛をママゴトとして、お人形遊びのようなものとして表現しえたことは画期的であり、その限りで、そこから視られた世界は完璧であったにしろ、その完璧さは規模の小ささとわかち難く結びついていた。しかし、にもかかわらず私たちは、「第七官界」以来五十年たってもいまだに尾崎翠を一歩も踏み超えてはいない。

一九二〇年代に形成された浮浪文化は今や全開状態にある。裏を返せば、制度化や規格化による「閉塞感」が私たちの生活の全領域を完全に蔽いつくしたことになる。「何か面白い事」を求めてうろつきまわるデタラメ文化が幾重にも私たちを取りまいている。尾崎翠と「第七官界」の含む方法的意味はそれだけに一層大きなものとなっている。果たして私たちは尾崎翠の世界を拡大再生産できるのであろうか。それとも今までの五十年と変ることなく、尾崎的世界の画期的意義を全くわがものとすることなく漫然と現代的広告文化の世界に漂い続けるのであろうか。

不安と混沌の原初的形態
——『源氏物語』『更級日記』から

学校の現場で仕事をしている者として申し上げてみたいことが幾つかあります。現在話はあまり具体的でなく、抽象的になるかも知れませんが、お許し願いたいと思います。現在の高校というのは学校だけではとっても解決できない様々な難問を抱えていることは、皆さんご承知のとおりであると思います。今の子供達がたたき込まれている状況というのはすさまじいものがあるわけです。その原因というのはいろいろなものが混ざり合って一種の複合汚染のような形になっているわけですけれど、その原因の一つに「知識」というものが生徒に敵対するという状況があると思うんです。学校を始めとする諸々の制度や機構というものが、こういう知識のあり方を固定し、再生産している。そういう現代の知的社会のしくみというものがあると思うんです。かつて「知識」というものは人間を救うことができると考えられ、学校はその「知識」を伝える場であったわけです。けれども今では知識を与えようとすればするほど、競争が激化して、生徒たちをバラバラにして感受性を摩滅させてしまっているわけです。つまり「知識」が生徒を痛めつけているわけです。学校が、極めて野蛮な行為を行っているわけです。どうしてこんな風になっちゃったのか。

人間の経験や物事から切り離された死んだ知識が我が物顔で横行しているからだと思います。その死んだ知識をできるだけ多く獲得しようとする競争がすさまじい激しさで行われているわけです。こういう風になってしまっているときに、なおも知識を求めるとはどういうことなのか。知識を伝えるとは、生徒に対して教えるとはいったいどういうことなのかということを、私達教師は真剣に考え直さなければならない状況にきていると思います。一つ言えることは、知識と言うものをもう一度事物や経験に結び付けてよみがえらせなくてはならないということだと思います。そういういわば生きた知識ですね、それを身につけることが生徒達の内面を支えて、生きることの活力となるはずだと思います。現代はテクノロジーが完全に支配しています。こういうすべてが画一化されている社会においては、人間を内面から支えるものがほとんどないと思います。だからこそ、生きた知識によって生徒達から内面的な活力を引き出すということがやはり大切なことだとおもいます。そういう風なことをするために私たち教師がいったいどうすればよいのかということが非常に大きな問題であると思います。

国語の教師というのは主として「文学作品」というものを扱っているわけです。ちょっとペダンチックな言い方になりますが、literature とか littérature とかいうことばの基本は、literate ということばです。大きな辞書をひけばでてると思うんですが、literate というのはどういう意味かというと「長い退屈な日々を読書をして紛らわす」という意味なんですね。「日々の退屈さを読書をすることで紛らわす」という意味だそうです。私なりに言い換えれば、先ほどの尾崎先生（尾崎左永子・歌人）のお話とちょっと通じるところがあると思うんですが、ワクワクしながら読むということだと思うんです。生きる勇気をかき立てられるように読書をするということだとと思うんです。国語の授業で作品を読むことが果たして「退屈を紛らわす」気晴らしになっているか。とんでもないんですよね。むしろかえって退屈さを助長し、さらに苦痛を与えることになっている。おそらくそういうことだと思うんです。私達国語教師の第一の仕事というのはなにかというと、ワクワクするように、ハラハラドキドキするように作品を読むということです。なるほど、そんな風に作品を読めば確かにおもしろくなるんだ、という風に作品を読むということ。そして読書することの喜びとか、楽しさを生徒に伝えながら literate な能力を生徒達から引き出してやるということ、これだと思うんです。

子供達が知識を自分の経験だとか内面的な興味に結び付ける、そういうことによって生きる支えや活力を作り出せるようにする、そのための第一歩が今申しました literate な能力を身につけるということだと思うんです。文学と言うのは、生意気なことを申しますが、決してそれ自体の中に納まるような目的を持つものでも何でもないのでありまして、あくまでも人間の経験をより良く判らせるもの、それが文学だと思うのです。読書によってすばらしい経験の世界が開かれるように、そのように私達がその作品を読めているか？　ということです。なによりも求められるのは私達教師一人一人がワクワクするように作品を読むことができているか、ということだと思うんです。古典を読む場合には、当たり前のことなんですけれども、その古典を読むことが現代の私達にどんな意味をもっているのか、ということが常に問題になります。過去の作品のどんな点が現代の私達に訴えかけ、現代の私達と「対話」が可能になるのか。これを明らかにできなければ、この作品を読む者、つまりこの場合は生徒ですけれども、生徒の内面に訴えることは絶対にできないと、私は思うわけです。

いうまでもありませんが、古典には大ざっぱにいって二つの意味があります。ひとつはその作品に固有の過去に内在している意味、もう一つは現代にも通じる普遍的な意味です。ですから古典が持っているその作品に固有の意味を明らかにし、同時にその意味が持っている普遍的で現代的な性格を探り出す必要が当然あるわけです。つまり固有なものへの厳密さの感覚。そしてそれを普遍的で現代的な「文脈」へ置き直して、読み換えるというそういう視点ですね、それが必要になると思うんです。

こういう風に古典を読むことができれば、歴史上の他の時代の人々の様々な経験を具体的に知って、我々とは違う異質な経験によって私達自身を批判的に見直すということが、理論的には、可能になると思います。それが大切なことですね。古典との対話、私たちを批判的に見直すことができるようになるための、古典との対話だということだと思うんです。

今回のシンポジウムでは「王朝時代」というものがテーマになっているわけですが、王朝時代の作品を読む者は当然その時代と作品の特徴を探求しなければいけません。

今から、一千年も前の作品が、現代の私達にとってどのくらいの意味と価値を持っているのかを考えなくてはならないと思うんです。その際注目すべきことはいくつかあると思うんですけれども、王朝時代が世界に類例を見ないほどに数多くの女性の作家と歌人を一時に出したということ。そして世界で初めてのロマン＝長編小説である『源氏物語』を誕生させたということです。こういうことを可能にした王朝時代のオリジナリティとその精神史的な意味とでもいいますか。そういうことについて私たちはきちんと考えていかなくてはならないと思うんです。

重要なことは現代の切実な課題に基づいて問いを発して、問題を設定するってことです。そして、その問いがさらに問うに値するかどうかについても、常に問いを発していかなければまずいと思うんです。『源氏物語』というのはご存知のように天皇の息子と継母との姦通ですよね。それを軸として、いくつかの三角関係や愛欲関係を描き、そういうことを通して、非常に大ざっぱな言い方ですけれど、古代王権と古代的世界が終わりつつあるんだということを叙述したものだと思います。その意味では、天皇とその一族の神聖さを冒瀆する小説です。ですから現代の作家が例えば大江健三郎氏が『源氏物語』のような小説を書いたらどうなるかというと、大江さんはやばいわけです。命を狙われるようなことになりかねないわけです。そんな小説がなぜあの王朝文化の絶頂期に、しかも女性の手によって成立したのか、ということは、やっぱり我々一人一人が素人でもいいから、とにかく考えなければならないことだと思うんです。王朝時代というのは、普通歴史家がいっている王朝国家が始まるだいたい十世紀の半ばあたりからだと思うんですけれど、非常に大ざっぱな言い方になると思いますが、この王朝時代の特徴というのは、古代的な秩序、その古代的な秩序と言うのは自然の循環に連結して、大地に深く根ざしていたと思うんですけれど、そういった古代的な秩序や神話、それから律令的な国家制度の体系的な枠組み、そういうものが崩れだしてきた時代だと思うんです。都市において、人間生活の一種の社会的な規則とでもいいますか、そういうものが失われだした時代。平安京という都市が成立して、そこの都市では自然だとか、大地だとか、村々だとか、一族だとか、そういうものから切り離されて流入してきた根なし草のような都市住民というものが出現してきたわけです。彼らが祇園だとか稲荷だとか、そういうところの祭、あるいは芸能の担い手であったわけです。そうした中にあって、いわゆる宮廷社会というものを形成していたのが貴族といわれる人々です。彼らはどういう生活をしていたのか、ごくごくおおざっぱにいってかれらはあらゆる生産的な行為から切り離されてます。地方から上がってくる生産物を収奪して、それに寄生しているそういう生活です。かれらは、自然や共同社会とのつながりを失っているわけです。そして全くの人工的世界の中に閉じ込もっているわけです。彼らの行動を規制している価値体系はなにかというと、それは、「ケガレ」だとか「物忌み」だとか儀式典礼といったようなそういったものですね。宮廷というのは、あるいは宮廷社会というのは年中行事の自動回転装置みたいなもんであると思うんです。そういう中で暮らしている貴族というのは、物質的には恵まれていたけれど、果たして生きる上での内面的な支えを持っていたかどうか。私たちはやっぱり考えてみる必要があると思うんです。彼らはおそらく、勿論、推測の域をでませんけれど、精神的な拠り所を失っていたと思いますね。方向喪失の状態であったと思います。不安な状態に陥っていたと思います。そういう状態になっていたときに人間というのはいったい何に生きがいを求めるか、というとそういう空虚な虚無感といいますか、それを一時的にせよ忘れさせてくれる快楽ですよ。簡単にいえば、酒を飲んで、お祭騒ぎをして、あるいは色恋沙汰にうつつをぬかすという、そういうことだと思うんです。つまり非常に乱暴な言い方ですけれど、現代の我々とあまり変わりないんじゃないか。現代の我々は非常に安楽な暮らしをしてますね。その安楽な暮らしにドップリ浸かっている。その代わり競争社会のストレスをいっぱい抱えてますから、そのストレスを解消するために酒を飲んだりカラオケでどなったり、あるいは一部の人は不倫を楽しんだりというそういうことになっているわけですね。われわれは空虚な生活で、感受性がかなりのっぺらぼうになっていますから、ようするに食欲と性欲という二つの衝動しか働かなくなってしまっている、これは我々教師も生徒も全く同じですよね。ですから、そういう意味では王朝時代の貴族もやはり似たような状況にあったのではないか。王朝時代と現代はもちろん非常に多くのことが違っています。これからちょっと申しあげますけれども、空虚な時代の浮わついた気分にのっかるんではなくて、その浮わついた虚しさを苦痛と感じてそれを表現した女性達がいたということが、王朝時代の良い点の一つではないかと思うんですけれど。とにかく、こうした快楽主義的な風潮が蔓延したところに恋愛を遊びとして享受する、「色好み」や「女房たち」が出現して恋愛小説が読まれる社会的な根拠があったのではないかと思うんです。これらの男や女達にとってリアリティがあるのは、まさに恋愛だとか、不倫だとか、そういうものです。あらゆるブレーキが効かなくなって、ひたすら愛欲につき動かされて行動する。その最も代表的な有名な人物は和泉式部であり、その愛人であった為尊や敦道であったということになると思うんです。為尊なんかは、疫病が流行って死体がゴロゴロしているなかをものともせず毎晩女のところへ通ったということが記されているわけですね。こういう時代というのは、たとえてみればタガが外れてしまった時代、関節が緩んで形が歪んでしまった時代、一言でいえば、「転形期」だといえると思うんです。『源氏物語』は天皇の一族もこの転形期のど真ん中にあって、その当事者として愛欲につき動かされてしまう存在であり、その愛欲故に古代的世界が崩壊してしまう顚末を叙述したものだというふうに思います。

今世紀を代表するあるヨーロッパの批評家のことばですけれど、「小説というのはよるべなさの表現であり、タガが外れた世界の映像である」ということばがあるんですけれども、もしそうであるとするのならば、『源氏物語』こそ、そうしたタガが外れて、枠組みが壊れてしまったよるべない時代に創られた最初のロマン＝長編小説ですね。その壊れ始めた枠組みをさらにつき崩していくようなインパクトを持っていたのではないかと思います。ついでに言えば自分の愛欲や歌のはげしさでもって古代的な枠組みをつき崩していったのが、和泉式部のような感じがしますね。彼女あたりから、一種の「ものぐるい」が始まるような気がするんです。彼女は一種の「愛欲狂い」です。そのあと、「田楽狂い」であるとか、「猿楽狂い」であるとか「今様狂い」だとか、「もの詣で狂い」みたいな、そういうものにとりつかれたような狂いものがぞくぞく出現してくるわけです。とにかく今申したように『源氏物語』というのは、世界最初の長編小説だと思うんですけれど、この際小説が書かれたり、読まれたりするのはなぜなのか。どんな時なのか。われわれ一人一人がもう一度出発点に還って考え直す必要があると思うんです。幸いこの時代の小説の愛読者であって、自らも書き手であった、誰でもが知っている『更級日記』の作者というのがおりますよね。彼女はご承知のように小さい頃から物語にあこがれていて、そして継母と別れ、乳母や友達が死んで塞ぎこんでいる。その気持ちを慰めようとして、母親が物語を与えてくれ、『源氏物語』を読み始めるわけです。彼女があこがれたのは、夕顔だとか浮舟といった薄幸のヒロインです。光源氏のような男が通ってくるかも知れないという夢を見ていたんですが、これはあの少女に特有なセンティメンタリズムであると言ってしまったんではことの本質を見失うことになると思うんです。彼女にとって小説を読むと言うことは、小説を生きることです。ロマネスクを生きるということ。彼女は身の回りの不幸な出来事や身の不幸を作中人物に投影して読んでいるはずです。一般に人と言うのは自分が不幸だと感じる時、自分がひとりぼっちだと感じる時、存在することの安らぎを失った時に、本の世界に入り、小説などに慰めを求めるのではないでしょうか。そうして自分の不幸を内側から克服しょうとするのではないでしょうか。

　こうした意味でも先ほど申しましたliteratな能力というのが大切なことだと思うんです。ワクワクしながら読んで、悲しみを克服した『更級日記』の作者というのは、このliterateな能力が十二分にあったということになります。とにかく毎日毎日楽しくてルンルン気分で過ごしている人なんて絶対に本など読むわけがないんですよね。この『更級日記』の作者はこのあと、「よいこともあるから」といって宮仕えをしますがむろんそんなことはどこにもないんですぐにやめてしまいます。当時としては異常に遅い結婚をします。これも期待外れ。そして晩年になって夫と死別した後、自分は思うことがなにひとつ叶うことがなくこんな風にして一生を終えてしまう人間なんだと述懐しているわけです。つまりここにあるのは、思いどおりにはいかないという、幻滅感なわけです。『蜻蛉日記』の作者も同様な気分を味わっていたわけです。物語のヒロインのようになりたいと願っていた若いころのロマネスクな夢があるわけですけれど、それが裏切られてしまう、そして苦々しい幻滅感を抱いて自分の半生を顧みた時に、道綱母や孝標女《たかすえのむすめ》たちは本当の作家になったんだという、そういうアイロニーを含んだ逆説があるわけです。ロマンティックでロマネスクな願望に反して、現実というものは苦々しくもそっけないまさに散文的な世界であるのだということを認識したときに、彼女達は作家になれたわけです。一般的に言って、ロマネスクな願望が散文的な現実によって裏切られたときに人は幻滅感を抱きながら、大人になると思うんです。その意味で小説というのはまさに成熟した大人の文学だ、と思います。『源氏物語』が驚異的なのはどういう点かといいますと、一つだけ申しあげると、いっとう最初のロマンとしてロマンスやロマネスクを描きながら、それでいてロマネスクの甘い仮面をはぎ取って、現実というものが苦々しくも苦しいものであることを暴露してしまったというところに『源氏物語』の驚くべきところがあるのではないかと言う風に思っております。

第二部　浮浪文化と克服の諸相

「操觚者」中野重治

——そのグニャグニャの雑文精神

中野重治が好んで使った言葉の一つに「操《そう》觚《こ》者《しゃ》流」というのがある。例えば次のように彼は書いていた。

文学をやろうとは思つていたが、私のなかで「文学」は小説を書くこととは少しばかりちがつていた。

私にしても、「文学者」というのを文学の学者のことだとは思つていなかつたが、小説書きというのよりは範囲のひろいもの、性質のややちがつたものとして考えていた。考えていたといえば言い過ぎになるが、もうすこし、操《そう》觚《こ》者《しゃ》流といつたような気味を含んだものとしてそれを自分に受けとつていた。（中略）私は「作家」というよりも「文学者」として生きたいと思い思いしながら来てしまつたようにまずまず思う。（中略）

専門の詩人、専門の小説家、専門の批評家、また専門の学者を私は尊重するが、またそういうタイプの人たちがうらやましくてたまらぬ瞬間があるが、ほかにしようもなく、私のような混合型、混雑型のものもあつていいようにも私は大いに思う。そうして、そう思つてしまえば或る種のよろこびもないでない。

（「作家か、文学者か」）

操觚とは「觚をとる」ことで「觚」は木の四角な札のこと。いにしえは紙がなかったので事を記すのに用いたという。転じて文章を作ることを意味し、操觚者とは文筆を業とするものをいう。中野は自分のような「混合型、混雑型」の「文学者」を「操觚者《そうこしゃ》流といったような気味を含んだものとして」うけとっていたのである。

「混雑型」の操觚者中野重治は短歌を作り詩や小説を書き評論も書いた。しかし短歌は若くしてこれに「別れ」を告げ、詩は中学校の校歌を除けば一九四九年以降は一つも発表されておらず、小説は、無論いくつかの傑作はあるにしても、全体としては断続的に発表されて数は少ない。中野の圧倒的多数の文章はいわゆる「評論」なのであり、しかもその傑作のいくつか、例えば「芸術に関する走り書的覚え書」とか『斎藤茂吉ノート』とか「『暗夜行路』雑談」とかといった、その代表的な表題が象徴的に示すように、それらの文章は「論文」とか「学説」とかいうような明確な「形式」や「範型」をもっているものではなく、全く反対に、思考や想念を、いわば「筆のエネルギーと働き」に自由にまかせて、筆の運びとともに展開していくところに特徴のあるもので、それは「雑文」としかいいようのないものであった。そうしてこの「雑文」が中野の全作品中圧倒的な分量を占めているのであって、中野の特色と魅力の一つはここに在る。

言うまでもないことではあるが、私たちが日常生活において遭遇する出来事は、どんなささいなものであっても、政治的・経済的・文化的等々の様々な要因や性質がからまってこんぐらがった状態で生起するのであって、そうした多様な出来事との遭遇が私たちの「経験」といわれるものだ。そうして、その出来事はゴテゴテとした文字通り「雑然」とした性質を時々刻々と変化させつつ、しかも常に相互関連の不分明な一つの「断片」や「切片」や「側面」として現象する。従ってそうした出来事がその内部に孕みもつ「問題」を切開摘出しようとするならば、変転する「雑多」な「断片」の「混在」をいわば瞬間的に鋭利に切り取って「断章化」し、しかもその深部に隠されている相互関係性を粘り強く顕在化させる文章でなくてはならない。これが「雑文」に要求される必須条件である。

中野は自分の小説の特徴について「肉感的な観念性」という言葉で表現し、「観念が直接肉感から取られてくる」ことを語っていたのだが、彼が直面した、それこそ「雑多」な、きわめて困難な政治文化的な諸問題について、自分との具体的な、「肉感的」なかかわり合いを通して、その問題の本質を抽出し、それの「必然性」と「相互関係」の解明へと斬り込んで行った。その「斬り込み方法」は、眼前に生じつつある出来事の性質が、肉感的皮膚感覚とでもいうべきものを媒介として中野の思考や観念や記憶や論理に触発する微妙な「揺らぎ」や「変位」によって決定された。あるときは鋭利な刃物を用いるようにしてグサリと単刀直入に、またあるときは「ネチネチ」とどこまでも執拗に、そしてまたあるときはからみつくような「ヤニッコイ」表現を通して、眼前の諸問題を追及してきた。こうして「理論的に厳格になればなるほど、表現がますます芸術的・肉感的になつて行く」(『レーニン素人の読み方』)ような、中野流に言えば「なまなま」とした独特の感触とリズムを伴った、しかもポレミークで断章化された「雑文」が書かれたのである。中野の文章には鑿や刃物で刳るような「肉感的な論理」でひた押しに押してくる、そうした「蛮性」が一貫して在った。中野の大きな特質として彼の「古代人」的性格や「前近代性」とかが指摘されることがあるが、言うならばそれは「肉感的論理」と一体化した「蛮気」であって、そうした中野の特質が最も生々《なまなま》しく貫かれているのが彼の「雑文」なのであった。それは一つのジャンルとして規定づけをすることが困難な文章であって、専門に偏することを断固として拒否してあえて「素人の読み」に徹しようとした「混雑型の操觚者」中野重治にして初めて達成されたスタイルなのであった。

こうしてみると、中野に最も近い、ほとんど二重写しになるばかりの「操觚者」は、他でもない、魯迅であることが理解されよう。中野は魯迅について次のように書いていた。

ご存じのように、『魯迅雑感選集』がすでに古典的なものとして瞿秋白《くしゅうはく》の手で編まれていますし、魯迅の「雑感」というものは、それ自身、非常に密度のたかい、しかもきわめて戦闘的な一つの文学ジャンルとして出来あがつているようなところがあります（略）。当時中国のある人びとが、魯迅を罵つてあれは雑文の専門家だといつたことに瞿秋白は触れています。つまり雑文というものは専門ということになりえぬ性格を基本的に持つている。しかるに魯迅はそれの専門家だそうな――こういつて、雑文の専門家すなわち半人まえというようにしてひやかして抹殺しようとしたのですが、瞿秋白はこういう嘲罵と熱烈にたたかつています。

（「魯迅研究雑感」）

中野が触れている魯迅の「雑文」については花田清輝の実に美事な指摘がある。

わたしは魯迅の沈痛な小説が好きだ。エリッヒ・ケストナーの軽快な詩を愛する。しかし、小説の筆を折って、論争の渦中にとびこみ、孤軍奮闘した晩年の魯迅の雑文のほうが、かれの小説よりも、もっと好きだ。（中略）日々の必要に応じて『ノイエ・ツァイトゥンク』紙上にケストナーのかきとばした新聞記事のほうを、かれの詩よりも、もっと愛する。そこに芸術家の政治にたいする敗北をみるものは恥じてあれ！　魯迅やケストナーが、大きな苦痛を感じながら、断念したかれらの芸術は、みごとにそれらの雑文のなかに生きかえり、いまもなお、燦然と光りをはなっているのだ。

（「空想と事実」）

そうして花田はまた「無告の代弁者として書いて書いて書きまくらなければならないという責任感」が魯迅にはあったことを記していた。中野や花田が指摘した魯迅の「雑文」の特質はそのまま中野の「雑文」にも適用されるだろう。中野も全力を投入して「書いて書いて書き」まくり、「日本の社会生活に雑文的メスを入れるような仕事」（「『論議と小品』について」）に取り組んだのである。

中野のネバネバとねちっこい「雑文」の表現方法は、広津和郎の指摘しているように、彼の生き方や生活態度や物腰や物の言い方と不可分のものとしてあった。中野の「雑文」の文体は、彼の思考の歩み方やそのプロセスのジグザグな進み方がもつ独特の肉感的なリズムそのものなのである。街歩きや調べ物をしながら「とつおいつ」思考する、そうした「まだるっこい」肉感的リズムを追うことで中野の思考の「手順」や「道筋」や「内容」を辿ることが肝腎なのだ。

しかし中野の物言いや態度物腰がいついかなる時も「まだるっこい」ものであるはずはなかった。既にみたように、出来事や対象や目標の質に応じて、そこから触発される中野の内部意識とそれらとの関係は自在に変転し、物事に対する彼の態度や方法と「斬り口」も一変する。時には磨きのかかった刃物のような閃光を発することもある。この鋭利な「刃物」と中野との象徴的な結びつきについては、ふところにのんでいる「ドス」で突き刺すことで築きあげる「階級的友情」についての主張や、『歌のわかれ』の有名な「佐野の無礼は許せるが、佐野の無礼をおまえが許すことは許せぬぞ」と言って「三分の丸鑿を取り出」す場面や、『空想家とシナリオ』の車善六の「包丁研ぎ」の場面があるが、とりわけて、世田谷の「ボロ市通り」で「大きな刃物」をもった中野重治について書いた立原正秋の「刃物」という文章が鮮やかに示している。

　中野の水際立った言動については、竹内好が彼の「合理主義」と「ルール」感覚と「実証」精神を指摘しているところからも理解できるが、大切なことは、中野が革命を目指しながらも同時にブルジョワ的規範意識と合理主義を完璧なまでに体得し、しかもそれを状況に応じて自家薬籠中のものとして使いこなしていたということである。これは中野の方法的態度から可能となったものだ。そうしてその「態度」こそ中野が斎藤茂吉や森鷗外から奪取したものなのだ。「言葉の魔性を手玉に取つ」たり「言葉に関して算盤《そろばん》を手にしている」ような茂吉について、『斎藤茂吉ノート』のなかで中野は次のように記していた。

> 彼は、どこを押せばどういう音が出るかをいわば唯物的に心得ていて、言葉の軽さ、重さ、しなやかさ、さわやかさなどいうものを科学的にしらべているから、相手にものいう場合、おどしたり、魔術をかけたり、時にははつたりをきかせたりすることも、しようとさえ思えば相当できるくらい十分に心得ていると見られるのである。つまり彼は、「南蛮鉄の如き覚悟」を持つている上に、その覚悟のあらわし方をも十分知つているように見える。それだから彼は、あつさりして見えると同じ程度にしつつこく見え、鈍重に見えると同じ程度に敏捷であるように

見え、そこで人びとがそこに牽かれ、あるものはひとごとながら快哉を叫ばねばならず、不幸なあるものは恨み骨髄に徹しなければならなくなるように私に見えるのである。

（傍点引用者）

また『鷗外　その側面』の中で、「『俗』の為に制馭せられさへしなければ『俗』に随ふのは、悪い所でない、卻つて結構です」と語り、「金があるなら持つてゐるがいい、いつでも未練なく捨てうる心を持つていればいいのだ」と言った鷗外について次のように記していた。

叩いてびくともせぬ鷗外の便宜主義、芸術家としての中途半端性、事の沈黙裡の処理、世俗の眼に風格としてうつりかねぬその事なかれ主義、その利己主義は、とうてい不死身のものであつた。

これらの文章に示された中野の方法的態度、それはズバリ言えば、敵の最も弱い急所を知り、敵の戦術を説明し尽し、敵の核心的中枢部分を自家薬籠中のものとして逆手にとって敵を攻略してゆく戦術的精神であった。実際、敵にとってはいやらしいばかりのその精神は、中野が若くして既に体得していたものでもあった。

その頃の「ナップ」の会合で議論に勝つ一番いい方法は、自分の意見が党の意見であるといふ印象を相手にあたへることであつた。共産党は地下組織であつたから、「君は本当に党員か」と質問することはできない。そこがつけ目なのだ。「これは上からの意見だがね」と前置きして相手の口をふさぐやり方もあつたが、もつと利口な連中はもつと巧みな演技を行ふ。自分の言ふだけのことを言つてしまふと、ちよいと腕時計を眺めて、すつと立上り、「時間だから」とか何とか言つて、さつさと姿を消してしまふ。それを何度もくりかへすと、残された連中は顔を見合わせて、「やつぱり党員だったのだな。上からの意見にはかなはねえ」と深刻な顔をして沈黙してしまふやうになる。

「ナップ」の中で、この演技が一番上手だつたのは中野重治である。彼の常に深刻さうで神秘的な詩人的風貌と挙動は演技を補つて余りがあつた。

右の言は林房雄の『文学的回想』からの引用であるが、「私は共産主義の泥沼から押出してくれた恩人の一人として、詩人中野重治の名をここに記しておかう」と皮肉を言ったつもりでも、中野に対しては不幸にも恨み骨髄に徹していた林の言葉だから、かなり割引きして考えなくてはなるまい。しかしそれにしても、ここからは、中野重治という人物の、味方にするとこれほど心強いことはなく、反対に敵にすると、これほど憎らしいまでに「意地の悪い」老獪な戦術を編み出すその方法的態度が炙り出されてくるのである。全くもって中野重治こそ、その後ろ姿の一面においては生え抜きのオルガナイザーなのであり、そのオルガナイザーにとっては「アジプロ」こそ第一義的に文学の使命であった。しかもその中野は同時に「生え抜きの美」の抒情詩人として、オルガナイザーだからこそというべきであろうか、「美」を算盤玉をはじくように手玉に取ることもできたのだ。こうした中野だからこそ、彼にとっての最大の「敵」である茂吉や鷗外から、その肝腎要の精神と方法的態度を奪取しえたのである。そうしてこの方法的な態度と精神に貫徹されているものこそ、対象の性質に応じて自在に変幻する、中野のあの「雑文」の精神にほかならない。

花田清輝はかつて次のように書いていた。

中野重治と一緒に仕事をしてみて、はじめてわかりましたが、かれは、わたしの想像をはるかに上廻るぐにゃぐにゃの抵抗者でした。かれは、ときに無抵抗とみられることを、いささかもおそれませんでした。かれのぐにゃぐにゃの抵抗にくらべると、わたしのそれなど、まだ、まだ、肩をそびやかした部類に属していたのです。（「女は男よりも優秀か」）

この花田の言は、「政治性」と「美的精神」を自在にあやつる中野とその「雑文の精神」を、花田一流の言い廻しで鮮やかに示したものである。敵の中枢部から高度な「戦術」と精神を盗みとる、そうした、しなやかどころか、「ぐにゃぐにゃ」の「方法的戦術」を体得した中野だからこそ、例えば武田泰淳についての次のような言が生まれることになる。

中野は「武田泰淳という人が、僧侶の出でありながらいかにひどいやつかということで愉快にさえなつてしまうだろうと思う」と述べて『司馬遷』初版（一九四三年三月の日本評論社版）の結語に触れている。その結語は、「史記的世界は要するに困つた世界である。世界を司馬遷のやうに考へるのは、困つたことである。ことに世界の中心を信じられぬ点、現代日本人と全く対立する。中心を信じるか、信じないか、これで両者永久に相遭へぬこととなる。日本は世界の中心なりと信じてゐる日本人、かつその持続を信じてゐる日本人からすれば、武帝を信じられぬ司馬遷如きは、不忠きはまりない。宮刑では足りぬ、死刑に処しても良いのである。」というものであった。

これについて中野は次のように言う。


「結語」なぞは、日本世界中心説の正面からの否定、日本永続説の正面からの否定なので、著者は、日本主義、日本軍国主義の鼻づらを鼻血の出るほど逆なでに小づきながら、ああ、かわいい、かわいい、かわいくないこともないなアと言つている調子だから、これがこのまま昭和十八年（一九四三年）に出たことは驚きだと言つてよかつた。むろんこんなことはめでたいことではなかつた。だれでも、もつと素直でありえたほうがよかつたけれども、この著者のこんなやり方は、ちよつと類例のないほど日本主義にたいしてむちやな乱暴だつたろうと思う。「不忠きはまりない。宮刑では足りぬ、死刑に処しても良いのである。」そして自分は、この男をこそ尊敬する、この男にこそ惚れこんでいると書いたのだからひどいものだつたわけである。

(『司馬遷』と『吉野秀雄歌集』)

武田の「結語」の文言から、そしてその「結語」が『司馬遷』の戦後版から削除されたことから、武田の戦争協力について語ることがあったが、そうした皮相な言説とは全く正反対の中野の「読み」は、文章とはこのように読み取るものなのだ、という見事にして鮮やかな「読み方」を示していた。そうして、その「読み」は、中野自身が戦時下において圧倒的な大多数の「敵」どもの目をくらますために、いかに際どい表現によって「防衛」しながら「後退戦」を展開していかなければならなかったかということを如実に物語るものであり、レトリカルな「ぐにゃぐにゃ」の精神の持ち主である中野によって初めて可能な「読み」であった。

中野の「後退戦」は例えてみれば「魯迅に物かげからひと太刀《たち》あびせようとした人間にたいし、退《ひ》く魯迅が退きながらのひとなぎでこれを倒した」(「事実と解釈」)その「斬り口」を髣髴とさせるほどに鮮やかであった。中野は「批判」や「敵」や、そうして「正しいことなら悪党とも手を握って行こう。間違いは善人とやるのでもまっぴら御免こうむりたい。」(「ある日の感想」)と言って、「悪党」からさえも、学ぶべきものは学びとり、それを逆手に取って反転攻撃に出る、そうした、文学にとっても不可欠な「政治性」を身につけていた。こうしたところにも、「政治と文学」の対立を止揚してゆく、小さくても確かな契機があったのだ。

　保護観察処分を受けて警視庁や世田谷署に出頭したりしながら、なおも金属会社の事務所の片隅にやっとの思いで「かくまつて」もらう、そうした最も困難な状況の中で「覚悟をきめて」「書き」、その「書く」という「覚悟のあらわし方」の中に中野は「楽しさ」を見出していた（「楽しき雑談」）。魯迅が語った、「塹壕戦」での兵士がカルタや酒やタバコを楽しんだように、事務所の片隅の「塹壕」の中で中野は「雑文」を書き「雑談」することの中に「楽しみ」を求めた。それは絶体絶命のピンチに遭って、そのピンチを逆手にとる起死回生の「作戦」であった。「告白ということがきらいだ」と言っていた中野は自分の「苦しみ」や「悲しさ」や「弱さ」について書くかわりに「楽しき雑談」を書き鷗外や茂吉や直哉についての「雑文」を書いた。無論その「書く」ことは地獄のような苦痛を伴った筈だ。しかし「どんなに苦しい仕事でも、それを自由自在に行う所にはその自由自在そのものが生む快活さがある。ニッコリ笑う明るさがある」（藤田省三）のだ。そのとき重苦しい圧迫感や肩肘張った緊張感からわずかではあっても解放されて、あの、中野の大好きな、「馬の腹の下をくぐる」ときの「ぬくい」という皮膚の感覚を、あるいは椎名麟三風に言えば「精神のゆるめ」を中野は感じた筈だ。その「ゆるめ」が肩の凝りをもみほぐし、ユーモアをもたらし、さらに書き続ける「勇気」を中野に与え、ついには転向後の「後退戦」を完遂したのだ。『甲乙丙丁』の作者としての「作家」中野重治よりも、むしろ「楽しき雑談」をしながら鷗外や茂吉や直哉についての「雑文」を書く「操觚者」としての中野重治に、現在更めて注目しなくてはならない。

アナーキズムと芸能

——プロレタリア文学の「失敗」と「可能性」

1　はじめに

ここに今、卓抜な「中野重治論」が二つ在る。どちらも文章として発表されたものではなく、対談での発言である。一つは鶴見俊輔の言（『朝日ジャーナル』一九八三年七月十五日号）であり、もう一つは藤田省三のそれ（『世界』一九九八年十一月号）である。二人とも戦前のコミュニストがどんなに「偉かった」かについて語り、その代表的な一人として中野について述べていた。確かに、天皇制社会の真只中に在って、とりわけて一九三〇年前後の「マルクス主義者」たちが二十世紀の学問の世界的水準を追究することによって、天皇制国家の全く不合理な暴力と弾圧や圧倒的多数の軍国主義者とその追随者たちの強圧に対して、はっきりとした普遍的根拠に基づいて理論的に対決しながら、同時に文字通り身を挺して闘い命がけで自由な精神を行使した点において、彼ら「マルクス主義者」たちが「一人残らず無条件に偉かった」ことは動かし難い事実である。

それらの「マルクス主義者」の中でも「操觚者」中野重治が「転向」後に発表したいくつかの連続する作品は、小説や文学評論による「抵抗」を敢行した傑作であった。しかしそれらの傑作も、中野の骨身を削るような「失敗」と「敗北」の経験の中から、いわば起死回生の如くにして誕生したものであり、中野の「抵抗」を達成させたもの（それはとりもなおさず、中野の「偉さ」や「凄さ」である）を理解するためには、その前提としての中野とプロレタリア文学運動の「失敗」に学ばなくてはならない。中野を代表とするプロレタリア文学の「失敗」とは何だったのか。

プロレタリア文学（芸術）がその出発点において基盤としていたもの、それは急激な資本主義化と都市化がもたらす「現代の野蛮」ともいうべき「モノ」と化した貧民への抑圧に対する抵抗であった。その抵抗は、鉱山労働者、流れ者の渡り職人、造船鉄鋼労働者、そして多様な階層からあぶれ出てきた不平分子、落伍者や朝鮮半島からの流入者や被差別部落民といった、まさに階級社会の最底辺の混成大群によって担われていたのであった。彼らは近代化される以前の原始的で粗雑な暮しぶりや立居振舞いを都市の生活に直接もちこんで、デモや「打ちこわし」等の先頭に立って文字通り体を張って都市の「野蛮」に抵抗した。そうしてその活力を内側から鼓舞したのがアナーキズムやニヒリズムであり、彼ら流れ者のルンペン・プロレタリアートの生態と心情を衝撃的に抉り出して形象化した傑作が宮嶋資夫『坑夫』や宮地嘉六『放浪者富蔵』であり、小作人に注目の焦点を当てたのが中条（宮本）百合子『貧しき人々の群』であった。以降、前田河広一郎『三等船客』『赤い馬車』、葉山嘉樹『淫売婦』『セメント樽の中の手紙』『海に生くる人々』、黒島伝治『二銭銅貨』『豚群』、里村欣三『「帰ってくれ」』、伊藤永之介『濁り酒』、小林多喜二『防雪林』等々のいくつかの優れた作品が生まれた。これらの作品（特にナップ成立――一九二八年――以前のもの）には現実を攪乱する下層労働者の反逆と抵抗の積極的なエネルギーや、貧農の惨憺たる実態が時にはユーモラスな軽やかさで表現されており、いまだ渾沌とした未分化な状態の中に多様な表象の可能性が芽吹いていたのであった。しかし、それ故にこそ、批判的に表現すべき対象への焦点が充分に絞り切れてはいなかったと言えよう。それら個別拡散化し分裂しつつある個々の文学・芸術を組織的に結合された運動体として展開しなくてはならず、かくして帝国主義国家権力と天皇制に対して一点集中的に攻撃をしかけた前古未曾有の文学・芸術運動が主としてプロレタリア作家同盟（ナルプ）によって領導されたのである。

2　中野とアジプロ

渾沌として、分裂分散化しつつあったプロレタリア文学に一本の矢の如き道筋をつけようとした中野が最も戦闘的な作家として出発したことは明確だ。

作家としての中野の最初の小説は一九二六年一月発表の『愚かな女』であり、以後三二年の四月に逮捕されて豊多摩刑務所に収容されるまでの六年間に、わずかに二七篇の短編しか発表していないが、そのほとんどがいわゆるプロレタリア小説としての主題のあらわな作品である。詩に関しても、小説を書き始めた二六年の五月には「夜明け前のさよなら」が発表され、以降三一年九月の「今夜おれはおまえの寝息を聞いてやる」までの三十五の詩のほとんどが、小説同様に戦闘的な「プロレタリア詩」なのである。芸術・文学を革命（政治）へと一元的に統合して従属させる運動の中心に位置した、一九二〇年代後半から三〇年代初めにかけての中野の作品群が典型的ないわゆる「プロレタリア文学」であったことは、次の文章が如実に示している。

われわれの前に横たわる戦線はただ一すじ全無産階級的政治戦線あるのみなのである。そこに、そのなかに、特に芸術戦線なるものはありえないのである。（中略）
われわれの芸術は今何をなすべきか。それは簡明ではないか。彼は全人民を、全人民の感情を、一定の方向へと激成して行くためにこそその全身を献《ささ》げねばならないということこれだ。

（「結晶しつつある小市民性」初出『文芸戦線』一九二七年三月号）

われわれは今日《こんにち》はつきりと次ぎのように考えなければならない。
「芸術の役目は労働者農民にたいする党の思想的・政治的影響の確保・拡大にある。すなわち、労働者農民に共産主義を宣伝し、党のスローガンを大衆のスローガンとするための広汎な煽動・宣伝にある。」（中略）

われわれの芸術の内容はわれわれの階級的必要であり、党のかかげているスローガンこそこの階級的必要の政治的・集約的・徹底的表現にほかならぬと言うのだ。

（「われわれは前進しよう」初出『戦旗』一九二九年四月号）

中野の初期の作品は、アジ・プロ文学の典型であった。しかしその「アジ・プロ」は人間感情のいわば「急所」や「泣かせ所」を巧みに刺激する詩的な「さわり」を充分に聞かせることによって、読者の胸奥に揺さぶりをかけて権力へと立ち向かわせる迫力をもっていた。そこが並みの「宣伝」と一味も二味も違うところであった。特に「受け手の像を目の前にえがき、そのひとに話しかける」（多田道太郎「宣伝の人ルソー」）ような語りで人々を行動へと駆りたてていくところに特徴があった。

ああいうやつは、あれやきつと心臓のかわりに百合《ゆり》の花を持つてるに違いないよ。

（中略）

おれの言いたいのは、世間にはとめどもない馬鹿な女がいて、その馬鹿さ加減があんまり純粋なために、そのそばへ来るどんなものをもたちまち同じように純粋にしてしまうということなんだ。そして彼女たちは堕落することが決してないということなんだ。神聖な馬鹿女だね。神聖な馬鹿女なら、どんな神様にだつて救つてもらう必要なんかないじゃないか。たまり水は腐る。なら、それを流してポンプでじやあと洗つてしまえばいいんだ。そしてその堰《せき》をはずしてくれるもの、そのポンプになつてくれるものが、じつにこういう馬鹿女のなかにいるということなんだ。

（『愚かな女』）

おれたちは林のおつかさんには非常に世話になつた。（いくらかは君もなつたわけだ。）おれは金を借りたりして特に世話になった。

おれは京都事件のときの彼女を思い出す。

彼女は機嫌よく（あの機嫌よさは彼女がすばらしい詩人だからだ。母親のほうが息子よりもはるかにはるかに詩人だ。）飯を作つた。

彼女は丸々と肥つてあの細い眼でいつも笑つていた。

みんな忙しくて林のおつかさんなぞかまつていなかつた。

彼女は月に何べんか刑務所の息子に手紙を書いた。

彼女は万年筆と封緘葉書とをかかえて、別に書く部屋を持つていないので、どこでも空《あ》いてる部屋の机にかがみこんで書いた。背中を丸くして。

その時だけおそらく彼女はすすり泣いた。

そういうしろ姿をおれは何べんかちらりと見た。もちろんどうもしなかつた。

林のおつかさんには長く逢わない。今後も逢わないかも知れない。だがおれらは彼女を覚えている。おれらにとつて感謝するべき存在はまれだ。林のおふくろはおれらが感謝する存在だ。おれらは彼女を忘れないだろう。

（『記念祭前後』）

夜おそく母親は留置所を出た。
寒い風が吹いていた。
母親は帯をきつく締めて、凍《い》てついた道を急ぎ足に帰つて行つた。
ある四辻で彼女は一かたまりの学生からビラを渡された。
——日本共産党を天に代つて膺懲《ようちょう》せよ！
——拓殖大学学生有志……
（中略）
帰ると未決から手紙が来ていた。
（中略）
母親は封緘葉書を持つて来て返事をしたため始めた。
強い風が吹いてそれが部屋のなかまで吹き込んだ。
もはや春かぜであつた。
それは連日連夜大東京の空へ砂と煤煙とを捲きあげた。
風の音のなかで母親は死んだ赤ん坊のことを考えた。

それはケシ粒のように小さく見えた。

母親は最後の行を書いた。

「わたしらは侮辱のなかに生きています。」

それから母親は眠つた。

（『春さきの風』）


おれは稲葉の甚九郎爺さんのあの怖ろしいしわがれ声を思い出す。

「おみねさんは縄をかける首を間違えたんじや！」

そしておれは首を間違えるわけにいかぬ。

縄を誰の首にかけるか。

縄をやつとやつの眷族の首にかけろ！

それを正確にやるのだ。

なんなら「病気で」殺してやつてもいい。

（『鉄の話』）


きりがないのでこのへんでやめるが、中野は「われわれの芸術上の仕事をこの国の労働者運動にぴつたりくつつけねばならぬ、すなわち、わが労働者階級の日常闘争にわれわれの芸術の仕事が参加しなければならぬ」（『波のあいま』）という覚悟をもって書き始めていた。ちょうど「おちかばばあ」のように、「あるものには説きつけ、あるものにはお願いし、あるものにはオドシをかけ、あるものには言葉尻をとらえて一ぱい食わせることによつて」(『病気なおる』)中野は「敵」を撃退し味方を惹きつけ、「どういうわるいところへ入れられても、そこでありつたけの力で生きていく。これが花のこころ、花のいのちです」(『菊の花』)といった心意気をもって、「大木を地下で支えている根のこと」(『根』)や「太い柱」と「立派な厚い扉」をしっかりと結びつけている「蝶つがい」や「小さなランプの火を、風に吹き消されないように護るため止《や》むなく払わねばならぬいろんな犠牲」(『ドイツから来た男』)とかについて常に考え、「愚かな女」たちや「林のおつかさん」や「おちかばばあ」たちのような、貧しくはあるがきよらかにたくましく生活している民衆に対してオマージュをささげては激励しながら宣伝煽動のために作品を書いていた。その宣伝煽動のための最大の武器が中野の作品の随所に、断片的にちりばめられてある、以上に引用したような詩的でアフォリズム風でもある「殺し文句」であった。こうしたものの言い方は当時の他のプロレタリア作家たちにはとてものことながら思いつくものではなかった。「キザ」であることなんか先刻承知の上で、あえて敵陣めがけて斬り込むように言葉を押し出してゆく姿勢は、大河内伝次郎の映画『忠次旅日記』の中での忠次が「大剣をギッチヨに提げて、きゆーッと出て来るとこは、いいね!」(『わかもの』)といったおもむきを髣髴とさせるようで、その「恰好のよさ」と「軽快」さと「明るさ」とスピード感は宣伝効果抜群のものがあったに違いない。まさに「アジ太プロ吉」(「プロキノ」の映画の主人公)としての中野の面目躍如たるところがあった筈だ。

しかしながら、中野の初期小説は、その断片化された「殺し文句」に全的にもたれかかってかろうじて成立しているようなものでしかないのもまた事実であった。彼のこの時期の詩に至っては、わずかの例外（「夜明け前のさよなら」「汽車　三」「雨の降る品川駅」）を除けばそのほとんどが党の政治スローガンをなぞった掛声だおれのものであった。

例えば「夜刈りの思い出」（この詩については中野自身「いよいよ今日から」と同じく「愚劣な詩」であり、詩集には入れずに「捨てるように」と後に獄中から伝えていた）の「わたしらが夜刈《よが》りをせなんだろうかよ／わたしらの腰骨が細かつたろうかよ」といった、そうしたこの詩のスタイルを模倣した多数の詩が当時の『戦旗』などに投書として寄せられたという。その意味においても、この詩に典型化されている中野のアジプロ詩がかつてのプロレタリア詩に与えた影響は、そのよ、い、あ、し、を、も含めて、現在の想像をはるかに超えるものであった（秋山清・伊藤信吉「詩史のなかの中野重治」『コスモス』65号）。そうしてやがて中野自身次のように書くことになった。

「（略）こないだおれや、ほら新聞二百号記念に日下部《くさかべ》の書いた詩があつたろう？　うん、そうわるくなかつたさ……あれを思い出したんだが、あれを見ると実際あのころの運動がすつかり反映してるんじやないか。つまりあのころのおれたちはあんな具合に、大事なエネルギーを通りの敷石へもつて行つてすつかり流しちやつたんだからね。」

（中略）

私はもう一ぺん、山口の言つて行つた「がらりと変えるのだ。しよせん生やさしい道じやないよ。」という言葉を思い出して、それが単に私の絵の仕事の上だけのことでないことを一つの宏大な構図として感じはじめていた。

（『波のあいま』）

「新聞二百号記念に日下部の書いた詩」というのは、もちろん中野自身の詩「『無産者新聞』第百号」を指すのであって、それは典型的なプロパガンダであった。

この種の「批判者」の註文どおりに詩をつくつていたらどんな詩ができるか、それを知りたければ僕ら自身の最近までの詩を見るがいい。そこには「批判者」の仰せどおりの詩がたくさんならんでいる（僕自身のことは一番よくわかるから言うが、その恰好《かっこう》の見本の一つが僕の「夜刈りの思い出」なのだ。）馬鹿な母親たる僕らは、いろんな婦人雑誌や安産教科書を読んできて、かちかちの注射薬や胎教やを胎児につぎこんだ。この結果玉のような子供を安産したが、その子供はかんじんかなめのうぶ声をあげなかった。（中略）それは詩のなかへスローガンを書きこむことだ、そして勤労する人間の広い感情生活をできるだけせばめ、なろうことなら感情生活そのものを、つまり生活そのものをなくなしてしまうべきだと考えたのだ。その挙句に出来たのが形だけの詩、うぶ声を立てぬ死児だつたのだ。

（「詩の仕事の研究」初出一九三一年七月号『プロレタリア詩』）

中野は、「あらゆる問題を党のスローガンに結びつけ、（中略）あらゆる場合にこのスローガンを押し立てて行」って「生活のふれるいっさいのものについて、悲しみ、怒り、喜びを感じることに反対する」「機械論者」が多くの誤りを犯してきたことを指摘し、そしてそれは中野自身の犯したものでもあることをこの文章で自己批判したのであった。「詩のなかへスローガンを書きこむ」ような詩を中野自身いくつも書き、そうしてまた、詩的な殺し文句を断片的に散りばめてそれなりの、しかしその場限りの宣伝効果をねらい、それで「一丁上がり」といった小説を書いていた中野自身が再出発をせまられていたのだ。

3　「芸術大衆化」の意味

中野は初期の論文の中で次のように記していた。

われわれの大衆の求めているものは、もしそれをしもおもしろさといえるなら、あらゆる人間のうわ皮とあま皮とを剝《む》いて剝きだしにした生活のあらわな姿にほかならない。ウィットや地口でさえもただここに近づくときにだけ人の足を止める。

（中略）

芸術は味つけなしのときがいちばんうまい。（中略）対象をその客観性において捕えるときすぐ

れた芸術が生まれる。そのとき初めて、あるがままに描かれたものがそれの道行きを訴える。（中略）

芸術にとつてそのおもしろさは芸術的価値そのもののなかにある。（中略）芸術的価値は、その芸術の人間生活の真への食いこみの深浅――生活の真は階級関係から離れてはない。――それの表現の素樸さとこちたさとによつて決定される。（「いわゆる芸術の大衆化論の誤りについて」）

飢えと抑圧とを基調としてひろがつている生活のあらわな姿を、そしてそれらのからみ合い入りまじり合うさまざまな関係を、さながらの豊富さと多様さとで描いて行くことによつてだけ大衆に結びつかなければならない。それらをそのように描くことこそが最も芸術的に制作することであり、このような態度で制作するとき初めてわれわれは、「労働する百万の大衆を目やすにおく」ということを現実にすることができる。（中略）――「生活をまことの姿で描くことは芸術にとって最後の言葉だ。」（「問題の捩じもどしとそれについての意見」）

大衆の求めている「おもしろさ」とは「生活のあらわな姿」であり、其処へと深く食い込んで「さながらの豊富さと多様さとで描い」た作品に「芸術的価値」が在る。作家はそうした芸術的制作によってだけ大衆と結びつかねばならない、と中野は主張した。そうであるならば、中野が反対した芸術大衆化論の如何にかかわらず、当時の大衆の「あらわな」生活に最も強靱に根を張って心身ともにからみついていた伝統的な大衆芸能と芸術について、前衛的な観点から方法的に考察することが、中野の言う「芸術的制作」にとっては最も必要にして不可欠のものではなかったか。革命は大衆を度外視してはありえない筈だ。

もちろん、「芸術大衆化」の観点から、「キングや講談クラブより外には読みませんね。見るものは阪妻や伝次郎のチャンバラものですよ」と広言するプロレタリアの「遅れた層」に受け入れられる「プロレタリア大衆文学」を唱導し、「大衆文学は、大衆に読まれるために、『面白く』なくてはならない。遊戯的要素を多分に含んでゐなければならない。それは筋と事件と奔放な空想と、諧謔と風刺と、健康な欲情と、痛快なヒロイズムに満ち満ちてゐなければならない」と主張した林房雄のような者も何人もいた（「プロレタリア大衆文学の問題」）。小林多喜二の言葉を借用すれば「『荒木又右衛門』や『鳴門秘帖』を読むような積もりで、仕事の合間々々に寝ころびながら読む」ことのできる、そうした大衆的なプロレタリア小説が陸続と発表されていた。小林多喜二の『不在地主』、徳永直『太陽のない街』、貴司山治『忍術武勇伝』『ゴー・ストップ』、片岡鉄兵『綾里村快挙録』、武田麟太郎『暴力』、林房雄『林檎』、黒島伝治『武装せる市街』等、いくらでも列挙することが可能であろう。これら「プロレタリア小説」に共通する一つの欠点について小林多喜二は蔵原惟人宛のある手紙の中で、「プロ文学の『明るさ』『テンポの速さ』など、良き意図のものが、そのよき意図にも不拘、モダン・ボーイ式であり過ぎないだろうか」と正確な評価を下していたのだが、その小林の代表作とされる『蟹工船』ですら、勧善懲悪的な図式をそのまま踏襲して成立したもので、『海に生くる人々』の軽快な通俗版でしかなかった。その意味で片岡鉄兵『生ける人形』や藤森成吉『何が彼女をさうさせたか』が映画化されてヒットしたことは象徴的である。「大衆性」が当時の都市的風俗の上っつらを軽く撫でるようなモボ式の「軽薄さ」に流れてしまい、その「軽薄さ」の上に大衆文学がもっている講談本的勧善懲悪性で粉飾された階級イデオロギーがそのまま接ぎ木されているのが大部分のプロレタリア小説の実態であった。一言でいえば、それは俗流大衆路線以外の何ものでもなく、「俗情との結託」(大西巨人)をはかることでプロレタリア運動を拡大しようとしたものであった。

中野はかつて資本家や地主が「麻痺《まひ》剤を労働者農民に注射」するためにあらゆる表現媒体を利用している以上、「われわれもまたわれわれの形態を」「計画的に組み合わせねばならない」と述べていた(『藝術に関する走り書的覚え書』序)。

またこれより以前、次のように書いていた。

私はいわば幻想詩派とも称すべきものをしばしば見せられている。それは常に皇子《おうじ》であり七つのお城でありギタルであり足の爪《つま》さきである。(中略)

私はまたいわば回想詩派とも称すべきものをしばしば見せられている。それは常に嘆きであり風流であり東洋の神秘でありランプである。(中略)

私はまたいわば叫喚詩派あるいは騒音詩派とも称すべきものをしばしば見せられている。それは常に街頭であり自動車であり首であり血みどろであり売淫であり爆弾であり革命でありやけくそであり、ドタン、バタン、クシヤツ、ギユウ等である。それはどうにも我慢のならぬ気持ちであり黒い虚無の風あなである。

そしてこれらのいずれもが、それ自体には全然無産階級的でない。

そして私たちはここにいう幻想詩派を捨てるであろう。ここにいう回想詩派を捨てるであろう。けれども私たちはここにいう騒音詩派のみは必ずしも捨てないであろう。何となれば、「新しい形式への探究は実にあらゆる革命の本質的ダイナミズムにたいする偏愛からである」からである。そこには常に車輪を押しまわそうとする、前方へ押しまわそうとする熱意が些少《さしょう》なりとも見出せるからである。

（「詩に関する断片」）

中野も注目しているように、まことにこの「騒音詩派」こそ初期の葉山嘉樹ら少数の作家たちと連動して、都市の浮浪者的遊民や貧民、下層労働者の流れ者や果てはヤクザやゴロツキや「売淫」どもといった、そうした社会の最底辺や周辺に流浪する全く新しい大衆の行動と心情やその「あらわな生活」に美的表現形式を与え、彼らが潜在的にもっている破壊と革命へのダイナミズムを掘り起こそうとしていたのだ。中野たちがこれらの貧民大衆と結びつこうとするならば、彼らの「破壊」と「ダイナミズム」がもつ意味をしっかりと受け止め、その方法的姿勢の上に立って、彼らが求めた「おもしろさ」——即ち講談・浪花節・落語等の各種の寄席芸やサーカスをはじめとする見世物等々の大衆芸能を「計画的に組み合わせ」る「新しい形式」によって、彼らの生活の「あらわな姿」を表現する必要があったのであり、とりわけ彼らが圧倒的に支持していた映画に学ばねばならなかった。

既に指摘されているように、当時の映画の制作現場は、いわば半ばヤクザが支配するような「カツドウヤ社会」、職人社会であり、「堅気衆」の近よりがたい「悪場所」の雰囲気があった。だからこそ差別を受けはじき出されたドサ回りの旅芸人や都市のあぶれ者や落伍者や、そうして「左翼くずれ」を吸収することができたのであり、こうしてなだれ込んだ「子分」どもを寄せ集めて「親分」の差配の下に創る映画の特徴、それは「ジゴマからですよ、映画の主人公というものはね、強盗か色魔か辻斬りと相場がきまっていた」（団徳磨）とか、「せいぜいのところ多様な芸術の混血児、しかも女郎の腹をかりた私生の子である」（伊藤大輔）とか、「映画は土着の芸術である（略）前近代とか封建遺制とかいわれる部分に実は映画の本領はある」（深作欣二）とかと言われているように、土着と伝統に深く基盤を置いた、そして都市化の野蛮によってはじき出されたあぶれ者による、「賤民の芸能」であるところに在った（竹中労『日本映画縦断』）。しかも大切なことは、賤視されていた雑多な芸の伝統的な様式を、当時の最も斬新な映画技法で処理し、そこに登場する主人公たちをアナーキズムやニヒリズムで巧みに形象化したことである。例えば隻眼隻腕のグロテスクでニヒルな怪剣士が大立ち回りで喝采を博すという「放れ業」を演ずることになり、かくして傾向映画（チャンバラ映画）の傑作がいくつも生まれることになるが、この傾向映画こそ一九二〇年代以後の現代に再生した、生え抜きの伝統的な大衆芸術であったのだ。

勿論このチャンバラ映画は、これとほぼ同時的に流行していた大衆髷物《まげもの》小説と同様に、その内容に「封建的ロマン主義への逆転」（長谷川如是閑）を蔵していたのではあったが、女形の役者から出て最も伝統的なカブキの様式を身につけていた衣笠貞之助が、前衛映画のもはや古典としての傑作である『狂った一頁』を創り、あるいは三村伸太郎や山上伊太郎の脚本、山中貞雄の作品、そして三村・山中を含んだ共同制作グループ「鳴滝村」の作品、さらには伊丹万作の活動等々といった、こうした映画作品の中に伝統的大衆芸能が軽やかにも鮮やかに再生していたのである。まことに中野の言う如く、「あらゆる形態を互いに結びつけ組み合わせ」て都市貧民大衆の「まことの姿」を表現する「新しい形式」を創造しえたならば、そのとき「前衛（革命）の文学」であるプロレタリア文学は、伝統芸術を否定的媒介（継承と解体、転用と改作）とする「文学の前衛・芸術の革命」としての「アヴァン・ギャアルド」へと変貌して行く可能性があったのであり、ひょっとするとチャップリンやブレヒト風の、全く新しいドタバタ調のプロレタリア芸術が誕生していたかも知れないのだ。しかし今村大平の理論的考察「日本映画様式について——映画社会学のための覚書——」をほとんど唯一の例外として、作家同盟も映画同盟（プロキノ）も、総じて左翼的な芸術運動からはそうした前衛的作品を一つも生むことなく消滅してしまった。（その意味において左翼映画誌等で傾向映画の傑作として評価された『都会交響楽』が決して左翼とはいえない、タタキ上げの溝口健二作品であることに更めて注目しなくてはなるまい）

チャンバラ傾向映画について中野は小説『わかもの』（一九二九年）の中で次のように記していた。

それから二人は「忠次旅日記」を見た。これはおもしろかつた。

彼忠次が自分の運命を知つていて、不必要な係累をつくらぬよう細心の注意を払つてる点。逃げることがどうしても必要となると斬つて斬りまくつて絶対に逃げおおせる点。この二点を感心した。ただ彼の落ちて行く姿は落葉のように寂しい。彼はうしろ姿で吹かれて行く。最後に彼はお縄を「神妙」に頂戴して現法の擁護者に堕落する。テラやカスリで食つているものの必然の運命だろう。おれたちは違う。おれたちはバクチ打ちじやない。

『忠次旅日記』の監督伊藤大輔は後に「けっきょく様式、忠次で描こうとしたのは形なのです」と語り、様式美で悲愴感を盛り上げて「庶民草莽のヒロイズム」として忠次を描き切れなかったと自作への不満を述べていた（竹中労・前掲書）。伊藤がめざしたのは「講談をタネ本にして」伝統的な様式美を換骨奪胎し、下層貧民の抵抗への表現へと全く新しく流用転化することにあったのだ。少くとも、伊藤の言葉を借用すれば、この映画のもつ「言葉にはならない虚無の芯」に当時の庶民大衆が大いなる共感を示したことは紛れもない事実なのであって、そのことに触れずに、おれたちはテラやカスリで食っているバクチ打ちじゃない、と切って捨ててしまったところに、中野たちが「大衆のエネルギー」をつかみそこねて「芸術革命」に失敗した一つの因がある。

4　中野「の失敗」

いわゆる「大正時代」の精神史的特質は、寺田透の名言によって示せば「西洋と日本の、奇妙であろうが粗悪であろうがともかく現実的な、逃れえないアマルガムの中にしか自分らのありえないことを自覚して始る」（「江戸をこう見る」）ところにある。このアマルガムを典型的に体現していたのが中野の言う「騒音詩派」であった。彼等はユスリ・タカリを日常的にやってのける、野蛮で自堕落な怠け者であり、一方において「義俠心」や「男意気」による人格的結合を重んずる日本的習性に浸りつつ、他方において無頼派に固有の自由の精神とアナーキーなアンニュイを「黒い虚無の風あな」から発散させていた。この「粗悪なアマルガム」があるからこそ、彼らは都市流民の生活感情を前衛的な手段によって表現しうる萌芽を持っていた。これに対して中野たち「左翼」は帝国日本の模範青年の後裔であり、しかもマルクス主義という普遍的な理念と理論によって結合している同志である以上、ゴロツキやルンペン共は否定されねばならず、その結果これらの無頼漢と都市貧民が共有する「常に車輪を（略）前方へ押しまわそうとする熱意」を、「野性」やデカダンスや「怠惰」や「倦怠」等のもつ破壊的エネルギーとその人間的意味をきちんと汲みとることができなかった。中野たちには非合理的なものに秘められている「錯乱の論理」の否定性を創造的なものへと転化しようとする前衛的な方法的意識と手法が欠如していた。かつて「大道の人びと」のもつ「あぶなつかしい芸」に共感を示していた中野も、「髪の毛の長い」「まちがつた言葉と卑しげな弥次《やじ》とを止めどなく飛ば」す「無政府主義者」を「どこか縁日の商人に似ていた」と言って、「大道の人びと」と「無政府主義者」を二つながら同時に葬り去ってしまったのであった。ここに中野とプロレタリア芸術の最大の「失敗」の一つが在る。それは「非合理なるもの」からの逃亡であった。

モボ的な俗流小説と「前衛芸術」を否定したプロレタリア作家は、自然主義的私小説へと後退し政治と文学の両立に悩んだ挙句に、「作家の実践を、創作を政治にスリかへたりするならば、冗談じやない、日本国土からプロレタリア作家は地をハラふであらう。（中略）ぼくの六七年の組合運動（合法時代）の経験では、小説書く頭と、ヒンパンな闘争指導とはてンで両立しなかつた。ぼくは闘争を少しサボつて短篇を一つ書いたら、幹部会議で「査問」され、詫状をとられたことがあつた。論文は書けても小説は書けない。こゝに科学と芸術の区別があり、文学と政治の限界があるのだ。」（徳永直「創作方法上の新転換」）という、「政治と文学」を対立的二元的にとらえる旧来の観点へと退行し、その果てには「ぼくは心をきめた。ぼくは文学のために一生をかける（中略）ぼくは毎日だまつて、八時間だけ机のまへにすわりとほす。それがもう三月つづいた。一生つづける決心である。」（林房雄「作家として」）と宣言して、「運動」から退却し、転向して文学にもどって「立派な作家」に成り上ろうとする者たちが出現してくることになる。これは「文学」

へのあからさまな「本卦還り」であり、それを正当化するかのように「今日被扶養者をたくさんかかえている「ナルプ」の作家にとつて「生活」はまつたく「厄介以上」のものである」（徳永直『ナルプ』に対する希望」）と言って、生活のためにやむをえず「文学」に専念することを主張し、同時に他方で「庶民生活がもつまつとうな明るさ、健康さ」や「はたらくことのたのしさ」（同『をさない記憶』）を賛美するのである。

言うまでもないことではあるが、「政治と文学」のこうした二元的対立は日本近代文学の根源にまで遡る「宿痾」ともいうべきものであった。それは一方において、文学を政治へと従属させて組織のアジビラを書く方を優先させるといった、そうした「政治至上主義」を生み出し、他方において、これに反撥して「運動」から引き籠って小説を書いたり、あるいは政治・社会に全く関心を示さずに「文学」にのめり込む「私小説」派や「耽美派」等を出現させ、これら両系統の並立と不毛な対立が繰り返されてきたのである。プロレタリア芸術運動は、本来この対立的二元論を止揚して両系統の考え方を結合統一し、それを運動として発展させようとした画期的な「出来事」であった筈なのだが、文学と芸術の革命に失敗した結果、林や徳永らのような二元論がまたもや復活するというツケがまわってきたのである。

中野が出発点において主張した「剝きだしにした生活のあらわな姿」とはどのように把握されねばならなかったのか。人間が社会関係のアンサンブルであり、完結した「自我」などは雲散霧消し、「主体」は物化された「モノ」として商品化された「関数」でしかないことを暴露したのがマルクスであった。マルクス主義によって現実社会と人間生活の「まことの姿」が全的な関係性の下に「あらわ」にされたのであり、この物化した人間の存在こそが階級関係を通して表現されねばならなかった。そうしてその「あらわな姿」は小林多喜二の『党生活者』に萌芽的にではあれ暗示されていた。そこでは革命を絶対的な目標とする党の指令のなすがままに、自分の日常の全生活をその関数として、そして利用しうるものすべてをその絶対的目標のための手段として、即ち完全に「物的対象」として扱おうとする全く即物的な精神的態度が可能性として含まれていた。まことに今さらながらに思うのだが、己れを革命という絶対目標のちっぽけな無名の関数とみなし、一切のあらゆるものを突き離して「モノ」として扱う視点が確立していたならば、二十世紀的世界と人間の様相が革命との関連の中で表現される、全く新しいアヴァンギャルド文学(それこそ言葉の正しい意味での最もラジカルなアジプロ文学)が誕生していた可能性があった。その可能性の中に、革命と芸術・政治と文学の結合が胚胎されているのだ。

一九二〇年代以降の大衆都市化と階級的矛盾の激化する状況に直面したとき、中野たちプロレタリア文学の作家らは、その状況の奥深くを潜り抜けて、表現主体を含めて世界を内側から形象化する方法を発見しえず、また発見しようとする問題意識を欠落したまま、従来の伝統的リアリズム、あるいは流行し出した大衆・通俗文学風の「軽い」スタイルに安易に依拠せざるを得なかった。そうしてその表現方法への自覚的な考察とそれによる「芸術革命」が企図されないままに、「主題の積極性」とか「政治の優位性」とかが声高に叫ばれ上から持ちこまれてきた。こうしたところにこの国のプロレタリア文学の悲劇と限界の一因があり、中野こそその運動の「失敗」と「敗北」の主要な「責任者」に他ならない。中野はこの「失敗と敗北」の経験から何を学んだのか、それは彼の「転向」とおそらく不可分の関係にある。かくして中野の、いわば闘いの第二ラウンドが「転向出所」とともに始まることになる。

文学革命としての『空想家とシナリオ』
――前衛作家の「地獄めぐり」

1 「転向」をくぐり抜けて

「騒音詩派」やアナーキストを否定して革命運動へと突き進んで行った中野は、やがて「転向」していくつかの小説を書いた。その中の一つ、『鈴木・都山・八十島』の中で田原が予審判事から、田原の「仲間」が「異口《いく》同音に田原は確実に組織成員であつたといつてるんだがどうだね?」と問いつめられても「認めません」と頑強に否定したのはなぜなのか。田原は「取調べにたいして正しい態度を最後まで維持する」ことに全精神を集中した。「正しい態度」とは何か。『一つの小さい記録』には次のような箇所がある。

党員てなまた別なんだ。(中略)あいつはそれを、きいたんだぞ! そうであるかないかつて……

きき出そうとしたんだ。そんなこた、きくべきこつちゃないんだ。日本じゃ秘密なんだ。それをいわせようとするなんて……おれがそうじゃないからつておれの意見が正しくなくなりやしないんだ。

「被告人佐藤」は「事件に直接関係あるすべての被告人が被告佐藤のことを明瞭に」共産党員であったことを認めているにもかかわらず、否認している。「被告人大久保」も佐藤が党員であったことをくりかえし断言している。佐藤は独房の中で冷めしを食いながら次のように思う。

「あのとき大久保と打ち合わせておいたらよかつたんじやないか。あんなことつてあるもんじやない！」（中略）

「あのとき思いきつて下卑《げび》て、はつきり取りきめておいたらよかつたんじやないか……彼一人でどうなるつてこたないさ。しかし、ほかの連中がどうあろうとも、二人だけは必ずおたがいを維持しよう、どんなことがあつてもどこででもおれは君の名は出さぬ、君もおれの名は出すな、そう言いかわすことはできたんだ。（中略）」

ポイントは二つ、共産党員であることは秘密にしておかなくてはならないこと、取り調べの過程では絶対に仲間の名前を出してはならないこと、これであり、この二つを守り抜くことが「正しい態度」に他ならない。中野が獄中で頑張り通したのもこの「正しい態度」を貫くためであった。『村の家』には次のような記述がある。

勉次は割合い落ち着いた気持ちで日を送っていた。あすにも出られることは可能なのだと思い、しかし、五、六年したらとにかく出られると思ってドイツ語の勉強も始めた。つよい読書熱が起き、一年間に読める量がなにほどでもないことを計算して、いろんな方面で基礎的な学問を得たいと思った。取調べにたいして誤らなかったことが彼を落ち着かしていた。(傍点引用者)

傍点の部分は「正しい態度」が貫かれていることを物語っている。しかし「彼は治療が今度の逮捕でまた中断された黴毒《ばいどく》のことを考え、それからくる発狂に恐怖を感じた」ために「再び保釈願を書き、政治的活動をせぬという上申書を書き、(しかし彼は、彼の属していた団体が非政治的組織であり、彼が非合法組織に加わっていなかったという彼自身の主張にはどんな意味ででもふれなかった。)一方病室にはいれるよう要求し」(傍点引用者)てその通りになる。そうして次のような有名な件りがある。

ある日彼は細い手でお菜《さい》を摘《つ》まみ上げ、心で三、四の友達、妻、父、妹の名を呼びながら顎をふるわせて泣きだした。

「失わなかつたぞ、失わなかつたぞ！」と咽喉声《のどごえ》でいつてお菜をむしやむしやと食つた。彼は自分の心を焼鳥の切れみたいな手でさわられるものに感じた。一時間ほど前に浮かんだ、それまで物理的に不可能に思われていた「転向しようか。しよう……？」という考えがいま消えたのだつた。（中略）どうしてそれが消えたか彼は知らなかつた。突然唾が出てきて、ぽたぽた泪を落しながらがつがつ噛《か》んだ。「命のまたけむ人は……うずにさせその子」——おれもヘラスの鶯《うぐいす》として死ねる——彼はうれし泪が出てきた。（傍点引用者）

「政治的活動をせぬという上申書」は書いたが「正しい態度」はあくまでも保持されているのであって、引用文中の傍点部分はそのことを物語っている。「しかし勉次の容態は次第に悪くなり、発狂を恐れた結果、「非合法組織にいたこと」を「認めることにすると答え」て「懲役二年、五年間執行猶予——そして即日執行で」勉次は出所する。年譜に記されているように「日本共産党員であったことを認め、共産主義運動から身を退くことを約束し」たのだが、最後の一線である、「仲間を売る」ことはあくまで断固として拒否していた。獄中での中野の最大の闘いは仲間の名前を密告しないで「正しい態度」を貫き通すことにあった。仲間を売らないこと、密告しないこと——それは人間倫理の根本になくてはならないものだ。結果として「転向」することにはなったが、中野はそれを守り通したことにおいて、「転向」してもその仕方において実に

「立派」であった。

獄中という命の賭けられた極限的な状況の中に在って、どのような闘いをし、どのような仕方で「転向」したのか。——こうしたことが、出所後の「娑婆」での闘いの仕方と関連する筈であり、むしろその後の闘いを深く規定づけることもあるのだ。

中野は一九三四年六月十一日付の原まさの（夫人）宛の手紙で次のように記した。

俺は仕事はして行く。今度の始末については、こまかいイキサツもくわしく話さねばならぬが、事柄の本質上いいわけということは出来ぬことである。で、俺としては、これからの仕事で取りかえしをつける外はない。

厳密に言えば、これは取りかえしのつかぬことなのだが、つまりその事自体はとりかえせないことなのだが、それはそれとしておいて、新しく仕事をすることでその埋め合せをしたいと思っている。またそうするより外に道はない。（『愛しき者へ』上）

右の手紙の言葉は「僕が革命の党を裏切りそれにたいする人民の信頼を裏切つたという事実は未来にわたつて消えないのである。それだから僕は、あるいは僕らは、作家としての新生の道を第一義的生活と制作とより以外のところにはおけないのである。」という「『文学者に就て』について」の有名な箇所や、これまたあまりにも周知の『村の家』の「よくわかりますが、やはり書いて行きたいと思います。」という勉次の言葉を喚起する。

彼は彼の裏切りを具体的に書かねばならなかつた。そのために何を裏切つたかを書かねばならなかつた。彼は日本の革命運動と革命的組織とを裏切つていた。それでそれを書かねばならなかつた。（『小説の書けぬ小説家』）

そして中野はそれを『第一章』以下『小説の書けぬ小説家』までのいわゆる「転向五部作」で或る程度は書いた。それはしかし、とりかえしのつかぬことへの「埋め合せ」をするほどまでにはまだ至っていなかった。一体中野は「埋め合せ」のためにどんな「仕事」や「制作」をしようとしていたのか。

中野は一九二〇年代後半、あまりにも性急に既成のものを否定してしまい、そのさまは未来に向かって「足駄で駆け出すような」（中野の小林多喜二評）拙速ぶりであった。『歌のわかれ』の中の人物「藤堂高雄」――佐藤春夫の「ノンシャランな態度」を「『いい家《うち》のぼんち』のかまわなさではないか」と言って斬り捨てたときもそうであった。その斬り口は確かに颯爽としていたであろう。既成のものからのその「分離」と「断絶」、「飛躍」の仕方に、いかにもマルキシストらしい「恰好よさ」もあったであろう。しかし、たとえ若くして中野が佐藤を「全部読んだ」にしても、それは福本イズム風のあまりに強引な「分離」のさせ方でもあった。その物言いは「新しく芽生えるものを頑強にまもりつづけようとして」（亀井勝一郎「中野重治」）のものであったとしても、中野の「斬り捨て御免」のやり口は「モダンなるもの」のもつ人間的意味を、ここでもまた結果的に取りこぼすことになった。

二十世紀的状況の精神史的特質の一つは、物化され破片となってバラバラに孤立し、それ故に群れを成して浮かれたがる精神的傾向の蔓延であり、その状況に便乗するかのようにして軽薄に振る舞いながらも、「現代」がその奥に含みもつ「絶望」や「憂うつ」や「虚無」や「倦怠」や「喜劇性」等々を内側から形象化し、それによって俗悪なブルジョア文化を批判しようとしていたのが「モダニズム」であり、その形象化と批判力が確かに不十分ではあったにしても、古典的教養を兼備したモダニズムの旗手が当時の佐藤春夫であった。彼のノンシャランスには、アンニュイとメランコリーに苛なまれてすっかり屈託しながらも、むしろそれ故に「しだらもなく」詩文を書き散らしている、そうした縦横に語り尽くす筆力によってあらゆる束縛から脱出しようとする自在で強靭な精神が垣間みられた。しかし「謙虚であるよりも傲慢であれ。――そういうことも、安吉が独断でこの作家から学んだと思っているものであつた」（『歌のわかれ』傍点引用者）と考えて佐藤を切り捨てたとき、中野は「いい家のぼんち」のもつ批判的姿勢を取り逃していた。ここにも「非合理からの逃亡」がほのみえる。中野はモダニストたちとともにブルジョワ文化批判を共闘すべきだった筈だ。ついでに言えば、同じように既成のものとの激しい「断絶」を示しても、「アンチ福本イスト」葉山嘉樹は中野とは違っていた。葉山の荒々しい強引さとある種のデタラメぶりに示される衝撃的な斬新な表現は、彼にのみ固有の資質と経験の内部からマグマのように噴出してきたものであって、そこに作為的な衒いや狡猾さや傲慢は無い。だからこそ作品として、そしてアジプロとしても見事ないくつかの初期の傑作が生まれたのだ。しかも後に山に籠ってからの作品には、百姓をしてもうまくいかず、その日暮しの貧しい物書きをしつつ、アユ釣りなどで憂さを晴らすうちにおのずと生まれてくるユーモアと滑稽、孤独の中での子への愛などが、無頼の荒々しさをくぐり抜けた果てに滲み出るような渋味をともなって表現されており、敢えて言わせて貰えば、『椎の若葉』や『湖畔手記』の葛西善蔵を「左翼」にしたような風格さえうかがえた。

否定するためには当のそのものを熟知せねばならず、否定対象の最も肝腎な本質をむんずと掴んでこなくてはならない。中野は、自分がそこから生まれ、そこを通過して感性を育んで書いてきたにもかかわらず、性急にも投げ捨ててしまった近代文学とその精神の歴史について、もう一度その胎内をくぐり直す試みを始めねばならなかった。中野の小説の人物の一人、高木高吉は「おれはあやまつて出てきたよ。おまえも知つてて軽蔑してるかも知れない。しかし、おれは生きながら脊骨《せぼね》を売り渡したんだが、からだは動くんだ。動くなかで脊骨は向うのもの、しかし動くんだよ」と言い「しかしおれは賢くなるよ。サムソンだつて眼がつぶれて臼をひいているうちにあの馬鹿が賢くなつたんだ」とも言っていた。「脊骨を売り渡し」「眼がつぶれて」も「からだは動く」限り中野は「臼をひ」き続けようとした。ちょうど中野が気に入っているあの「豪傑」

が「重いひき臼をしずかにまわし」たように。そのつらい「臼ひき」を、戦時体制下の保護観察下で、しかも食うや食わずの窮乏と家庭の半崩壊の、いわば「地獄」のような状態の中で中野は試みねばならなかった。

2　文学革命としての『空想家とシナリオ』

中野が再度くぐり直さなくてはならないものの一つにリアリズム文学と私小説があった。その意味で中野の小説の中で最も面白い『空想家とシナリオ』に注目しなくてはならない。

善六は三十すぎた、市役所の戸籍係の仕事をしている男である。若い頃に同人雑誌を作り、その「仕事をとおして、人はいかに生きるべきかを具体的に呑みこもうとした」こともあったために、「あんな雑誌をあんなふうにやつたのでなかつたらば（略）戸籍謄本を写して生きなくてもすんだかも知れな」いと悔やみつつも、しかしたとえ「そのため今日《こんにち》の境涯へ落ちたのであつたとしても」「あの時代を決してそのために捨ててしまうことはできまい」と考え、当時の清潔さに育てられた「ある肝腎のもの」がまだまだ自分たちの中に生きつづけていると思っている。現に善六は未だに時には短編小説なども書いている中年男なのである。つまりは車善六なる人物は中野がそれまで書いた小説の中で、「小説の書けぬ小説家」である高木高吉と並んで、初めて明確に形象化された姿で登場した貧乏な小市民インテリゲンチャなのである。中野はこの小説において初めて腰弁生活をする小市民インテリの日常生活を描いたのである。

勿論のこと、車善六には中野自身が投影されており、中野の生き写しの分身である。その意味でこの小説は作家自身の小市民的な日常生活とその感情とを登場人物に仮託した伝統的な自然主義的私小説である。

しかしこの小説には、旧来の私小説的な体裁をとりながらも、それとは全く反対に、私小説を内側から解体して全く新しい小説世界が展開されてゆく、そうしたいろんな要素が含まれているのだ。まず第一に、主人公の名前である。中野の小説の主人公の独特な命名については既に藤枝静男が述べていた。「勉次」とか「安吉」とか「良平」とか「善六」とかという「泥くさい名」に「臭気コンプレックスに特別過敏なプロレタリア小説家中野重治の姿」を思い浮かべ、「中野氏は自分の小説の主人公への小農子弟的命名という過敏症によって、むしろ却て作品自体を不自然にしている」と否定的に論評していた（「志賀直哉・天皇・中野重治」）。たしかに中野は「私は田《い》舎者《なかもの》であり、桶を桶といふ」と書き、自分の中にある「古い百姓のイデオロギー」に触れ、「あの雪の降るなかへ行つてしまいたい、行つてあのじめじめした空の下で、泥のなかを這いずりまわつて死んでしまいたい」（「雪の下」）とも述べていた。そうした「田舎者」の百姓風な名前を背負った人物が、都会の真只中に登場してきたのが中野の小説の一つの特徴であった。「小説の書けぬ小説家」高木高吉も「百姓」風の名前であるが、一方でこれは宇野浩二の『出世五人男』の「赤木赤吉」のもじりでもあり、それも元をただせばゴーゴリ『外套』の、「アカーキイ・アカーキエヴィッチ・パシマチキン」の和風翻案であった。つまり中野の小説の人物は、命名からして単なる「小農子弟」や平凡な一小市民などではないのだ。「お上りさん」である田舎者の百姓「善六」（それは「安吉」や「勉次」や「高吉」のことでもある）が帝国大学出身という学歴によって一人のインテリ小市民となり上るものの、青春時代の「清潔な勇気」を持ち続けているがために「何らの創造の苦痛もない」戸籍写しの仕事をなりわいとする、下級官吏パシマチキンすれすれの、平凡で貧しい生活を強いられるはめとなり、都会の中を浮遊する「街あるき」にわずかに慰めを見い出し憂さを晴らす、そうした日常生活が描かれているのがこの『空想家とシナリオ』なのである。そこには愚直なまでに「くそ真面目」な独特の感受力をもつ「百姓風」の善六が都会の日常生活の中で次々に遭遇する出来事との、それから細君と交わす対話におけるところの、どうにも調和のしようのないチグハグな違和感がユーモアと滑稽感たっぷりに表現される。自分自身都市流民となりながら、それでいて「東京が伝統としての文化を持つていないところからくる一種の野蛮性」や「迷信とまじりあつた軽薄な淫蕩」が瀰漫した都市的な根なし草の状況に決してはまりきらない、その余剰部分が或る種のアイロニーとなってじわりと惨み出てくる。確かに平野謙が言うように、作者である中野自身、善六に対して、あるときは突き離したり、顔をそむけたり、苦笑したりしつつ、「困まった奴だ」といった案配で眺めやっているのである。だからこそ善六は、作者から解放されて、彼なりに生き生きと独立独歩に活動することができているのであり、読者はこの小説によって全身の「凝り」が心地よくほぐされることにもなる。

そうして善六は実にいろんなことを空想する。教育映画「本と人生」のシナリオを書くはめとなり、一冊の本をめぐってさまざまなことを、実に突拍子もなく次から次へと空想し、その「想起」や「連想」の軽やかなリズムと意外性が「起承転々」と繰り広げられて行き、挙句の果てには「空想から出た結果にケリをつけるためには彼の空想生活そのものをどうにか始末してしまわねばならぬ羽目におちいつた善六は、このごろはほとんど神経衰弱のようにさえなり――その神経衰弱がまた『神経衰弱とその確実な療法』というような本の問題となつて彼を追いかける」といったおかしくもすさまじいばかりの堂々めぐりに陥る仕儀となる。

こうして滑稽とユーモアとアイロニーで、善六の単調な役場の仕事とか細君との日常生活とかが突き離され相対化されると同時に、さらに善六がめまぐるしく思いめぐらす「空想」によって、そのズルズルベッタリに続けられるはずの日常世界がズタズタに寸断され分解されてしまう。『空想家とシナリオ』はこの解体され寸断されたチグハグな断片を再構成して形象化したものであり、その方法によって中野は日常の「ありのままの現実」をベタで表現していた近代リアリズムの小説世界を完膚なきまでに粉砕してしまったのである。それは一つの「文学革命」と言ってよいものであった。

既にして佐藤春夫が断固として主張していたように、善や美や夢幻を排して「敢然と現実の醜の中に真を見ようとした」科学的写実主義が自然主義なのであって、「芸術のなかに科学的な無差別観を齎す事は芸術を根本から覆す革命的な精神」でもあった。「個人の尊厳も芸術の自由も危機に遭遇してゐる」時代状況のなかから、旧来のロマンティックな審美観を突破しようとしたのが自然主義であり、同じ状況のなかから社会主義者も出現したのであった。両者は「一つ穴の貉」と一般からは見做され、自然主義者どもは「単に審美的な立場や良俗に反するという軽い意味以上に容易ならぬ不逞の徒と見られ」ていた。審美的伝統を否定する彼らは、漢文も古典の教養も不要な「平々凡々たる市井の常人の日常生活を日常の用語のままで羅列したもので文学をつくらうと」「田舎者らしい頑固さで」頑張り通したのである。自然主義はまさに芥川龍之介がつぶやいたように「毎日煮豆ばかり食つて」いる「早稲田の下宿屋の二階で生まれた」のであった。自然主義こそ伝統的な美意識と文学的枠組みと、それらを支えていた社会的体系とに真正面から抵抗したものであった（『近代日本文学の展望』）。

このようにして、ありのままの退屈な人生と日常生活を押しの一手で根気強く表現してきた自然主義とそこから生まれた私小説も、しかしながらその当初把持していた「不逞の精神」を次第に失って、中野が「転向」後の小説を書く頃には「ありのままの日常」にすっかりもたれかかって、時代に対する作家の順応や便乗に最適の形式へと完全に頽落してしまっていた。私小説を固守することは時代への反逆にならないどころか、全く反対に、「文学者が国の為に憂え、国のために喜ぶという切実な意識」を表明する「自己告白」や「自己潔斎」をすることに成り果ててしまった（伊藤整「憂国の心と小説」）。事実、あの「十二月八日」を「感動をもって描いた」のは私小説作家がほとんどであり、そこでは作家主体は「ある無上なものへ」と「帰順」し溶け込んでしまっているのだ。あのこすからく小利巧に身を処する「得能五郎」を生み出した伊藤整でさえ

『感動の再建』(一九四二年)を書いて、そこにおいて彼のエゴは天皇制の中へとドロドロにとろけてしまったのだった。かくして矢崎弾が皮肉まじりに見事に批判したように、「自我の形成、拡充とともに、その頽廃・分裂のときにも、私小説は、はなはだ貴重な役割をはたしをへる」（「自我の発展における日本的性格」）ありさまとなっていた。

私小説作家たちがその生命でもある表現行為によって積極的に戦争に加担して行ったのは、「ありのまま」をベタに表現する、その現実追随の方法そのものの中に欠陥があったことと不可分であった。かくして中野は、伝統的リアリズムと私小説のもつ方法的限界を突破するために、私小説を内側から解体する全く新しい方法と芸術世界の変革を試みたのであり、そうした芸術的変革を通して戦争へと頽落して行った時代状況から自己を精神的に切断させ続ける後退戦を展開し、ドタン場まで抵抗姿勢を貫いたのであった。まさにこれこそ「文学の革命」による「芸術的抵抗」の名にふさわしいものであり、かつて中野らが主宰した雑誌『プロレタリア芸術』のスローガンを転用すれば、「武器の芸術」を「芸術の武器」へと転化させ、革命（抵抗）と芸術を、転向後の苦難の中でものの美事に結合させたのであった。その「文学革命」は中野自身が日本の近代文学をもう一度くぐり抜けることによって成し遂げたものであり、『空想家とシナリオ』こそ、近代的な私小説を否定的に媒介して達成したアヴァンギャルディッシュでシュールでさえある作品といえる。

それにしても、この「文学革命」に挑戦しつつあったときの中野の孤立無援の奮闘をまず想い起こさなくてはなるまい。一九三四年五月に出所して後、保護観察処分や執筆禁止の措置をうけながら、なおかつ執拗に論陣を張り、「独断と逆説とによる卑俗さをロココ的なもののように振りまわす」反論理主義的な傾向とか、愛国主義的な大勢に順応して「実業家、官吏、軍人」の尻馬に乗る「文学における新官僚主義」とか、「働く民衆万歳！」と叫びながら客観的には働かせる側に立って国家に奉仕するそうした信念をもった「金無垢《きんむく》のデマゴーグ」とか、それら軍国主義と天皇制へ追随していく時代の圧倒的多数者を相手に孤軍奮闘しつつ、その奮闘と連動させながら、「文学と思想における闘いとは、このように方法的にするものだ」とばかりに中野が「文学革命」を遂行していたのだから、その文学革命のための「くぐり抜け」はすさまじいばかりの苦痛をともなった、いわば「地獄めぐり」に違いなかった。しかし中野は、その「地獄めぐりの苦痛」さえもグイとねじ伏せるように突き離して滑稽と化してしまうのだ。中野は、実に、台所での「庖丁研ぎ」によってなんとか凌ぎ切ったのである。「『なにくそ。負けるもんか！』というような顔をして、善六はいつまでもごしごしと磨きつづける」ことで耐えしのいだ。これこそ「地獄の底」からこみ上げてくる、絶体絶命のユーモアにほかならない。そうしてそのユーモアの底に結晶化されているものこそ、獄中にあっても信義を守り抜いた中野の人間としての倫理なのであった。かくしてかつて社会主義者と「一つ穴の貉」と見做されていた自然主義作家たちの「不逞の精神」が、中野の「胎内の地獄めぐり」を通して鮮やかにも滑稽化されて、そしてアヴァンギャルディッシュに再生したのである。

3　媒介的思考

中野が「転向」後に行なった「地獄めぐり」は、近代的思考の核をなす「科学的精神」の再検討にまで及んでいた。彼は次のように書いていた。

僕は若僧としては随筆というようなものを割に書いてきているほうである。（中略）それで損をしたとも思わぬが、ほんとうの勉強ができなかつたのではないかとこのごろ思いかえすのである。（中略）

人生の片隅をほじくつて、そこにそこはかとなき美を見つけることなどは僕らの任務ではないのである。（中略）短かい雑文においても、実例の集め方、論証の仕方、結論の導き方など、すべてについて近代の科学精神を追いたいのである。日本語特有のあえかな言葉のあやなどに無関係にものを書きたいのである。（中略）

僕らの書くべきは、自然と社会とのいりくんだ事象の描写であり、それらをつらぬく理法の発見の道行きである。

（「随筆厭悪」傍点引用者）

「近代の科学精神」と「いりくんだ事象」を「つらぬく理法」はどのようにな「道行き」の中で発見されるのか。「小説の書けぬ小説家」である高木高吉は親類の一人、「徳田政右衛門の話」

を書きはじめる。田舎の百姓ぐらしをやめて東京に出てきた政右衛門と長男政太郎一家の身の上話からはじめて「人口問題」や「失業問題」から「戦争がかもし出した問題そのもの」にまで書き及ぼうとするがなかなかはかどらず、金のためにどうしても書かねばならぬと思いながらそのつど投げ出していた「がまぐちの一生」へもどるのであった。

たぶん牛がいるだろう。馬がいるだろう。豚やその他、わに、とかげもいるだろう。彼らは牧場にいるだろう。牛は祭りに町へ雇われて鈴を鳴らして練るだろう。冬になり夏が来、彼らは屠《ほふ》られ、肉は食われ、革はなめされ、薬につけられるだろう。皮革工場、下駄表をつるした村の家並《やな》み、こまかい手間賃、問屋、袋もの屋、デパート、そしていろんな種類のお客。掏摸《すり》や泥棒。そしてある晩そのがまぐちが溝へ捨てられる。また拾われる。中身がもとどおりにある。ある革は女の腹を締める。ある革は兵隊の背中で汗を吸いこむ。ある革は大将の尻の下で他の革、生きた馬にまたがる。ある革は車輪へからまって天井を渡る。すべて彼らは兄弟だった。切れ目——それは切れ目そのものであって、切れ目という「もの」はないのだ。——からこつちがまぐちになつたかも知れぬ。切れ目からあつちが搾衣《さくい》になつたかも知れぬ……

こうして次々に、善六同様に高吉も空想に追われてゆくのだが、その善六も「本と人生」という映画のシナリオをなんとかして書こうとしていた。「まず本を物質的に見ることであると善六は考える」。そうして「本は何で出来ているか。それは紙と印刷インキとで出来ている。また紙を綴《と》じた糸と糊とで出来ている」と考えはじめて、その紙から木材とパルプに及び、そこから製紙工場、活字、印刷、ステロタイプ、そして製本へと進んで折屋にまで到り、芝口の通りの折屋のおばさんの体操――その挙句の果てには「ふくれた上つぱりのまま、お一二お一二と両腕を縮めたり伸ばしたり」する動作を思いうかべ、「どんな体操があれ以上に体操でありえたろう。ふしぶしのボキンという音が善六には聞えるようであつた。折屋の女工の作業こそは、作業中の体の動きを透《すか》しにしても一般に見せねばならぬものである」と結論づける。そして善六の「空想」は「政治的な本」や「検閲の問題」や「一枚の地図」や「楽譜印刷」や、それから活版印刷術のなかったギリシャ人たちの「すぐれた言葉、美しい議論、おもしろい話」へとまたしても飛躍に飛躍を重ねて行くのである。

「徳田政右衛門の話」や「がまぐちの一生」や「本と人生」が指示すること、それは物事は物事そのものと「人間との生きた交渉」との関係に即して、物質的に唯物的に観察されなくてはならず、「本」や「がまぐち」を、それらが関係する事物と人間とのあらゆる網の目の中で把え考えなければならぬということである。一冊の本を、善六が考えたように、「折屋のおばさんの体操」と関係づけながら把えること――これが中野が更めて考えようとした「近代の科学精神」とその「理法」であった。なんという喜劇的精神だ！　科学精神の中にまで笑いが持ち込まれているのだ。そうしてこのファルスの内幕に、質的で具体的な人間相互と事物との関係が量的で抽象的でいくらでも交換可能な、生命のない「モノ」としての関係へとおとしめられている物化された状況の真只中に在って、もう一度生き生きとした質的関係性を奪回しようとする、中野の現代的状況への批判的克服のための萌芽があったのだ。それではこの即物的で質的に関係づけられた事柄をどのように芸術として表現したらよいのか。

中野は「島木健作氏に答え」の中で、島木が『生活の探求』の中で書いた言葉の使い方に根底的な批判を加えた。例えば、村に井戸があって「その井戸は『玉水の井』と呼ばれ……(略)近所の人々は、玉水の井の存在の故に助かつた」と書いてあること、主人公の妹の田舎娘が「力仕事など、をかしくつて、と嗤《わら》つてゐる気持が調子にあらはれてゐる」と書いていること、主人公が村の生活に接して驚く場面で「宗教的行事が要求する出費を考へて見て、駿介はその多きに上ることに驚かないわけにはいかなかつた」(傍点引用者)と書いていることについて、中野は次のように記した。

百姓の助かつているのは、「玉水の井」のおかげであつて決してその「存在の故に」ではない。「存在の故に」というのは、基本観察の不足によつて、そうとしか書きあらわせなかつた作者ひとり合点の説明言葉である。(中略)田舎《いなか》むすめが(中略)東京あたりのおちやつぴい連の「をかしくつて」などいう調子に翻訳せられていることに、じゅん(娘の名前、引用者)の存在にたいする作者の根本的写生なさがあるのである。青年俊介にしても、「多きに上ること」などいうもつたいぶつた観念に仕上げてでなければそのことに驚けぬのは、島木氏が、井戸と百姓との芸術的現実関係から遠く、じゅん娘の芸術的現実から遠く、観念にたいし観念的には驚けても、事実に面してただに驚くことがそもそもできぬからである。（傍点引用者）

「生活の探求」は百姓と農村とを中心とする小説である。その百姓たちその他すべての登場人物は現代の現在の人物である。しかも彼らは、日本の今日あらゆる意味で重大視せられている問題をめぐつて活躍し摩擦するのである。（中略）それならば、彼らの言葉は、日本農民の今日の歴史的文化的位置にかなつたものでなければならぬ。（中略）

「私は所謂《いわゆる》農民小説を書かうとしてゐるのではない。」

「私は今日の青年の生き方の一つについて書いてゐるのではない。」

こういうことも島木氏は書いている。むろん結構であるが、それならば、それらの百姓にしろ青年にしろが、今日の日本の現実に対応し得る芸術的実在性を獲《え》ていねばならぬこと全く同断である。（傍点引用者）

百姓たちにかかわる事柄は彼らの「歴史的文化的位置にかなつた」言葉で表現されて初めて「芸術的実在性」を獲得する。事柄とそれの「歴史的文化位置にかなつた」言葉との即応した関係が中野の言う「芸術的現実的関係」なのだ。物に即して芸術的に表現するためには、この「芸術的現実的関係」を正確に把えて事物の「芸術的実在性」を表現しなくてはならず、それが「リアリズム」なのだと中野は主張する。こうして中野は近代的な科学精神の下に事物を物質的即物的にとらえ、それを芸術として表現する方法にまで考察をめぐらしていたのである。それは事物との「交渉」や「対話」を媒介として自己を含めた人間の理解を深めることでもあり、そうした考察に基づいて日本の近代文学を根底から再検討したものが『斎藤茂吉ノート』に他ならない。中野は茂吉を検討するプロセスの中で「事を物において、物をその長さ、幅、奥行き、面積、体積、重量において測ることを学び、それによつて、すべて事と物とをそのものに即して見かつ測る精神をも学」び、「歌のもつとも微妙な主観の問題」を「金貸しが金をためるような科学的なやり方で」あたかも「算術の計算をするようにして」算盤玉をはじくかの如くに解明する精神を体得したのである。中野風に言えば、最も具体的で人間的なナマナマとしたものを、それをとらえるときのナマズをつかまえるような気持を、一旦計量可能なモノとして把握し「抽象的哲学的に取り出」して、しかも抒情詩として表現する方法でもあった。言い換えれば、批判的に克服止揚すべき当の近代的な物化のプロセスの中に人間的な事柄を一旦くぐらせてグイと摑み取り、それを芸術的に結実させることであった。この「抽象的思惟行為における抒情」は既にして「赤まの花やとんぼの羽根」を「抽象的思惟」によって否定的に表現しえた、そして近代的合理精神を自家薬籠中のものにしえた中野によって初めて発見することが可能となったものであり、中野が茂吉の「写生」と「実相観入」の核心から抽出してきた方法的精神であった。

それにしてもこの中野の「地獄めぐり」の長い道行きにはすさまじいものがあった筈だ。「何頭かの馬の手綱を一人で握つて走らせるサーカスの馬乗りのような仕事がこつちへ向つてじりじり近づいてくる」（『鈴木・都山・八十島』）ような、目もくらむばかりに困難で苦難にみちたものであったろう。

かくして近代精神の真髄を批判的に体得した中野は、次に向かうべき標的を、近代日本が生んだ二人の支配的作家——中野が敵として相手に不足はない、森鷗外と志賀直哉に絞るのである。

「観音」と「車輪」
——「『暗夜行路』雑談」雑感

1　似て非なるもの

志賀直哉と中野重治はきわめて似かよった資質の持ち主として論じられてきた。好悪や正邪の判断とか美的感覚とかが倫理観ときっちりと合体して、高潔で潔癖な生き方が二人の生涯には貫かれていたとされる。「直列的力強さと自分の言葉でしかものを描写しないところから生ずる美しさ、まがいなさ、そして肉感性」（藤枝静男）が両者に共通のものとして高く評価され、あるいは反対に「自分の好悪感と倫理観の絶対的合致を信じて疑わず、それへの一切の批判を許さぬ型の一つとして」（武井昭夫）志賀とともに中野が槍玉に挙ったりした。肯定するにしろ否定するにせよ、『感情から生まれた思想か、左もなければ考察から生まれた思想がその人の感情となるまではそれは其人の思想ではない』こんなことを思つた。感情と思想と全く離れたなりの人が多い。」と日記に書く（明治四十五年三月二十九日）志賀と、「この観念性は肉感的な観念性といいかえてもいい。（中略）観念が直接肉感から取られてくるためであるらしい。（中略）現実が観念にまで、しかし肉感的につかみ上げられるところに作者の一つの長所のようなものがあり、しかしそのへんに止まつてしまつて、それ以上体系にまで進まぬところに作者の弱点があると私は思う。」（旧版全集第三巻作者あとがき）と書く中野の気質の相似は疑問の余地のないものとされている。気質や感受性にとどまらず、芸術作品についても二人はきわめて似かよった文章をほとんど同時期に発表していた。

夢殿《ゆめどの》の救世《ぐぜ》観音《くわんおん》を見てゐると、その作者といふやうなものは全く浮んで來ない。それは作者といふものからそれが完全に遊離した存在となつてゐるからで、これは又格別な事である。文藝の上で若し私にそんな仕事でも出来ることがあつたら、私は勿論それに自分の名など冠《かぶ》せようとは思はないだらう。

（『現代日本文学全集・志賀直哉集』序、一九二八年七月）

すべての芸術家は常に、シェイクスピアもカリダーサもついに車輪の発明家ほどには人類に貢献していないことをわきまえているべきであろう。もちろん僕はすべての芸術家に車輪を発明しろとは言わない。制作にあたつて僕らは、いつもその制作を車輪の発明のようにすることを——というのは、車輪の発明者を誰も記憶していない。だが車輪を使わない人間が一人もいないくらいに彼を記憶している。だれも車輪の発明者に感謝していない。しかし人間の残らずが車輪を使用しているということよりも立派な感謝状は一枚もないに違いない。――念願とするべきであることを言いたいのだ。

（「素樸ということ」初出『新潮』一九二八年十月号）

中野の志賀への敬愛の念は深いが、おそらくそれは、志賀の文章のもつ、堅固で「豊潤」で、しかも何ら飾りけのない、中野のいわゆる「芸術的実在性」の確かな点に惹かれたことが一つの要因であったろう。実際、志賀の文章くらい、事物がそれにふさわしい言葉によって表現されたものは他にはあるまい。出来合いの言葉が氾濫する中で、たとえば「やもり」や「蜂」や「山鳩」等々の小動物がそのおかれている状況に応じてまことに的確に表現され、「芸術的実在性」をしっかりと与えられていた。

志賀と中野の小説における対象に即した表現には驚くほどに酷似している箇所がある。例えば『暗夜行路』の前篇で謙作が芸者の登喜子と吉原のお茶屋で逢うくだりがある。

登喜子はもう来て待つて居た。お蔦と店へぴたりと坐つて、往来を眺めながら気楽な調子で何か話して居た。そして、謙作の姿を見ると、二人は一緒に「さあ、どつこいしよ」と云ふ心持で起上《たちあ》がつた。――と、そんな気が謙作はしたのである。

中野の小説『街あるき』の中で安吉が両国橋のたもとで天秤棒をかついだ女に出会ったくだりがある。

そのとき女が立ちあがつた。彼女は腰をたたくようなしぐさをしてから、両の前腕で天秤棒を籠《かご》の綱いつぱいだけぐつと持ちあげた。それからそのまま腰を落として右肩を棒の下へ入れ、前へ出した右手で棒を上からおさえ、左手は後ろへ伸ばして後ろ手のまま吊り綱を握つた。そして首根つこを傾《かし》げたなり「らツ！」といつて一気に腰を伸《の》した。

たった一箇所ずつしか引用しないが、不足とあらば『萩のもんかきや』の「鼻の高い美人」が「羽織か何かへ抱茗荷《だきみょうが》をかきこんでいるところ」を抜き書きしてもよいだろう。そうした例はいくつも列挙できるのだが、それら女たちの動作と気分がそれをみつめる主人公（志賀と中野）の気分と共鳴し合って、そのときの女たちの動作・物腰・振舞い方そのものから、その状況と雰囲気に即した「芸術的実在」感が湧出してくるのだ。

「自分に於ては『想ふ』といふ事と『為す』といふ事とには殆ど境はない」（『クローディアスの日記』）と言っていた志賀の思考と行動の一致した在り方が、プロレタリア作家たちの「思想と行動」にとって一つの模範となっていたことは、小林多喜二や宮本百合子などの例からも指摘されていることであり、中野における文学と政治（思想と実生活、芸術と革命）の強引ともみえる一元化も、その志賀的資質と無縁ではない。こうしてみると、志賀と中野は、感受性や思考の在り方や文章表現と作品についての考え方に至るまで、その作家としての全的な存在において、ほぼ完全に、いわば同心円を成し重なっているようだ。実際、既に一九一九年に広津和郎は「私は今の時代に、志賀直哉氏のような人格の人が戦う事を最も希望して止まない」（「志賀直哉論」）と述べていた。従って二人の間にもし差異があるとすれば、中野が志賀の限界——従来から言われている、非社会的で抽象的思考力の欠如——を突破して、志賀に代わって、志賀的正義感をマルクス主義で武装することによって社会と政治と国家権力との闘争の場に出撃したことに唯一つ求められることになる。しかし果たして本当にそうなのか。

「『暗夜行路』雑談」の中で中野が根底から批判したこととは何だったのか。

2　日本近代文学批判

自家用は駄目だ。（中略）全くの自家用で、それに徹することで高い一般用が結果するというたちのものでは結局なかつた。この自家用は、全く家庭的、言葉の非世俗的な意味において全く世俗的だつた。芸術家は犠牲にされた。（中略）

小説を全然自家用に書くということは、その作家に小説を書くことが必要でなくなつていることの証拠でなければならぬと思う。（傍点引用者）

小説の主人公「つまり架空の人物が、『暗夜行路』という小説を書き、それを雑誌に出したり本にしたりする志賀直哉という人物、人物というよりも志賀直哉その人に成りかわつた」り、あるいは「戸籍上の志賀直哉という人物が」「彼の心の整理のために」自分の都合に合わせて作中人物を作り上げ、しかも志賀本人が「全く無意識にそれをやつているのだから、これは蹂躙《じゅうりん》といわねばならぬ。最も純粋な、まじりつ気なしの蹂躙」なのだとして、中野は批判した。小説を「自家用」に書いてしまう志賀の「癖」は他の多くの作品にもみられる。

「山科《やましな》の記憶」「痴情」「晩秋」「瑣事《さじ》」此一連の材料は私には稀有《けう》のものであるが、これをまい、ともに扱ふ興味はなく、此事が如何に家庭に反映したかといふ方に本気なものがあり、その方に心を惹かれて書いた。

（「続創作余談」）

清書して見て、彼は余り面白い作品とは思へなくなつた。家庭に波瀾を起してまで出すのは馬鹿々々しいやうな気になつた。その張合ひもないものだつた。然し其処まで締切を引張つては雑誌社の方を断る事は出来なかつた。（中略）彼は上高畑《かみたかばたけ》の友を訪ね、読んで貰つた。そして友がつまらないと云へばよすつもりだつたが、友は、「此前のよりいいやうに思ふ」と云つた。彼は出す事に決めた。

Trifles of life と云ふやうな言葉が浮んだので、彼はそのまま「瑣事」と題したが、それは書かれた事柄が瑣事であるといふよりは此小説の為め郁子と物議を起こした場合、要するに trifles of life ではないか、と云ふ意味を云ふ自身が想ひ浮かんだからである。（『晩秋』）

そして無事な三四年が過ぎ、私は為事の上で行き詰つて来た。妙に感激がなくなり、心身を打ち込んで行くと云ふ事が出来なくなつた。（中略）私は前にも或時期少しも書けない事があつて、その時にはそれを真正面《まとも》に解し、煩悶《はんもん》したが、或時、又書けるやうになつた経験を持つてゐるので、今度も大体同じにたかをくくつてゐた。（中略）前の場合には一身上多少真剣になるやうな出来事で、本統に気持が動き出した。今度も何かしらさういふ事が起るかも知れない。私はそれが家庭内に起る事は恐れてゐたが、何かの意味での嵐、さういふものが私の身に吹きつけて来れば厭でも起ち上る気になるだらうと思つてゐた。（『邦子』）

「為事の上で行き詰つて」沈滞した生活に活を入れようとして「不倫」でもしてみるのだが、もともとその相手の女性は「精神的な何ものをも持たぬ」「総て官能的な魅力だけ」の女にしかすぎず、従って「家庭の調子を全く破壊してまで正面から此事に当らうといふ気はな」く、ただこの不倫が家庭に及ぼす波紋に興味をもち、それを小説に書いて、その小説を読む妻の言動を観察し、難詰された場合には、瑣事ではないかと言い逃れる予防線を張ったことを当の小説の中に書き、しかも妻に向かっては「今度の小説はお前には不愉快な材料だからね」「見ない方がいいよ」などと言ってのける。そうしてこの不倫のために妻との間に最悪の結果がもたらされることを、仮空の小説の中で、あらかじめ先手を打って書くことで、実際の家庭生活に最悪の危機が生じないように策を弄したのだ。これは『和解』の中で「父と自分との間に実際起り得る不愉快な事を書いて、自分はそれを露骨に書くことによつて、実際にそれの起る事を防ぎたいと思つた」と書いたことそのままを実行したものであった。小説を「自家用」に書くとはこうしたことなのであり、そうした志賀の作家態度を『暗夜行路』の主人公が好んで使った「頂きます」という言葉を通して、「最も消極的な言葉での最大の身勝手の絶対肯定」と断じ、特権階級に居座った「気随《きずい》息子の甘えの骨頂がそこにある」と批判した。

小説的世界が成立するための肝腎の要件は、相手や第三者の立場、さらには重層的な複数の観点から、深瀬基寛の物言いに倣えば、共通感覚（コモン・センス）の鏡に写して自分を含む世界をふり返る、そうしたフィクティシャスな視点なのであって、その視点があって初めて自分の限界への自覚と自己への懐疑が生じ、同時に他者への寛容な態度やユーモア感覚や滑稽や笑いが生まれたりもするのだ。近代の日本の文学にとどまらず、精神の在り方においても、その最大の欠陥はフィクティシャスな精神態度と方法意識が欠落していたことにある。文学上でのその欠陥は、例えば島崎藤村の『新生』にみられるように小説を自分の実生活に都合のよいように「自家用」に書くことと癒着して生じていたのであり、その「自家用」近代日本文学の典型として中野は志賀直哉を剔抉したのである。こうしてみると、『暗夜行路』雑談は中野による日本近代文学批判に他ならない。志賀直哉とその作品に絶対的に欠けていたのはフィクティシャスな精神態度と自己反省と諧謔の精神であり、志賀にはそもそもの初めからして小説的世界を展開する必要はなかったのであり、したがって志賀には「小説の問題」はありえないのだ。その「ありえない」ことを『蝕まれた友情』という文章くらい端的に示すものは他にあるまい。

ヨーロッパの絵の勉強を終えて一九一〇年に帰国した小学校以来の友人がすっかり俗物になり果てているのを不快に思い、それから三七年後にその友人宛ての手紙という形で発表された「小説」がそれである。そこではひたすら友人から受けた不快な気分を一方的に書きまくっているだけで、相手の友人の置かれた状況や心情、二人とそれをとりまく客観的状況は読者に何も知らされない。志賀の不快感がはたして真当なものなのか判断できる客観的根拠は何も示されず、その代わり「どんなものが書かれてゐようとも故意に君が僕を中傷したり陥《おとしい》れたりするやうな事のないのは豫めよく了解してゐる積もりだから、そんな意味で不安は感じはしない。」という、当の友人からの手紙をわざわざ紹介しているありさまなのである。むろん四十年近くもの長い間執念深くこだわり続けるところに志賀の潔癖さがあり、また「仲良く」むつみ合うベタベタした「友情」——その極端な形が「何処へどうなつて行つても調和するやうな」「馬鹿の神」（佐藤春夫）武者小路実篤である——が蔓延する人格主義的風潮の中にあって、キヨホーヘンなど歯牙にもかけず毅然として自己主張するところに貴族的なまでの「立派」さがあったとしても、少くとも志賀の「自家用」の文章には、自己客観化と自己反省の完全な欠如態としての、手前勝手な言い訳と自己絶対化があるばかりである。勿論確かに自分の一方的な心情を綿々と綴る私小説はある。しかし例えば近松秋江（よしんば彼の性格に種々の「欠点」があったとしても）の『疑惑』では、疑心暗鬼に陥る不安な心理的葛藤が妄想すれすれの危うい境域を微妙に揺れ動くことによって、主人公の切迫した心情が、ときには滑稽にも異化相対化されて、従ってその文章には第三者的視点が、即ち小説に必須条件であるフィクティシャスな観点がおのずと参入して、客観化された小説世界が見事に浮かび上ってくるのである。私小説ではあっても傑作と言われる作品は――例えば泡鳴や善蔵や宇野浩二らのいくつかの小説はかくの如きものなのであり、その意味で泡鳴たちには「小説の問題」が存在したのだ。

元々にしてからが志賀が「書く」モチーフは唯一つしかなかったのであり、それは「不快」という「気分」を形象化するためであり、従って父との和解によってこの「不快」がおさまれば志賀は友人に対する不快を書く以外に「書く」必然性はほとんど消滅するしかない。「和解」して「不快」がおさまれば書くことがなくなる小説家とは一体何なのか、ここでもまた志賀にとって「小説の問題」はありえないのだ。

3　精神のデタッチメント

志賀の側からの一方通行的にしか示されなかった「友情」に対して中野（たち）にとっての

「友情」とはどのようなものだったのか。

われわれ凡人は、友情のなかにいつも、愛撫と敵意と尊敬と侮蔑とを感じとつた。相手の持ちかけてくる情操のなかにこの二種類のものをふるい分けたとき、そしてふるい分けるごとにわれわれの友情は濃《こま》やかさを増して行つた。

だからわれわれはいつも全体でぶつかつて行つた。(中略)われわれのふところにはいつも相手を一撃で斃《たお》すドスがのまれていた。ただわれわれはそれをめつたに振りかざさなかつた。しかし一年に一度くらいそれを突き刺した。それで相手が斃れてしまえばわれわれはその相手を捨ててかえりみなかつた。しかしわれわれのよき相手はしばしば、その刃物を突き刺されたまのからだで立ちあがつてきた。するとわれわれの友情にひろびろとして新しい展望が開けて行つた。(中略)「柄《つか》も通れ」という感じ、「かえり血をあびる」感じ、そういう種類の感じがわれわれをいつぱいにした。われわれは血のりのなかに坐つていた。そのときわれわれが一歩前進したことを感知した。われわれが共同の目的に一歩近づいたことや、いままで知らなかつた近づくための新しい方法につきあたつたことを感じあつた。もともとわれわれは共同の目的から出発していた。(中略)相手の最善のものを引きずりださない前に相手をほうりだすことはできなかつた。相手が馬鹿な真似をしたが最後その眉間《みけん》へ叩きつけてやる最大の侮蔑を心に用意しながら、われわれは日に夜をついでわれわれの堅固な階級的友情を築きあげて行つた。

端的に言おう。普遍的目的へと向かう、対立と緊張の在るインパースナルな議論と運動のプロセスを通して初めてパースナルな友情が育成される、と中野は主張している。ベタついた人情への嫌悪や友人との対立・緊張・批判は志賀にもあった。しかし普遍的なものを目指して行く客観的なプロセスの中で対立を克服して友情を育てていくこと、これが中野にあって志賀にはないものだ。それはマルクス主義とその運動とにかかわってくるのだが、この中野たちの、人格的関係に引きずられない、普遍的目的へ向けてのデタッチメントな友情こそ大正デモクラシーのもつズルズルベッタリのなれ合い的精神風土を突き破って、規範意識を身につけた強靱な主体を育成する母胎であり、少くとも、その可能性を孕んでいたのである。

もちろんその友情は「同志」の間だけに限られてはいない。若かった頃に中野が下宿していた雑司ヶ谷の「鬼子母神そばの家の人」たちに対してもった「深い感謝の思い」にもそれは通じるものであった。「要するに僕はそこの家で、見ず知らずの人間を見ず知らずのままにそつとしておいてくれるという、あの僕らの常に求めて稀に得られる種類の親切を与えられた」と中野は書いて、さらに「髪の毛をひつぱられたりしている合間合間に、彼らが僕にひらいて見せた優秀なその庶民の魂にたいして深い感謝の思いを送つているのであります」と書いていた。「密告」や「中傷」といつも裏腹の間柄になっている隣組的な人情とは正反対のこの「庶民の魂」への「階

（「山猫その他」）

級的友情」を詩的に表現したものが「夜明け前のさよなら」に他ならない。そこには「僕は下の夫婦の名まえを知らぬ／ただ彼らが二階を喜んで貸してくれたことだけを知つている／夜明けは間もない／僕らはまた引っ越すだろう」という詩句があることを想起しよう。

4 「実用」への再生

こうしてみると志賀と中野との間には似て非なるものが、一見するとちょっとの違いのようでありながら、その気質的相似性の間に実は底知れぬ深い溝が在ったことがわかる。はじめに引用した、志賀の「救世観音」と中野の「車輪」には決定的な落差がある。「観音」も「車輪」も作者から「完全に遊離した存在となつてゐる」のだが、志賀は作者の「個性」や創作事情といった個別の特殊な事情から解放されている例の典型として「救世観音」を観たのだ。仏像であろうと「万暦の結構な花瓶」などの書画骨董や文芸上の作品であろうと、それらのものが作者から「完全に遊離」することによって完璧な作品として完成され、永遠に残ることが志賀の念願だったのである。「救世観音」への志賀のオマージュは彼の「完成信仰」の表明であったのだ。

これに対して、中野は次のように書いた。

> 仕事の価値はそれがどこまでそれを取りかこむ人間生活のなかに生きかえるかにある。（中略）その論文を書いた当人にとつては、その論文自身が不要になつてしまうことが大切なのだ。その論

文がそれ自身としては死んでしまい、しかしそれがかつてその論文が理論的に解決しようとして努力した問題の具体的な解決そのもののなかに全く別個によみがえることが大切なのだ。（中略）

したがつて藝術家は、彼の作品が永遠に残ることなぞを目当てるべきでなく、彼の作品なぞを必要としないような美しい生活が人間の世界に来ることを、そしてそのことのために彼の作品がその絶頂の力で役立つことを願うべきであろう。（「素樸ということ」）

志賀と右の文章の中野との決定的な差はもはや自明のことだ。

中野はかつて「刑務所の官本でたのしんで読み、出てから古本屋で見つけて今に愛蔵している」という、芳賀矢一・杉谷代水合編『作文講和及文範』『書簡文講和及文範』について次のように書いた。

芳賀《はが》とか杉谷《すぎたに》とかいう人がどんな人か知らぬ人でも、二冊のうちどつちか一冊を読めば、二人の学者がどれほど実地ということを肝《はら》においていて、少しでもヨリよくということを目やすにして、善意をかたむけてこの本をつくつたかが流れこむように心に受けとられてくる。（中略）ああ、学問と経験とのある人が、材料を豊富にあつめ、手間をかけて、実用ということで心から親切に書いてくれた通俗の本というものは何といいものだろう。（「旧刊案内」）

ここには学問（や芸術・文芸作品）が普通の人々の日常生活の中で実用化され役立っているありさまが、即ち人々の日常の問題解決に「作品」が「生かされ」て「実用」となっていること（これが本当の「通俗」ということだ）が記されており、それがとりもなおさず自分の「作品なぞを必要としないような美しい生活が人間の世界に来ること」へのささやかな、しかしはっきりとした一歩に他ならない。理想としての「美しい生活」を、はるかの遠い未来にユートピアとして追求するのではなくして、最も身近な現在只今の日常生活の「細部」の中に実現しなくてはならないという思考が中野にはあった。「美しい生活」を「微小なるもの」の中に、例えば「愚かな女」や「林のおつかさん」や「おちかばばあ」たちの「実用的な」くらしの中に実現させなくてはならないのだ。こうした思考には、クロポトキンがゴーゴリについて言った「リアリスティックな描写は理想主義的な目的に従属すべきもの」（『ロシア文学の理想と現実』）という考え方のおそらく中野流の言い換えである「現実主義的描写による理想主義的描写」（『藝術に関する走り書的覚え書』）とか「実用主義そのもの、性格としての理想主義」（中野蔵書である村岡典嗣『続日本思想史研究』への書き込み。竹内栄美子『中野重治〈書く〉ことの倫理』参照）という思想があった。「車輪」という万人にとって必要で実用的なものとして作者が「よみがえること」、「千万無量のおかげをこうむつている眼に見えない仕事」の中に作者自身が「埋没」すること、そうした「仕事にたいする素樸な考え方」をもって作品をつくることを中野は主張した。それは伝統芸術における「無名性」や「匿名性」の二十世紀的再生でもあった。

5　職業としての作家

理想の実現のために作者としての自分を「実用」に「埋没」させる中野の精神は、作品と作者を機械的に分断して作品の永遠性を願う「完成信仰」やそれと裏腹に、自分とその家庭生活の都合にあわせて「自家用」に作品をこねまわす「生活と芸術の卑俗な混同」や、「批評とは己の夢を懐疑的に語ること」といったような小林秀雄流の近代的なエゴ意識とも全く対極的なものであり、それらを同時に止揚する境域に、『暗夜行路』雑談」を書いた当時の中野は位置していた。中野は「微小なるもの」や無告の民のために、そうして自分を前に進ませるために書いた。しかし執筆禁止や観察処分や戦争下の制限を受ける状態にあっては原稿料を稼ぐしごとはきわめて困難であり、それ以外に稼ぐ方便をもたぬ中野は「昼夜トモカユ食」といった極端な窮乏生活を強いられていた。その上に「隣組」や「防火群長」の「仕事などのために人格風化の危険あり」とか「コノトコロ何一ツ出来ズ」「仕事一行もススマズ」「不愉快ツヅキナリ」といった精神的にも危機的な状態が続き、したがって夫婦喧嘩が絶えず「朝カラ不愉快。ソレヲ直ソウト思ツテ馬糞ヲ拾ウ。夕方母子カエル。忽チ不愉快」と日記に書かずにいられない惨憺たる状態に落ち込んでいた。生活の上でも、心身ともに丸ごと、あの「地獄めぐり」の渦中にあったのだ。こうした中野の状況に対して志賀はどのようであったか。

私は三十四、五まで父と不和で、それを材料にして三つの中篇小説を書いているが、父はその間でも私が食ふに困らないだけの金は始終くれてゐた。私は今でも浪費嫌いだがケンヤク家ではなく、貯金といふ事も全くした事がない。
それ故、食ふ為めに原稿を書いたという記憶はなく（略）
（未定稿一三二）

作家が原満を書くことだけで生活費を稼ぎ、その他に勤め先をもつ必要がなくなったのは日露戦争後であり、花袋や藤村や秋声や白鳥らの自然主義作家がその先鞭をつけた。「小説の神様」志賀は「食ふ為めに原稿を書」くような作家ではない。かといって、無論、「書く」ことの他に「職業」をもっていたわけでもない。「作家」という「職業」が成立して以来、志賀直哉という作家は稀有な例外である。「筆一本」の作家の中で、売文をなりわいとしていない、そんな矛盾した作家は志賀や二、三の者の他に誰か居るのか。自分の小説を批判した正宗白鳥に向って「どうか商売のジャマだけはしないで欲しい」と言って生涯を「平作家」で押し通した徳田秋声は志賀の対極に位置する。「食ふ為め」には書かないというところに志賀の最大の強みとともにその弱点も生まれたことは、正宗白鳥の指摘するところである。無論中野は「食ふ為め」に原稿を書いた。中野が書いた「朝鮮の細菌戦について」という文章について、本多秋五は、アメリカ軍から文句が入った場合に、主張を貫くための証拠固めが必要であることを指摘して次のように述べていた。

　実際に読んでみると、その証拠固めは行われている。これは骨の折れる仕事である。こういう骨の折れる、しかもどれだけの文学者が読んでくれるかもわからぬ論文を、タダで書く人は、日本の文学者のうちで中野重治ただ一人だろうと思った。

　タダ原稿ということでは、なにも今さらおどろくことはない。彼はタダ原稿やタダも同然の原稿を無数に書いている。（中略）早い話が『新日本文学』には年に何百枚かの割りで、創刊以来十五年間、タダ原稿を書きつづけている。いまさらタダ原稿におどろく手もないわけだが、『朝鮮の細菌戦について』を読んだときには、二重にも三重にも骨の折れる原稿であるだけに、私はそう感じたのであった。

（「政治的な詩人」）

　親の財産で充分に余裕があるため貯金などする必要も全くなく、「食ふ為め」に原稿を書いたこともない志賀と、文章を売ってその日ぐらしの生活をしていてもタダ原稿を年に数百枚書いている中野――「食ふ為め」ではない原稿を同じように書いてはいても雲泥の差がここには在る。

　中野にとって「書く」ことは単なる「商売」ではないことは自明だ。しかし彼は「商売として書く」ことを単純に否定したこともなかった。「筆一本」でその日ぐらしをする作家たち、「原稿料だけで貧しい生活をしている人間」や「知識を豊富にもせず、人間的に卑屈な境涯から脱しようともせずにいる小説家」（「民主主義文学の問題——中野重治を囲んで」での中野の発言。『近代文学の軌跡』所収）たちの作家としての生き方や態度や品性に中野は注目していた。これらの「売文業者」（物書き）の中には、「他のすべてがなくてただ一つそれあるために、あらゆる抵抗の甲斐なく」「泣く泣く詩人となるほかなかつた」（『鷗外　その側面』）、そうした詩人や作家がいたのであり、——それが例えば犀星や朔太郎や春夫であり、宇野浩二や広津和郎や葛西善蔵であった——「かかるものとしての」彼らの「詩人の魂」に対する深い理解と同情と、そして側隠のこめられた批判精神を中野はもっていた。これが感情詩派をくぐり抜けたマルクス主義者中野の大きな特質であり、それあるがために彼は革命宣伝のための「コピー・ライター」にとどまることもなく、また単なる売文業に堕することもなく「書き」続けることができたのである。

三文文士たちを含めて「微小なるもの」を幸福にするために、「一身の利害・利己ということを振りすてて」書いたのが中野であり、そのためには作品としての「完成」（「いうまでもなくかようなものは事実ない」と中野自身書いていた）や永遠化を目的とせず、膨大な量のタダ原稿を、「食ふ為め」ではない原稿を書いた。それは「書く」目的それ自体の「革命」であり、ここにも目的と方法の「革命的統一」があったのだ。こうして中野は「すすんで悪と戦おう」と「政治的な戦いの感奮」を発して運動を続け、その結果、次から次へと生じる多種多様な「連続する問題」や「自分の力に堪へない重荷をもなほ甘受して」わが身に引き受け、そのために「失敗」や

「敗北」をつみ重ね、「私においては後悔だらけ、その連続という思いでからだいっぱいである」と書かざるをえないこととなり、「後悔さきに立たず」といった題名の小文を書いていたのが中野であった。そうした、いわば「後悔の人」中野重治に対して志賀直哉が「後悔を書かない作家であること、また発展のない作家であること」(唐木順三)はきわめて対照的である。「思想は歴史の所産である。時の系列の生んだ織物である。だから記憶の、後悔のないところに思想はない。余りにも正確な、鋭敏な視覚は往々にして思想を抽象する。直哉に思想のないのは、ひとつにはこれによるのだ」と書いていた唐木は正しい。

6　「書く」ことの二つの態度

むろん作家であろうとするものが志賀から学ぶべきことは今でも多い。むしろ、今だからこそ着目しなければならぬことが志賀には在る。かつて広津和郎は「『田園の憂鬱』の作者」の佐藤春夫に苦言を呈して言った。

氏は志賀直哉氏に学ぶ必要があると思う。何故かと云うと、今日の作家の中で、志賀直哉氏ほど「やり過ぎない」作家はないからである。寧ろ余りに「やらな過ぎる」と云う憾みこそあれ、「やり過ぎる」事の危険からは、志賀氏は遠くはなれている。これが志賀氏の作品に光輝を放たせる所以の一つであると思う。

志賀の作品だけではなく、右の広津の言葉そのものが、今日益々「光輝を放」ってくるのだ。そうして寺田透も次のように書いていた。

わずかの、しかし自分の存立の根本にかかわる主題をちゃんと持ち、そのためにだけ文学をやり、それに解決が訪れたらもう制作はしないこと、せわしげに、さもしく、新しい主題を探しまわるということはしないこと、まして「興味本位」の制作はしないこと。——文学を人生航路の難関打開の手段と見、それを自分および自分の人生の尊厳以上でも以下でもない尊厳なものと見ること。

こういう態度の明確さが、書かない志賀直哉が書くものたちに強いた畏敬の原因であり、それを通じてかれが保持しつづけることのできた実在感の原因だった。（「志賀直哉の死」）

まさしく「やり過ぎないこと」、そしてそれ以上に「書かない文学者になりきるということ」は、正宗白鳥の言うように、「原稿料を当てに生活している作家には、とても」できそうにないことであろう。しかしそこに作家としての一つの手本となる「態度」があることは確かなことだ。その意味において、志賀の「ほんとうの読者というものは作家」であり、彼の作品は「作家の送る人生についてのエッセーだ」と言った堀田善衛の指摘は正しい。（座談会「戦後派作家のみた志賀直哉」）

だとすると、「書く」ことを仕事にしていない、志賀直哉という人物とその人格に「じかに会えた」ことのない人たちにとって、志賀の作品から学ぶことのできるものは一体何か。ここでも文章そのものである、としか言いようがない。読者は作品の中で示された志賀の感覚や感受性の在り方、倫理的美的判断、彼の言動・立居振る舞い等々について、それらを「正しい」「立派な」こととして学ぶことはできない。なぜならば、それを「正しい」と判断できる客観的な根拠は作品の中には示されておらず、志賀の判断が普遍的なものとして高められてもいないからだ。総じて、志賀の文学作品を通して志賀直哉その人について知ることはできるが、人間と人生全体について、ましてや「世界」について理解を深めることはできない。これは志賀の文学が「自家用」であることから来る宿命である。

中野は志賀とは正反対に「やり過ぎる」ことから生じる「後悔の連続」であった。なぜ「やり過ぎ」たのか。それは中野が一人の文学者として世界全体について考察し続けて政治的・芸術的な闘争をしようとしたからであり、その「やり過ぎ」たところにこそむしろ中野の画期性と「偉さ」が在った。かくして中野は、中野以前にたった一人、世界全体について考察してしかも政治を引き受けていた人物——作家としてだけでなく、医者として軍人として官僚として、膨大な仕事をし続けた森鷗外と対決することになる。

「傍観」のパラドクス

——鷗外と重治を重ねて読む

1

中野重治が鷗外に取り組んだ最大の理由は何だったのか。例えば「漱石と鷗外との位置と役割」には次のように記されている。

> 漱石と鷗外とによつて、社会・歴史上の難問、人生を生きて行く上で出くわした厄介が、彼らによつて解決のめどのあたえられるものとして文学者が見られるというようになつた。（中略）人生の教師としての文学者の役割が、この二人によつて、はじめて近代日本文学史の上に具体的につくられ、かつ彼らによつてそれがよく果された。これが二人の役割の最も大きな総括的秤量の一つである。（中略）

あらゆる区切りとしてのカテゴリーを決して無視することなく、しかしそれらを越えて人生の全領域に直面したこと、少なくとも直面しようとしたこと、そしてそれを、文学者の、あるいは文学者もちまえの特権的な義務としてしたこと、ここに彼らの文学者としての偉大、文学をその責任において社会的に高めた勲《いさおし》があった。（傍点引用者）

ここには「ただちに人生の全般的考察を目ざした」（「啄木に関する断片」）透谷、四迷、独歩、啄木らの仕事を完遂しようとした文学者として二人を評価する中野の視点がある。まさしく鷗外の文学的営為は、中野の表現を借用すれば「中身がつまっている」（「素樸ということ」）のだ。「すべての経験」を「ぶちこむ」といった営みなのだ。「テエベス百門の大都」と言われ「文学と自然科学と、和漢の古典と泰西の新思潮と芸術家的感興と純吏的の実直とが、孰れも複雑な調帯の両極を成している」（木下杢太郎）と評された鷗外の仕事も、中野の視点を重ねてみれば、感情に訴えることの全くない悟性的で乾いた堅固な、そうして「蕪雑の痕のない」「鈍味なところのない」（正宗白鳥）あの明晰な文体の中に、実は、「天国ほども豊富な材料」と「天体の運行ほども正確な実験や観察の結果」の一切をぶちこんだ、そうした「最も素樸な態度」の結晶として読み込まれねばならない。すべてをぶちこむ「素樸な態度」とは、むろん、すべてをゴッチャにすることではなく、諸々のカテゴリーを相互に媒介させ照応させながら全領域を考察することだ。中野自身、政治や文学芸術等々のあらゆる区切りを越えてそれらを関連づけながら人生の全領域に対して文学者の責務として立ち向かっていた。中野は鷗外の中に明らかにこの同じ「素樸さ」を発見し、そこに鷗外の「勲《いさおし》」を認めたのであった。中野がその「全般的考察」を芸術「作品なぞ必要としないような美しい生活」の実現のために、いわば「下から」そして「前向き」に行ったのに対して、鷗外の仕事は、「それをとりかこむ人間生活のなかに」どのように生かされ、どのような方向を目指してなされたのか。中野は当然これを問題とする。

周知ように中野は鷗外の仕事が「官僚的な反動性に立つ」て「うしろむきに」なされたと述べ、「支配階級が、あたらしく下からのぼつて来る敵を防ごうため、敵にさきんじて自己陣営の精神的再武装をこころみた絶望的な努力であつて、日本の文学にあらわされたこの種のものの最高の結晶である」(「小説十二篇について」)と批評し、「日本の古い支配勢力のための一番高いイデオローグ」「日本人民および日本の文学の最もすぐれた敵」という表現で、自分とは反対の方向になされたその「全般的考察」に対して逆説的オマージュをささげていた。何が鷗外をして、かくあらしめたのか。中野は「すべてを貫いて結局のところ鷗外は古いものに屈服しています。(中略)古いものを守ろうとする立場を守つています」と述べて「鷗外のあきらめ、鷗外の曳いている淋しい影という問題も、鷗外が古いものと戦い、それに屈服したということを別にしては解くことができぬと思います。」(「鷗外位置づけのために」)と記していた。

鷗外がどのように「古いものと戦い、それに屈服した」のか。中野は「『傍観機関』と『大塩平八郎』」に書いていた。中野は「『傍観機関』時代の鷗外は決して『なかじきり』、『妄想』、『仮面』、『あそび』のなかの『傍観者』ではなかった。まして『なかじきり』『妄想』の類から批評家が演繹によつて引き出したような『傍観者』では決してなかつたと思う。」と述べ「『傍観機関』の『傍観者』は『百物語』のなかの『生まれながらの傍観者』とはちがう」のであり、「むしろ熱狂漢であ」ると主張した。その彼が「生まれながらの傍観者」へと後退していったことを指摘して中野は石川淳の言葉を引用しながら述べていた。「『俗情の嫌悪するところと結託して』、社会的歴史的事件に能動的に参じる人間の主体的把握をよけて通るところに傍観者が生まれるのである。（中略）何がはじめの傍観者から後の傍観者を引き出したか。やはりわたしは、鷗外を迎えた日本とその後の日本の道とがその土台であると思う」と記していた。当初の鷗外の「傍観」は中野の言うように果して後に褪色変質してしまうのだろうか。

　所謂「傍観機関論争」の経過については、今一切を省略するしかないが、鷗外の文章「反動者及傍観者」において、自分は「傍観者たること久し」く、もとより傍観者には「目的」も、従って何の「機関」も必要としないのだが、『衛生療志』に「傍観機関」を設けて「殊更に『パラドクス』にしたり」と述べた。そうして「芝居の評判記の如くに」「冷淡」であってしかも「敢えて勧告など」はせず、「唯、勝手に書いて見するのみなり」と記した。また「反動祭」と題して、「余們《われら》は傍観者なり。敢へて進んで東京医学会に向ひて挽廻の策を献ぜんとするものにあらず。然れどもこゝに二三の処方を記して世の好事家に示すべし。この処方は到底今の時に方りて、調合せられざるべく、矧《まし》てや服用せらるゝやうなることなかるべきは、余們の予め知るところなり。」とも宣言していた。

谷沢永一が指摘しているように（「森鷗外『傍観機関』の論理構造」）、この論争における鷗外は始めから孤立していることを自覚するが故に、「あらゆる希望的観測を抛棄」して、冷然として現実的効果をあてにせず、しかも「現実に対する熱意に溢れているのである」。鷗外の言う「パラドクスにしたり」とは、如何なることか。言わば「傍観のパラドクス」とは何か。小堀桂一郎は「この一連の学界批判の立場を『傍観機関』と名づけたことがまさに逆説的であつて、これは拱手傍観の意味であるよりもむしろ岡目八目、傍観者を標榜するから口に出来る、遠慮会釈なしの直言を洗ひざらひぶちまけておかうといふ争気に発した評文集なのである」（『森鷗外　批評と研究』）と記していた。

「傍観」とは物事の本質を見定めるために、その物事・対象との間に適切な距離を置いて観照し的確な判断をすることである。物事・事物との距離を測定把握して、その事物に対する人間の仕方に一定の「限界」と「見切り」をつけ、その「距離」と「限界」の認識の上に立って事物や物事に正確な判断を下すのである。本質を的確に見抜くことができるこうした「傍観者」であるが故に、鷗外は、むしろ逆に、能動的に当事者と物事に「口出し」をし介入したのである。鷗外自ら言うように、「傍観」には元来「目的」はなく、従ってその「目的」遂行のための「機関」も必要ではない。しかし鷗外は「反動者」と「反動機関」を冷徹に「傍観」することによってその誤ちに対して徹底的な攻撃をしかける「目的」のための「機関」を設置した。かくして、冷然たる理論を「熱狂的」に展開し、「唯勝手に書いて見するのみなり」と皮肉な冷笑で突き離しながらしかもひたすら執拗に攻撃したのである。「正反対のことを同時に行う」ことがパラドクスであるならば、これが鷗外における「傍観のパラドクス」であった。

それにしてもこの「傍観」という卓抜な視点を鷗外にもたらした所以のものは、「生まれながら」の資質の他に、一体何が在ったのか。

既にはやく木下杢太郎が指摘していたように、鷗外がドイツ留学で学んだ肝心要のことは「純粋の意味の自由及び美の認識」と歴史や学問についての科学的な考察の方法であった。「歴史」や「学問」は人間の現実そのものに基礎を置きつつもそこから相対的に自立した、それ独自の世界と特質を有しているのであって、人間の恣意的な「精神作用」や「意図」や「期待」等の「人為」をしばしば裏切ることさえあるのだ。歴史はいわば「理性の狡智」とも思われる「謀らざる」法則に基づき「必然にして当然なる」進歩と発展の道を歩むということを鷗外は学び、これを「傍観論争」において主張したのである（「反動者及傍観者」・「反動機関」）。歴史と学問の固有な性質と法則に照らしてみるならば、「人為」はしばしば矮小なものなのであって、かくして鷗外は人間の諸々の「意識ある精神作用」を相対化し突き離して観る視点を獲得していた。「老策士」や「少壮偽学者」と「真学者」との「活劇」だけでなく、論争全体を、学問と歴史の法則に照らして「芝居」の如くに観照していたのであって、このとき鷗外は、自分自身を、学問的で必然的な法則の統制下に在る一つの「機関」＝オルガンとして設定し、機械的な物的存在として軽く見做す精神を持していたのだ。

こうして鷗外は、科学的論理のみを武器として理非曲直を分析し、私情を排し、「人格」や「人柄」とその「思考」や「思想」を区別し、パースナルな人間関係からくる「なれあいや」「仲間意識」を論争の場から切り捨て、共同体的意識にもたれかかった「反動者」とその「機関」に論争を挑んだのだ。「熱狂的」に攻撃しては冷然と突き離して「一笑に付し」、「勝利」と「正義」は自らに在ったにもかかわらず、「正義に与《くみ》することにおいてさえ彼は溺没することがない」（中野『独逸日記』のこと」）冷厳な姿勢をとり続けることができた。その姿勢には「『もののはれ』的な何物をも見せてゐなかつた」「正に最初の新らしい日本人」（佐藤春夫「日本文学の伝統を思ふ」）の面目躍如たるものがあった。このときの鷗外の論争術はハイネから学んだらしいのだが（小堀桂一郎）、「鷗外の拘執的な論理操作の衣鉢を継ぐ人は中野重治であり、その中野の淵源にハイネがいること」を指摘したのは磯貝英夫であった（「啓蒙批評時代の鷗外」及び伊東勉「森鷗外のハイネ傍註」参照）。福沢諭吉が最も強く主張した、「惑溺」の対極にある、「溺没することがない」精神と「冷徹な科学的精神、妥協を許さぬ秋霜烈日の気魄」（佐藤春夫）をもった「当たるものなき闘士」たる「新しい日本人」鷗外に、かつてマルクス主義の論理によって、ズルズルベッタリの共同体的関係と意識を根底から批判して登場した福本イズムの推進者としての自らの姿勢を、中野は二重写しにしていたのかも知れない。少なくとも「転向」後の中野の「雑文」のもつ、言葉の使い方にまで厳しく言及するあのネバッコイ論争スタイルは、このときの鷗外のそれをまさしく継承するものと言える。

むろん鷗外のこの「傍観」的姿勢はG・ルカーチが鋭く指摘していたように、個人の恣意から独立した必然的な合法則性をあらかじめ計算して認識する、そうした合理的計算を本質とする資本主義的な主体が必ずもつ静観的性格と根底において通底していた。特に近代官僚制はその中における人間を完全なまでに物化し客体化し、社会的出来事や人間的事象に対してはその形式的合理性だけを問題とする静態的態度をとらせる。鷗外が認識した学問に固有の「自己の生活」も「学問」が社会から極度に分離分業化された結果強められたものなのでもある。鷗外の「傍観」は、従ってむしろ物象化された計算的官僚制におけるそうした「静観的思考法」を方法的に逆手にとって、徹底して自己自身を操作コントロールしたものとも理解できる。その意味においても、鷗外が特に問題としたものが合理的な思考方法と形式であったことは強調されなくてはならない。しかしにもかかわらず、この「傍観」には、自己がたたき込まれている時間と秩序の運命的状況の繋縛から自己を解き放ち独立させ、状況を冷静に対象化する「理性的精神」が、少なくともその幾分かが含まれていることに注目しなくてはならない。この「理性的精神」こそが、そしてそれのみが、個別的状況を越えた普通的な規範に基づいて新たな社会と制度を内面的に形成してゆく力をもつのであり、そうした制度形成へのフィクティシャスな精神が啓蒙時代には必要不可欠であったのだ。鷗外の「傍観」を問題とするのもそれとの関連においてなのである。

2

かつて「自己を語らなかった鷗外」について論じた林達夫が、後に全く反対に「自己しか語らなかった鷗外」を問題とし、寺田透は「かれほど己れを語りつづけた文学者はまれなのではないか」と言って鷗外を論じた。確かに鷗外の短編小説の主人公はそのほとんどが鷗外自身の「諸側面」をデフォルメし戯画化したものであって、それらの人物は時には互いに矛盾背反し錯綜したりすることもあるが、それは鷗外の矛盾したパラドキシカルな「諸側面」の反映にしかすぎない。例えば『カズイスチカ』に登場する「花房学士」は「何かしたい事若《も》くはする筈の事があつて、それをせずに姑《しば》く病人を見てゐるといふ気持である。（中略）併しそのしたい事、する筈の事はなんだか分からない（中略）そして花房は、その分らない或物が何物だといふことを、強《し》ひて分らせようともしなかつた」、そんな人物なのだ。あるいは『妄想』の主人公は「生まれてから今日まで、自分は何をしてゐるか。終始何物かに策《むち》うたれ駆られてゐるやうに学問といふことに齷齪《あくせく》してゐる。（中略）併し自分のしてゐる事は、役者が舞台へ出て或る役を勤めてゐるに過ぎないやうに感ぜられる。（中略）一寸舞台から降りて、静かに自分といふものを考へて見たい」と思い続けているのである。この二人の心持は鷗外の内面の「側面」を物語るものである。官僚生活の出発時において、鷗外は既に次のように述べていた。

余が自ら進みて操觚の任に当りたるは、我身の世俗の罵言攻撃を引き受るに最も宜しきを知りたればなり。（中略）余は天下の棄材なり。余は今の医海にありて、何の用にも立つべからざる人物なり。是れ豈余が観潮楼上に高臥して、傍観機関を著すことを得る所以にあらずや。（中略）
夫れ価値は、或る人物の何物たるかを示すものなり。（中略）名望は、或る人物の何者とおもはるゝかを示すものなり。（中略）反動機関は、我に名望なしといふを以て、天晴我を傷つけ得たりとおもふべしと雖、世にはかゝる名望を得んことを欲せず、尋常毀誉褒貶の外に超脱したるものあるを奈何せん。
（「学者の価値と名望と」圏点原文）

右のように高らかに宣言していたのであって、「政府の大機関の一小歯輪」として「廻転」しながら「名望」のみを欲している俗吏とそれによって支えられている官僚世界や医界に対して、自らを「棄材」と規定し、「尋常毀誉褒貶の外に超脱したるもの」とする鷗外がその初めからこれらに対し違和感をもっていたことは明らかだ。

体制的秩序と機構と順応主義者が支配する組織の中にあって、それへの違和感を抱きつつもその制度的状況からの脱出が不可能なとき、しかもその抜群の能力ゆえに機構内で支配的な地位との役割を担ったとき、人はどのような生き方が可能なのか。鷗外の直面した当面の問題はこれであり、官僚的秩序の中枢に位置しながら、その状況の中から自己の精神を独立させて内面的な距離をとりつつ批判的にかかわってゆく態度を鷗外は貫き通したのである。その一端は「我といふ城廓を堅く守つて、一歩も仮借しないでゐて、人生のあらゆる事物を領略する」(『青年』)という言葉に示されている。それはいわば、自立的精神によって自己とその状況をじっくりと「傍観」し自分自身を完璧にコントロールすることであった。

実際、山田弘倫『軍医　森鷗外』や伊藤雄爾『森鷗外　永遠の希求』によれば、鷗外の勤務状態は以下のようであった。即ち、「落合泰造の追懐に拠れば『明治十五年頃森君と陸軍省庶務課に机を並べて居た頃には、役所の帰りなどよく何処かへ往つて古文書を獵り求め、浄瑠璃本の朝顔日記を漢訳したやうな事もあつた。一体君は役所の仕事には余り熱心な方ではなかつた。君自身いつでもこの仕事は僕の柄ではないと云つてゐた』といふ事である」らしく、陸軍軍医学校長時代の鷗外は「指導教官でありながら、手を執つて指導されると云ふことは勿論、質問にさへ十分応答されな」いこともあり、また「大祭日などに、校長始め職員と学生が一室に集まつて、祝賀の席に就き、先づ万歳を三唱すると、森校長は食物の折詰を持つて、さつさと退場される事が多かつた」という。師団軍医部長のときも「其の努力に伴なはぬ成果の予知されて居るものに焦心苦慮するのは智者の取らざるところである」と言って、職務に対してはかなり消極的であったらしく、医務局長になってからも、職務を課長に一任することが多く、「監視めいた事は一切やらぬ方で」あったらしい。しかしやろうと思えば「何事も即断即決、山なす事務を瞬く間に片付けて仕舞」うのである。鷗外がその能力を発揮して積極的に職務を遂行するのは余った時間に文学に向かうためであり、職務を済ました後は「常に綽々たる余裕」をもって読書や執筆にいそしんだ。職務以外の文学の仕事をするために職務上の能力を能動的に発揮し、消極的に職務をするために毎日積極的に出勤するのだから、「鷗外ほど出勤ぶりと仕事ぶりが対照的な者は稀であろう」ということになる。鷗外のこの仕事ぶりは「執着することなく、常になすべき行為を遂行せよ」（『バカヴァッド・ギーター』）という古人の教えを鷗外流に実践したものともいえる。無論、鷗外がこの流儀ですべてを押し通したわけではあるまい。しかし少なくともその一面においてはパラドキシカルな生活スタイルを持続させ、それによって役人としての勤務と作家活動とを「二足のわらじ」をはくように併行して進めていたのだから、それに対して多くの「不評」や「誤解」が在ったことは鷗外自身が記している通りである。しかし鷗外は「悪口」を言われながらも「二足のわらじ」を履き続ける自分を小説によって見事に突き離して表現し「傍観」していたのだ。

『あそび』の木村なる人物は「絶えずごつ〳〵と為事をしてゐる。その間顔は終始晴々としてゐる。（中略）政府の大機関の一小歯輪となつて、自分も回転してゐるのだといふことは、はつきり自覚してゐる。自覚してゐて、それを遣つてゐる心持が遊びのやうなのである。顔の晴々としてゐるのは、此心持が現れてゐるのである。（中略）兎に角木村の為めには何をするのも遊びであると描かれていた。『あそび』を書いた鷗外はさらに『不思議な鏡』の中に、『あそび』を書いた鷗外とおぼしき「己」という人物を一人称で登場させ、『あそび』の「木村」は「己」のことだと皆んなが言っていると語らせる。そして「己」なる小説家が「情なし」とか、「変人」だとかいろいろなうわさを立てられていることが語られる。あるいは『田楽豆腐』では、世間の悪口を「生きた蛙を丸呑みにする積りで呑み込む」「木村」なる作家が登場する……。これはかなり手の込んだ手法である。幾重にもフィルターをかけて自分を韜晦しながら、「自己意識」を自家薬籠中のものとして軽々と手玉に取っているのだ。鷗外の短編は或る種の「戯文」であって、他人が鷗外自身を如何に誤解するかを傍観して娯んでいる風があるといった松本清張の指摘は卓見である。従って鷗外の作品に「自意識の始末に身を焼くような内部の悲劇」（石川淳）だとか「おのれの悩みを通して、この悩みを普遍的なものにする」（中野）だとか、そうしたことは薬にしたくとも認められない。そこには「存在」と「意識」の苦々しい喰い違いをアイロニカルに甘受しながら、あたかも「遊んでいるかのやうに」振る舞うフィクティシャスな人間がくっきりと表現されている。こうした表現を可能にする精神こそ、制度と機構の中にとり込まれている現代人の内面の虚構性を鮮やかに照射するものであって、ここに「最初の新らしい日本人」たる鷗外のもつ今日的問題の核心の一つがある。「官吏として身を売って（略）秩序と調和しながらみずからを高く持して離れて生き」ていると評価して、鷗外における「生き方の芸」を指摘したのは伊藤整であった。自己自身を自在に操るこうしたフィクティシャスな精神――それは自己の（そして合理的精神の）命令にのみ従うのだから、正真正銘の自由にして孤独な近代人の精神であり、その精神こそが「人生の諸相を、その諸経験を適当に切り盛りして現実以上の現実、詩美を具へた世界（略）を文字によつて具現しようとする文学上の意欲」（佐藤春夫）をもった最初の作家としての勲《いさおし》を担うことができたのである。

3

鷗外は自らの仕事を人間生活の中にどのように生かそうとしたのか。彼は学問上の「将来発展すべき萌芽を持つて」留学から帰るが、其処は「学術の新しい田地を開墾して行くには、まだ種々《いろいろ》の要約の闕けている国」であり、「萌芽を育てる雰囲気が無い」（『妄想』）、いわば「未開」の国だった。従って彼はその「雰囲気」を、言い換えれば、近代的な思惟と合理的精神を醸成する精神的風土を培うことから始めなくてはならなかった。かくして鷗外は諸々のカテゴリーを横断して、文学美学芸術、科学統計医学衛生軍事、住宅食糧栄養都市問題等々の分野を耕し、あるいは数え切れないほどの各種の「審議委員」や「調査委員」を担って八面六臂、獅子奮迅の「闘い」を展開した。しかし成果ははかばかしくなく、「雰囲気の無い証拠には、まだForschungという日本語も出来てゐない。そんな概念を明確に言ひ現す必要をば、社会が感じてゐないのである。」（『妄想』）という有様なのだ。しかも「雰囲気」欠如のまま、みてくれだけは「近代化」して「改良」しようとする連中が絶対多数の中にあって、鷗外は、「そんな風に、人の改良しようとしてゐる、あらゆる方面に向つて、自分は本の杢阿彌説を唱へた。（中略）洋行帰りの保守主義者は、（略）元祖は自分であつたかも知れない。」と『妄想』の「翁」に語らせて次のように続ける。

正直に試験して見れば、何千年といふ間満足に発展して来た日本人が、そんなに反理性的生活をしてゐよう筈はない。初めから知れ切つた事である。

伝統的な秩序感覚の下に生まれ育った「帝室主義者」森鷗外のことなのだから、『妄想』の「翁」のこの言は当然の言い草かも知れぬ。しかし、そこには決して見落としてはならない事がある。彼は帰国当初からして、ヨーロッパで学んだ、個別具体的な状況から独立させた科学的合理的精神を、再度日本の現実へと投げ戻して新たなるものを形成して行こうとしていた。そのとき彼は、既にして存在し続けている事物や、もはや失われようとしているものの中に入り込んでその存在根拠を明らかにしつつ、その中に「将来発展すべき萌芽」を植えつけようとしていたのだ。これこそが近代的保守主義であり、其処には、伝統的なものの中にこそ、「明日の世界」においての活かされるものがある、とする発想が潜在していた。しかもこのときの「萌芽」の育成方法は、「ぽつぽつ遣つて行くのだ。里芋を選《よ》り分けるやうな工合に遣つて行くのだ。（中略）どこまでもねちねちへこまずに遣つて行くのも江戸つ子だよ」（『里芋の芽と不動の目』）という言葉に端的に示されていた。この言葉から鷗外が「純抗抵」と訳出したクウゼヴィッツの戦術を想起することは容易なことで、稲垣達郎は、それを、鷗外は「消極を通しての積極の勝利であると理解した」と述べて、さらに「陽に屈服して陰に反抗する」（『キタ・セクスアリス』）等々のいくつかの言葉を援用しながら、「鷗外のいわゆる『あそび』もまた、ことによると『かのやうに』も、『Resignation』も、つまるところは、そのおりおりにおける『純抗抵』の一形式だったように考えられる。（中略）鷗外の生き方に純抗抵的性格を見ようとするのである。」と記していた（「鷗外と『純抗抵』」傍点稲垣）。

鷗外は自己の置かれた状況を突き離してそこから距離をとり、「美と自由」（芸術と学問）の精神世界に深く内面的な足場を築き、その次元から、自己を含めて現実の事物や人生の問題を冷静に「傍観」し、精神文化の領域を介在させながら国家や政治に対して媒介的にかかわっていたのである。換言すればあらゆるものをぶちこんでそれらを相互に媒介させながら国家とかかわり続けたのである。しかも「消極的能動」とでも言うべき「純抗抵」的生き方と方法を貫いて、既存の物事や失われようとしている古きものの中から「将来発展すべき芽」を育成しようとしていた。この鷗外の精神と姿勢が悟性的で乾いた文体を通して、「本当のフイリステルになり済ましてゐる」人物の中に鮮やかに結晶化された作品が『普請中』である。これは傑作である。こうしてみてくると、「傍観機関」時代の「傍観」はその「熱狂」性は影をひそめても、そのパラドキシカルな本質を一貫して持続させていたことは明らかだ。当初の「傍観」を『あそび』などのそれと比較して「むしろその反対物であつた」と中野のように認めるわけにはいかない。

鷗外は「心は冷たい男だ。なにもかも承知していて表に出さぬ」（露伴）と評されたり、「させれば何でも出来る」が消極的姿勢を持し、超然たる態度をとりながら、家庭においては「良夫賢父孝子」であり、「美と自由」を憧憬する審実的知識人でありながら、「おそろしく出世したい根性の人だつた」（露伴）とも言われている。「『俗』の為に制馭せられさへしなければ『俗』に随ふのは、悪い所でない、却つて結構です」とか「金があるなら持つてゐるがいい、いつでも未練なく捨てうる心を持つていればいいのだ」とか言った言動とも相俟って、一見すると「どっちつかず」の生き方は種々の「憶測」や「解釈」を生じさせる。そうした鷗外の姿勢について、中野は「叩いてもびくともせぬ鷗外の便宜主義、藝術家としての中途半端性、（略）世俗の眼に風格としてうつりかねぬその事なかれ主義、その利己主義は、とうてい不死身のものであつた」という逆説的言辞でその無類の「凄さ」をアイロニカルに評価せざるをえなかった。確かにそのびくともせぬ「不死身の便宜主義・中途半端性」とみえるもの――これこそ「純抗抵」の為せる業だ――があったからこそ「どこまでもねちねちへこまずに遣つて行く」ことができたのだ。決してシャチコばらず、冷静に粘り強く、適度な距離を持しながら融通をつけて遣って行くこと――こうした鷗外の自由自在な精神と態度に、「ねちねちした進み方の必要」を主張して「グニャグニャ」の抵抗を貫徹した中野重治（特に転向後）の生き方そのものを重ね合わせざるをえないのだ。(注1)

東大新人会に結集した「マルクス・ボーイ」たちは、自然主義派や大正教養派や耽美派やアナキストたちとは違って、日露戦争前の「明治」期模範青年の精神的気質的系譜を受け継ぐものであって、両者は国家・政治とのかかわりに強い関心をもっていた。その意味においても、支配権力の側から「里芋を選り分けるやうにねちねちと」かかわり続けた鷗外のなかに中野は自らと相似的な精神を発見していた筈であり、「俺と同じヤツが向こう側に居た」とみてとって、鷗外を「最もすぐれた敵」として認めたのだ。転向後も「後退戦」をネチネチと粘り強く持続した中野は、矢印の方向は逆であっても鷗外と同様に「純抗抵の戦士」であった。戦時中の「アラヒトガミ事件」(注2)に際して折口信夫のとった言動に対して、中野が「陽動作戦」と対比させながら敢えて「陰動作戦」と命名したことのなかにも、中野の「純抗抵」の姿勢が読みとれる。中野は鷗外・柳田国男・折口といった最も上質な日本保守主義者の（そして時には山田孝雄という「反動」も含めて）仕事に、少くとも転向以後は注目し続けていた。しかしその中野も含めて戦前マルクス主義は、保守主義者がまさに保守しようとしていた伝統的なるものの基底にある「共同体的エネルギー」と「相互扶助の精神」が、実は「明日へ向かって」の大切な核になりうることに気づかなかった。「本の杢阿彌主義」に学ぼうとしなかったのだ。

4

鷗外が文学作品を集中して結実させたのは一九一〇年から一九一八年までのほぼ八年間である。それは幸徳秋水事件と日韓併合に始まりロシア革命・米騒動（日本における焼打的民衆烽起の最後）が起こり、東大新人会が発足するまでの時代である。この「明治」末期から「大正」期にかけての精神史的特質についてては別個に考察されなくてはならない。従ってここではわずかに素描するしかないが、この時期を一言にして言えば、日露戦争後の「アプレゲール」（作家で言えば正宗白鳥から佐藤春夫まで）の時代である。日露戦争の国家的躁状態からの覚醒と社会主義者たちへの徹底した弾圧による「時代閉塞の現状」は、結果として国家からの精神の離反をもたらし、政治や実業へと立身するコースから意識的に離脱して行く一群の人々を生み出していた。かくして精神はその眼差しを自己の内面へと向け始めたのである。抑圧された「自我」を堅く防御するためにひたすら美的世界や「教養の館」を構築したり、あるいは「生の拡充」を大胆にぶち上げたり、さらには彷徨する「精神の迷路」をさ迷い続けたり、……といった様々な群像が輩出されてきた。いずれもが閉塞的状況に対する個としての応答なのであって、「逼塞的冬の時代」から「新しい精神の芽」が生み出されようとしていた。これらの諸群像が入り乱れて、「逃走」や「逸脱」や「享楽」や「頽廃」や「没入」や「狂気」……といった諸様相を呈する精神状況が露呈し出していたのが一九二〇年にかけての時代であった。（ついでに言えばこの一〇年代から二〇年代にかけての時代が日本近代文学のピークであった。）この様相がさらに過激化して辻潤に典型化される「美的放浪者の群」（竹中労）が生まれ（その精神的頭目が佐藤春夫）、「痴情」も「刃傷」も含めていろんなものがゴチャゴチャになった「精神の痴情沙汰」とでも言うべき「浮浪化現象」が蔓延し、関東大震災の「破局」を契機としてマルクス主義によるその状況の根底からの批判的克服が企図されることになる……。

　いささか先走ったが、精神が一方において内面へ向かいながらもそこから普遍的規範を創造しえず、「自我」が跳梁跋扈する「乱調」の時代、その「乱調」の中に「美」と「真」を見ようとする（大杉栄）時代、鷗外の言う「あらゆる古き形式の将に破棄せられむとする時代」——鷗外が直面したのはこれであり、彼はこの無形式の「乱調」を内面的に正すための「型」を求めようとした。文学という領域で鷗外の保守主義の真髄が試されていたのだ。「元祖洋行帰りの保守主義者」が逢着した「型」——それはもはや失われた世界の中に求める他はなく、『安井夫人』『ぢいさんばあさん』『最後の一句』、そうして『渋江抽斎』を筆頭とする史伝の中で完璧に表現されていた。これらの作品では「悲喜哀歓のもつれが、明らかに秩序整然と説かれ」（白鳥）、その文体そのものがまさに一つの「型」を具現しており、「るん」や「佐代」や「いち」や「抽斎」の中に鷗外は生き方の範と理想を見い出していた。彼は初めて自分自らが胸襟を開いて語りかけうる人物を創造したのである。特に『最後の一句』において、「お上の事には間違はございますまいから」と口にして、フィクションであることを充分に自覚しながらその虚構を墨守して「規範」へと自己を律していく「いち」の姿に、鷗外は「型」を体現した人物の有する「凜とした美しさ」を発見していた。それはまた、「献身のうちに潜む反抗」を通して国家制度がもつ「虚構」を鷗外が鋭くあぶり出したものでもあった。言うまでもなく「型」は、内面的規範によって自己を律して行く生き方の中から生じるものであってみれば、右の人物たちの内面を支えた「規範」が消滅してしまっている二十世紀において、鷗外には如何なる「型」が残されていたのか。それは、あたかも普遍的価値を担っているかのようにして自己を型通りに規律化していく生活態度であった。

鷗外は『カズイスチカ』の中で、「父は詰まらない日常の事にも全幅の精神を傾注してゐるといふことに気が付いた。宿場の医者たるに安んじてゐる父のresignation《レジニアシヨン》の態度が、有道者の面目に近いといふ事が、朧気ながら見えて来た。」「平生顔を洗つたり髪を梳《くしけづ》つたりするのも道を行ふのである」と書き、また『妄想』ではゲーテの言を引用して「日々の要求を義務として、それを果してゆく。（中略）日々の要求に応じて能事畢《をは》るとするには足ることを知らなくてはならない」とも記していた。小堀杏奴は「『何でもないことが楽しいやうでなくてはいけない』と云ふのが父の気持だつた」「何もしないと云ふ事を、父が一番厭がつてゐた事を、私はよく覚えてゐる。何もしないよりはいいと云ふ言葉を幾たび私は聞いたらう」（『晩年の父』）と記している。まことに鷗外くらい「だらしのなさは薬にしたくとも見当たらない」（寺田透）人物は他にはおるまい。浴衣がけでノンシャランと寝そべっている恰好など想像することさえ不可能だ。粗食して粗服を纏い、家常茶飯をひとつもおろそかにせず読書研究と創作を倦まずに繰り反すリズムの中からフィクションとしての「型」を創出し、その「型」とそれのもつある種の「美しさ」を遵守し続けたのである。しかし言うまでもなく其処には、現代における普遍的内面規範としての「中身」の全く欠如した、まさしく「形式と美」のみが在るのだ。鷗外の「美と自由の認識」がもつ「静態的な形式合理性」は、古きものの中に新しきものへの芽を育成しようとして、純粋な「美と形式」――鷗外の傑作の一つ「空車」はまさにその象徴的作品である。――へ行き着いてしまったのだ。

しかしロシア革命や「同盟罷工ヤ群衆ノ示威運動」が頻発する事態に直面したとき、鷗外はアクチュアルな対応策を取ろうとした。労働問題に対処しつつ天皇制を維持していくための「社会政策」として、「国体ニ順応シタル集産主義」（コレクティヴィズム）または「国家ガ生産ノ調節ヲスルユヱニ」と注を付けた「国家社会主義」を考えていた。これと同じ様な時局的な対処の便法は、一九一二年十二月、山県有朋の旨を承けて田中義一が求めて来た、二箇師団増設問題についての「増師意見」及び「兵備の緩急に関する詔勅」を「草」したときにも取られていた。これらの局面において「鷗外がいちじるしく積極的反動に出た」（中野）ことは明らかだ。「非合理なるもの」は非合理であるがゆえに、もし認めるとするならば、あくまでも美や形式（虚構）としてのみ受け入れるしかないのだ。にもかかわらず鷗外は天皇制国家の「虚構」を実体化してそれを補強しようと試みたのである。アクチュアルな政治的課題に直面したとき、鷗外はその大切な武器である「媒介的思考」を喪失してヨリ直接的に国家とかかわりをもったのである。「媒介的思考」の喪失とは即ち肝腎要の「最も素樸な態度」の放棄である。それは彼が「生まれながらの傍観者」に後退したことを意味するのではなく、全く反対に、状況を突き離してそれとの緊張した距離を持続させる「傍観精神」が弛緩して、「ネチネチとした純抗抵」の「戦術」に耐えきれずに脱落したということを示す。そのとき、国家権力や「俗情との結託」が生じるのだ。保守主義者鷗外はかくして反動的役割を行使することになり、「その美しい晩年を、非合理的なものの合理化のために奮闘せねばならなかったかつての合理主義のための戦士の姿はいたましい。」と中野が書く所以が生まれる。

「傍の人が何をいおうともしようとも、ただじっと胸に治めてご辛棒なさる」（小金井喜美子）とか「どんな見え透いた祖母の欠点にも、一言も触れることなく、過去の行動の一切を総《すべ》て自己の責任として、黙して堪《た》え、世の批判を一身に引き受けている。これ以上立派で、男らしい行動が有り得るであろうか？」（小堀杏奴）と言う身内の言や、同時代の人たち——天外、魯庵、孤蝶、鉄幹らの語るを聞くと「その美しい晩年」が想像される。しかし同時に自己を厳しく律して「型」にかなった生き方を貫いた人間の孤独な形姿が、中野のいう「いたましさ」をともなって髣髴とされる。「黙して堪え」、「中身」の欠如した「形式と美」をそれとして充分に自覚しながらなおもそこに「範たるもの」を求めていた人間はやはり美しくも「哀しい」。鷗外の文章が湧起する「寂寥の情緒」や「悲哀に似る一種の気分」（木下杢太郎）も、この「哀しさ」のことかも知れない。その「哀しさ」はまた、「医者、軍人、官吏として立つた鷗外が必然の悲しさで文学に行つたのにたいし、この八割ほどの作家たちは偶然のおかしさで文学に来た」と中野が書いたときの「必然の悲しさ」にも通じるものかも知れない。

（注1）　中野の「グニャグニャ」の精神については、「『操觚者』中野重治」に書いた。

（注2）　一九四二年九月の満洲国建国十周年式典に文学報国会を代表して参列した久米正雄が、その式典の模様を東京日日新聞紙上に報告した際、満洲国皇帝を「現人神《あらひとがみ》」と形容した「事件」。この件について翌年開かれた文学報国会短歌部会で、出席者の藤堂玄一から、「満洲国皇帝を、畏れおおくもカミゴイチニンに

ついてだけ妥当するアラヒトガミという言葉で形容し、わが国体観念をみだす不敬のトモガラがいる、報国会はその重大な責任をどうするか」という意味の発言があり、久米正雄と報国会が苦境に陥り、久米と一身同体とみられていた菊池寛や文藝春秋社にまで累が及ぶかに思われた。この部会の後に開かれた理事会では事件の処理に苦慮し結論は容易ではなかった。会議の席上、それまで、小さなナイフでたえず指の爪をみがいたりして伏眼がちにしていた、理事の一人折口信夫がかぼそい声で発言した。

「私どもの方から申しますと、アラヒトガミという言葉は決してカミゴイチニンだけを申し上げるのではございません。……」

アラヒトガミという言葉は、天皇であると否とにかかわらず、神が人間のすがたを以て具現することを言う語であり、久米の用法は、はからずも古義にのっとるものであることを折口は述べたのである。こうして、久米と報国会は窮地を脱した。(平野謙「アラヒトガミ事件」参照)

プロレタリア文学の再生

——中野重治「素樸ということ」を読み換える

中野重治は究極において文学・芸術をどのように考えていたのか。初期の「啄木に関する断片」（一九二六年十一月）では、透谷、四迷、独歩、啄木らを「他の明治詩人から区別するところの彼らに共通の特徴は、彼らが単に完成する芸術を創《つく》ることそのこと（いうまでもなくかようなものは事実ない。）を目ざさずして、ただちに人生の全般的考察を目ざした点に」ある（傍点引用者）と述べ、さらに二年後の「素樸ということ」では次のように書いていた。

> 僕のひとり考えでは、仕事の価値はそれがどこまでそれを取りかこむ人間生活のなかに生きかえるかにある。
>
> たとえばわれわれが論文を書くとする。その場合その論文が重要な当面性を持つていればいるほど、論文を書いた当人にとつては、その論文自身が不要になつてしまうことが大切なのだ。

その論文がそれ自身としては死んでしまい、しかしそれがかつてその論文が理論的に解決しようとして努力した問題の具体的な解決そのもののなかに全く別個によみがえることが大切なのだ。（中略）

したがって芸術家は、彼の作品が永遠に残ることなぞを目当てるべきでなく、彼の作品なぞを必要としないような美しい生活が人間の世界に来ることを、そしてそのことのために彼の作品がその絶頂の力で役立つことを願うべきであろう。（中略）

制作にあたつて僕らは、いつもその制作を車輪の発明のようにすることを——というのは、車輪の発明者を誰も記憶していない。だが車輪を使わない人間が一人もいないくらいに彼を記憶している。だれも車輪の発明者に感謝していない。しかし人間の残らずが車輪を使用しているということよりも立派な感謝状は一枚もないに違いない。——念願とするべきであることを言いたいのだ。

何度読み返してみてもやはり「美しい」。論文や芸術作品が人間にとって意味をもつのは、それが「問題」を提起するからであり、したがってその「問題」が解決されることが作品そのものよりもっと大切なのであり、そのとき、当の論文や作品は不要となり一旦は死ぬのであるが、「問題の具体的な解決そのもののなかに全く別個によみがえる」。芸術作品はこのようにして「人間生活のなかに生きかえる」ことに価値があるのだ、と中野は言う。寺田透はこの中野の文章について、「それを単に実用主義と見るのは短見で、実は、言葉、行為、生活の全体的相待性、——調和といふのよりさらに深く親密な、内面的共存こそ存在の真の様相だとする世界観を根柢に持つと言へよう。」（「実用性のメタフィジック」）と記していた。「ただちに人生の全般的考察を目ざし」て「人間活動全体の内面的共存」を希求するからであろうか、中野は『甲乙丙丁』の野間賞受賞の席で「なお私は、政治運動はこれをつづけます」とあらためて宣言し、さらに別の個所で「私は、政治活動をやるものとして文学をやりたいと思つている。（中略）私はひろく文学が、あるいは私一個の文学が、社会の改良、改革、革命のために役立つことをのぞんでいる。私の文学が、政治のために『利用』されることを私は忌避《きひ》しない。また私の文学を『利用』できるような政治活動こそいい政治活動なのだとも考えている。」（「文学と私」）と述べていた。ここには修羅場をくぐり抜けて貫徹してきた自らの「文学」に対するしたたかな自負がこめられている。政治に「利用」され「革命のために役立つ」というのは、中野が別の個所で言っている「本当の意味での実用」ということであり、「通俗的ということを僕は真正面から尊重するもの」（北山茂夫への手紙）と言ったときの「通俗」ということでもあった。このことは芳賀矢一らの二冊の本についての中野の言葉（「旧刊案内」）にも端的に示されていた。そうして「すべての芸術家は常に、シェイクスピアもカリダーサもついに車輪の発明家ほどには人類に貢献していないことをわきまえているべきであろう。」という言葉は「一足の長靴はシェイクスピアに関するどんな洗練されたおしゃべりよりもはるかに重要だ」と言ったというトルストイの思想にも通じるものがあった。しかもこのトルストイの言は、元をたどれば「立派な一足の靴はプーシキンの全作品より価値がある」という十九世紀ロシア民衆の諺に根ざすらしく、その意味において、中野のいわば「車輪の思考」は民衆の生活と知恵に深く基盤をもち、そこから発想されたものでもあった。

しかしそれにしても、芸術作品の制作にあたり「いつもその制作を車輪の発明のようにする」とか「車輪の発明者を誰も記憶していない（中略）。しかし人間の残らずが車輪を使用している」と中野が語りかけるとき、彼はその美しい言葉で、生活必需品である車輪のように、誰からも「利用」されて直ちに「役立つ」芸術作品をつくり「人類に貢献」しなくてはならない、と単に実用主義的に確信させたに違いない。芸術作品が「人間生活のなかに生きかえる」という言わばサワリの文句を「車輪の発明のようにする」という詩的とも言える比喩として語ることによって、車輪と芸術作品という一見すると相反するものを一気に結合する、その鮮やかな言い廻しが革命運動に直ちに役立つ作品をつくるように作家たちを駆り立てた。「実用」とか「通俗」とか「役立つ」とかの言い廻しにも前衛党の観点から中野が文学や芸術・学問に対して高度な政治的思考を働かせていたことが感知される。かくして、芸術的方法・形式と党のスローガンを組織的計画的に統一して芸術の全煽動・宣伝力をプロレタリアートの革命闘争に従属させるプロレタリア芸術運動が展開された。ここにアジプロ作家としての中野の真骨頂が在った。しかしそこで発揮された中野の「強引さ」や「性急さ」や時には「傲慢さ」が、そして詩的とも言える言葉で人々を「鞭撻」し「激励」したことまでもが、中野に致命的な「失敗」をもたらした。そうして中野の

「失敗」が革命運動全体の敗北の一要因となるほどまでに、中野に「政治的思考力」とアジプロ家としての詩的才能があったことが一つの悲劇でさえもあった。「素樸ということ」で語りかけてくる中野の詩的文章に私たちは感動し勇気づけられるが、しかし誤ちを何度も繰り返すことは許されない。そこに示された中野の思想と思考方法について現代の根本問題を媒介として、今更めてその読み直しと読み換えを行い、アウフヘーベンしなくてはならない。

中野が言う、「作品なぞを必要としないような美しい生活が人間の世界に来ること」とは、それこそが即ち「自由の王国」の実現としての革命に他ならないのであって、文学や芸術や学問は自らを不要とする世界の実現のために自らを役立てなくてはならないという、この中野の逆説的思考方法には画期的意味があった。「すべての存在者はそれが本来の姿に達したとき、同時に止揚されて滅亡する」（ヘーゲル）。そうして「哲学は現実の中に自分を止揚し、その中で自分を失なわなくてはならない」のであり、「哲学はプロレタリアートを廃棄しなければ現実化されえないし、プロレタリアートは哲学を現実化しなければ廃棄されえない」（マルクス）のだとすれば、芸術は現実化することによって自らを廃棄し、自分自身を失いアウフヘーベンするとき革命が達成される――「制作を車輪の発明のようにする」という比喩で中野が語ったことはこれであり、革命（自由の王国）の中へと自らを止揚して行くプロセスこそが芸術（文学）と政治の統一・結合に他ならない。自己自身を乗り超えようとする否定の運動にこそアヴァンギャルディッシュな精神が宿るのであり、その意味で中野は紛れもなく前衛芸術家なのであった。

言うまでもなく現代世界の根本問題（少なくともその一つ）は、人間を含めてあらゆる一切の事物が世界的な商品交換システムの「関数」にしかすぎなくなってしまったことに在る。其処では言葉が物事と完全に乖離して意味を喪失した符号と化し、すべてはその符号によって指示されるイメージに置換され、氾濫する符号とイメージによって逆に人間経験と物事が完全に空虚なものと化す、そうした全く新しい「ジェノサイド」が蚕行されているのだ。すべての物事は情報化された商品関係の関数として任意の他のものと交換可能となり、そうした無数の「x」として人々は「使い捨て」られている。人間の内面や欲動までも完全にコントロールし虚ろにしているこの合理化と物神化の極限状況は、無論のこと莫大な利潤を収奪するために世界資本主義が作り出したものであり、そのシステムを維持しさらに拡張させるために膨大な数の失業者・無業者・ルンペン・ホームレス・あぶれ者・流民・貧民等々を、今や大都市のド真ン中においてさえ日々「排泄」し続けている。彼らこそ一八四八年革命当時の言葉の本来の意味における正真正銘のプロレタリアなのであり、「人間の完全な喪失をあらわし、したがって人間の完全な回復によってしか自分自身を獲得できない」（マルクス）、そうした極貧の受難者であり、「語ることなき関数x」の典型的存在者として、世界資本主義をその底部で担い支えることを強制されている。これらプロレタリアが日々「排泄される現場」が、二十一世紀における現在只今の「最前線」なのであり、野蛮な合理主義に抗して精神の抵抗者が担わなければならない芸術文学上の問題は其処に在り、其処が今日における「ロドス島」なのだ。文学芸術に一体何が可能なのか。

あらゆる人間がその固有性や特異性を喪失して特性のない関数 x と化してしまった、そうした極限的なドタン場こそが、雲散霧消してしまった空虚な「私」による手前勝手な「自己主張」（エゴイズム）や「アイデンティティ」を解体し、自分を突き抜け普遍的な地平へと到達しうる、むしろ最後のチャンスなのではないか。帰属すべき場をもつことや何者かであろうと成り上ることを断固拒否し、「追放」や「隔離」に怯むことなく精神の亡命者・故国喪失者として「特性のない誰か」に徹し、そうすることによってその匿名性と無名性の水脈の中で多くの特性のない者同士が平等な相互関係を形成しなくてはならない。「匿名性に徹する」とは、関数 x の典型者たる素寒貧のルンペン・プロレタリアへと精神において「零落」し「崩落」することであり、「オレはゼロだがすべてでなければならないはずだ」という不敵な革命的大胆さを内面に堅持することによって、あくまでラジカルに基底部の難民たちへ向かって下降し続けることだ。そうした持続的下降運動の担い手が二十一世紀における「非転向者」であり、彼らこそが、打ち捨てられた無名者の典型たるプロレタリア難民たちに語りかけて対話し、その応答の声に聴き入り、考え、行動することができるのであり、そのとき、その「関数 x」にすぎなかった特性のない者たちの間に「差異」が生じるのだ。距離をとりながら相互に対話し結合するときに生じるわずかな「差異」――この諸々の「差異」のいわば「変奏」の一つとして辛ろうじて差異化された個別存在者が起ち上がる。「個人」とは諸個人のあいだにある諸々の差異の「諸変奏」の一つにしか過ぎないのだ。こうして差異化された受難者たちの多様な個別的経験を相互に媒介して普遍的なものへと表現することが文学芸術上の大切な問題になる。歴史的にみても、「最底辺に押しこめられているものにこそ崇高なるものが宿っている」と考えるアレゴリカルな精神の果たした役割は大きい。

しかしそれにしても、「廃棄物」同然に使い捨てられている難民たち——世界資本主義の「勝ち組たち」にとっては、絶対的他者であるプロレタリア貧民たちが「応答」して人間的に「蘇生」を果たすためには、ほとんど「魂の救済」とでも言う他はない「根源的な語りかけ」が必要となるであろう。ここにこそ「非転向プロレタリア芸術家」が担うべき芸術的課題が在るのだ。

寺田透の言う、中野にある「言葉、行為、生活の全体的相待性」とか「内面的共存こそ存在の真の様相だとする世界観」とかは、「最もかけ離れたもの、最も偉大なもの、最も卑小なもの、星と菫を一緒に並べるとき」の「すべての被造物間にみられる、その共通の根源に基づく相互索引」（A・W・シュレーゲル）と言い換えることも可能であって、まさしく「車輪」と「芸術作品」との相互的乗り入れ＝コレスポンダンスである。そうして人間を自然・大地に結びつけ両者を媒介結合させるものを古くからある言葉ではタマ（魂）と言ったのであり、そのタマを体内に落ち着かせて人間と万物との交流に活力を与えることをタマフリ（鎮魂）と言った。まことに人間と万物との照応交流こそ人間経験にとっての根源的で原始的な出来事であり、この根源的な出来事を感得させるものが古来からの優れた芸術作品に他ならない。しかし人と自然が破壊され、商品と記号化された言葉が支配する現在、この「根源的なる出来事」は生起しようもなく、あくがれ出でた「魂」は中有をさ迷い続け、「抜け殻」となり果てた人々は途方に暮れているのだ。「魂」をその「故郷」である「もの」（万物）と「ひと」に帰還させ、「根源的な出来事」を起死回生させるためには、ものたちに更めてもう一度、それにふさわしく命名し、言葉に意味を回復させねばならない。一切の物事が空虚な記号と化している現代こそ、喪失してしまった過去の事物をも含めて物事に更めて命名して名を正し、再生させるラスト・チャンスである。リルケの言うように事物は「ものたちでさえそうだとは一度も心のうちで思いみたこともなかった」ように見られ呼ばれることを欲しているのだ。記号化し砕け散った瓦礫を回収してものたちの「断末魔」の、しかし静かな呼びかけに聴き入り応答し命名しなくてはならない。したがってその命名法には、「断片」を寄せ集めて全く異なる文脈の中へと「引用」や「剽窃」をして読み換える、そうしたきわめてアレゴリカルな表現が伴うのは必至となる。しかもそのためには「直感」と「考察」とが緊密に結合された、ゲーテ的な「観照」が必要であり、それによって見つめられ聴かれ応えられるとき、ものたちは全く新しい相貌で魔物の如く蠢き出して蘇えり、「生まれ出づる状態」で語りかけてくる。その「呼びかけ」や「語りかけ」は「非人称の沈黙の声」（ブランショ）になるかも知れないが、氾濫する空虚なことばの騒音に逆に沈黙を課し、「真なるものの顕現」として一瞬のうちに、しかし確かに聴きとれる筈だ。「誕生」とはいつでも「かつて在ったもの」が「変奏されながら反復し再現する」、そうした「再生」（よみがえり）であり、「もはや失なわれてしまったもの」をはるか忘却の彼方から呼びさまし、「いまだ存在しない」新しい相貌において「再生」させることである。その「新しさ」は流行の最先端からみれば時代錯誤として貶められるかも知れない。しかし「時代錯誤にこそ現代的意義がある」（アドルノ）と断固決意して再発見し再創造すること、これこそが真のルネサンスである。

中野はかつて「山猫その他」を書いた頃、「芸術家のなかで音楽家ほどの馬鹿はなかつた。」といって音樂を独断的に切り捨てていた。しかしその中野が一九四九年に発表した『軍楽』の中で、「ひとりの兵隊服をきた男」がアメリカ兵の軍楽の演奏を聴くところを次のように書いていた（満田郁夫「花・絵・音楽に関するメモ」から教示された）。

もう一度あたらしい音楽がおこつた。（中略）それは、さつきまでの、それとても静かであつたのよりいつそう静かなものであつた。曲が或るところまで進んだとき、男は、旋律が万力《まんりき》のような力で彼をつかむのを知つた。音楽を知らぬ男は、それをどう自分にすら言いきかせていいか知らなかつた。男はふるえあがるような、痛いようなものを感じた。それは、男に西洋的なものでも東洋的なものでもなかつた。民族的なものでさえなかつた。それは、人のたましいを水のようなもので浄《きよ》めて、諸国家・諸民族にかかわりなく、何ひとつ容赦せず、しかし非常にいたわりぶかく整理するような性質のものに見えた。

旋律がある部分をくりかえしていつそう進むように見えた。それは進んだ。そして高い階《かい》が——男は「階」という言葉を頭でつかつた。——見えた。

「あれだ。」と男は思つた、「あれ……」

頭の地肌がすつと冷えて、目《ま》ぶちに涙がたまつてくるのが男にわかった。

「そいつては違うのだろう。違うにちがいない。しかし、つまり、慰霊祭なのだ……」

殺しあつたもの、殺されあつたものたち、ゆるせよ。殺され合うものを持たねばならなかつた生き残つたものたち、ゆるせよ……はじめて血のなかから、あれだけの血をながして、ただそのことで曲のこの静かさが生まれたかのようであつた。二度とそれはないであろう……諸国家・諸民族にかかわりなく、何ひとつ容赦せず、しかし非常にいたわりぶかく……


「男」はここで「静かなる語りかけ」を確かに聴いたのだ。この男のつぶやくような言葉のなかにほんのかすかにではあるが表現されたもの、功利至上の実用的世界にとってはほとんど意味をなさない、けれども人間存在の根源（魂）を揺り動かして浄めるもの、「無用なるものがもつのっぴきならない光輝」（G・スタイナー）に包まれながら「諸国家・諸民族にかかわりなく、何ひとつ容赦せず、しかし非常にいたわりぶかく」世界との新しい関係へといざない呼びかける声――そうした「静かなる呼びかけ」が今こそ最もラジカルなプロレタリア芸術に要求されているのであり、そうした芸術とそれを唯一担いうる素寒貧の「非転向精神」のみが受難者たちの魂を揺り動かして対話と応答を可能にするのだ。

「作品なぞを必要としないような美しい生活が人間の世界に来ること」は果たしてあるのか。

無論それは彼岸のユートピアにしか過ぎない。しかしそれはかつて若きルカーチが『小説の理論』の冒頭で述べた「すすむことのできる道にせよ、すすまなければならない道にせよ、星空がその道の地図となり、その道を星の光が照らす時代は幸福である。ありとあらゆるものがその時代にとって目新しく、ありとあらゆるものがそれでいて親しみやすい。すべてが冒険であり、それでいて財産となる。はるかに世界はひろがるが、世界はそれでいてわが家のようだ。魂にもえる火は、星とその本質的特徴を同じくするのだから。」（大久保健治訳）というホメーロス的世界のルネサンスでもあるに違いない。内部と外部、自我と世界、魂と行為、存在と運命とが統一されて万物が応答し合っていたホメーロス的世界から限りなく頽落し続けたその果ての、現代の「野蛮」の真只中から相互扶助の社会と精神を蘇生させるためには、この世の何処にもない真なる場所としてのユートピアをしっかりと予感することから始めなくてはならない。そうしてそれは現世からの精神の質的飛躍によってのみ交感的に想起されるしかないのだ。

葉山嘉樹の「転向」
──『今日様』『氷雨』『暗い朝』

〈1〉

葉山嘉樹は信州の飯場に住みついたことについて次のように記していた。

私はプロレタリア文学運動といふものを、も一度見直し度いと思つた。(中略)と同時に「プロレタリア文学者」としての自分を離れてたゞのプロレタリアとしての自分をも一度見度かつた。(中略)

そして私は落ちて来た。そして、今までの「文学者」としての立場から離れて、見るも無残な「人生の不用人」としての、一ルンペンに近いプロレタリアの立場から、世の中を見直さうとしてゐる。
（「私の場合――離京作家について――」）

今、俺が表現しなければならないものは、いろんな反省だとか、細かい神経だとか、そんなものを盛り込んだ芸術家の生活だとかではない。（中略）構ふこたあない「土方を描け土方を」（中略）で、今、私の目論んでゐる小説といふのは、この地上で想像し得られる限りの、最大の不幸を描いて見よう、といふのである。（中略）何かかう、正しからざるものに食ひついて行く、力を与へるやうな、カンフル注射みたいな、（中略）さういふ小説が、私は書き度いのである。
（「実利的芸術――近事雑感――」）

葉山のこの考えは、「総てが高まるためには、自分自身は落つこつても構はないと云ふやうな、崇高な浮浪人を」描いて、「社会の下層に、下積みになつてゐる人間の間に、人類の歴史を正当に動かして行く、原動力の『火』を認めた」ゴーリキーによって、その作品を生きることを教えられて、「少年の日の私の夢を『浮浪人』に決め」てから「四十を越した今日まで、続いてゐる」一貫したものであった。葉山にとってはチェルカッシュを「自分の生活内容」とすること、芸術を生活に生かしてゆくことこそが当時の閉塞状況を突破して自由に生きることを可能とするほとんど唯一の生き方であった。
天竜峡谷の奥深くの谷底には、五千人から六千人の貧民たちが、鉄道線路や発電所の水路工事を目当てに全国から流れ込んで、ちょうど東京郊外の細民街と同じような一つのバラック街が形成されていた。その「移動する貧民窟」には、「光明もなく当度《あてど》もなく、ケツを割りつゞけて、漂泊の旅を続け、九人の子を六人まで失くしても悔いることを知らぬ、アミーバ的原始人の生活。典型的な土方の生活」(『葉山嘉樹日記』一九三四年六月十五日)があった。葉山はその土方部落や自身が移住した山村について例えば次のように記していた。

峡谷は人間を狭つ苦しく、圧しつけて平べつたく、戦々兢々と、吝《し》みつたれて、意地悪く、疑い深くさせる。
(一九三四年九月十八日『日記』)

数十里にわたる、殆んど無人の境の天竜の長い廊下では、人はその意識を変化させずには居られないのだ。(中略)
この自然の圧迫が、長く続くと、気狂ひ染みて来る者もあつたし、又、完全に無気力になつて了ふものもあつた。(中略)
断崖を高みから、丁場の方へ下つて来ると、視野は、再び狭くなり、鼻のつかへるやうな気がし始め、高みで感じた寛容の精神をもつて考へると云ふ事は、いつの間にか意識の底に沈んで了つた。

そして又、人々は瓶の中の二匹の蜘蛛のやうに、狭い気持になつて、争ひ続けるのであつた。

（『流旅の人々』）


私は土方や、農民や農村の商人の間に混つて、「民意」をつかまへようと思つた。（中略）が、何と民意の種類の多いことよ、である。

害をしない者――白痴や、おとなしい狂人や、愛嬌のある唖や――を、軽蔑したり、からかつたり苛めたりするのを、大衆の多くに見ると、時として、民意を、ヒットラーのやうに揉み潰したくなる衝動にかられることがある。

（「『民意』」）


寒い山村に住んで、一番えらい人は、村長であり、校長であり、署長である。

そこでは人間の考への頂点に、さう云ふ人々が坐つてゐる為に、人々、私自身の考へも、重いガスのやうに、地面だけを逼ふやうになる。天下国家は、村役場で止まつて終ふ。

思想は村長さんの限度までで止まり、権利義務法律の観念は署長にお委せしなくてはならない。

（「高原を出でて」）


峡谷の底深くの飯場や部落や、「役場と学校と産業組合と郵便局と駐在所と、それから唯一の商店とを除いて」は農家だけという寒村の中で葉山の見たものは、愚直さと、スキあらば出し抜こうとする狡猾さの雑居する、エゴイズムと共同体的掟がベッタリと癒着している、最も停滞的で因習的な淀んだ生活感情と人間関係であった。一言にして言えば、葉山は「闇の奥」（きだ・みのるの言う「気狂い部落」）に入り込んだのであり、其処を自分の生活の場とすることで、感傷的な曇りや翳りを払拭して、時にはユーモアとアイロニーをまじえながらその生活の実態を容赦なく暴き出したのである。こうして『移動する村落』や『小盗不成』や『結婚式』や『水路』や『墓掘り当番』等のいくつかの傑作が生み出された。

葉山が「都落ち」したのは無論小説だけでは喰っていけなくなったからでもあったが、土方や百姓をしても忽ちのうちに行き詰まり、またしても「筆一本」の生活にもどらざるをえなくなる。しかし「書かねばならぬものを書くと発表が困難である」時世に、時代に意図的に迎合する「能力」のない葉山には原稿の依頼は無きに等しく、前途は暗澹となる。にもかかわらずそれでもなお、発表が「困難なものだけを書き度いと云ふのは何と云ふ困つたことであらう」と苦々しく呟くアイロニカルな精神を保持しながら、「地球にも自分にも愛想つき果てて首吊るまでを魚釣りに行く」といった心境のままに、葉山は魚釣りで憂さを鎮める仕儀となる。かくして葉山の後期の最高傑作『氷雨』が書かれる。

「華々しいもの、潔いもの、勇壮なもの」が支配する「町中の雰囲気や駅頭の雰囲気」と全く対照的に「ひつそりと沈んだ冷え冷えとしたもの」が葉山とその家に染み透っている。葉山はせめて「子供たちが『面白い』として喜ぶことを、させてやらう」と釣りに連れて来たのだが、いつもならば、「『もう帰らうよ、暗くなつたぢやないか』だとか、『お父さんは未だお腹が空かないの』とか云つて帰りをせき立てるのだが」その日は「帰らう」とも言わずに夕やみの中で大人しく待っている。例によって米櫃は空なのだが、「今度ばかりはどこか違ふ、と云ふことを、動物的に直感したらしかつた」子供たちは、帰りの道でも「その夜は黙り込んで」おり、夕食の時も「日頃健啖なのに、下の女の児は一杯食つた切りで、『御馳走様』と云つて、サッサと寝床にもぐり込んだ。男の子は三杯目に、『御飯未だあるの』と、女房に訊いた」のである。その夜、葉山は米を借りに出かけた。「村の町は夜九時になると死んだやうになる。（中略）出征を祝す、の征旗も、旗を取り込んで、てつぺんに葉を少し残した旗竿だけが、淋しく軒先に立つてゐる」。葉山は「明日はどうなるであらう」と最後に記すのである。『氷雨』は葉山の到達した傑出した「心境小説」である。

この『氷雨』における葉山の境地から、『子をつれて』や『酔狂者の独白』に記された葛西善蔵をどうしても思い起こさざるを得ないのだ。借家から追い出されて場末のバーで子供たちに寿司やエビフライを食べさせながら独り飲み、また、かつて建長寺の境内で長男と鮒を釣ったり日光湯本で鱒釣りをしたのを思い出しながら、六畳間から二坪に満たない庭へ糸を垂らしてみたりする、すっかり屈託しきった葛西善蔵の風姿と二重写しになる。葛西と葉山の文章からは惻々として滲み通るような生への希求が伝わってくる。それは『氷雨』では「一億一心」火の玉となって昂揚して行こうとするとき、「熱意」や「執着」とは全く反対に氷雨の如く冷え冷えとした境遇の中で「小さき者」とのささやかな結びつきを求める祈りとなって現れており、朝鮮人土方の子供の死を描いた傑作『万福追想』もここから生まれる。そしてその「祈り」の対象が親しき友となったとき、生活者のユーモア溢れる『慰問文』となって結晶化する。これらの傑作には、一人の「左翼無頼文士」が、マドロスや土方や百姓をした挙句のなれの果てから摑み取って表現しえた人間への愛情が在った。

しかし心身ともにドン底にまで落ち込んで疲労困憊するとき、葉山がその中で生活する「闇の奥」が彼に加える抑圧感は葉山の覚悟や意気込みをはるかに凌ぐ強力なものであった。農山民の意識や生活実感と葉山のそれとの間の距離と落差は深刻なものとなり、葉山の孤立と疎外は決定的なものになったと思われる。「土方」も「百姓」もしない時の葉山は「遊んでいる」としか思われない。田植えを済ますと山に入って人夫になり木馬（きうま）を曳いたりしている百姓たちの中で「坐つて原稿を書いて」、「十区二十二軒」の農家のなかで、たまには牛肉や馬肉を食うような一番贅沢なくらしをしていることに「何かしら済まないやうな気がし」てくる。生活の大部分を消費生活に向けている葉山に村人たちは批難の眼を向け、葉山は「馬でも俺を農民とは見てくれないのか」と嘆き、かくして「一人前の勤労民として待遇されることを心から望み」、ついには農山民と自分との間の「落差」を一気に跳び越えて彼らと一体化しようとする。

「手織り木綿の着物とかるさん」の質素な出で立ちであっても、「新体制だでのい」と言って

「四つ位の男の子に、ちゃんと合うやうに作つた可愛い草鞋を履かせ」て町へと連れて行くのだが、それでも「山口もん」として蔑まされる村の人々について、「勤労尊重、遊惰排撃の気風」をもつとして次のように記していた。

「何と云ふ素晴らしい村だらう」と、私は鍬の柄で、村の人に頭を殴りつけられたやうな圧迫感の下から、賛嘆の声を放つたのだつた。

――この村人の精神には非常に高潔なものがある。名利栄達、などを超えた農民の純粋な魂とも云ふべきものがある。それを具体的な姿で捕へて見よう。それを描き、それを発表することが、たつた一つ自分に残された作家の道である――

と、私は考へたのであつた。

（『子を護る』傍点引用者）

そうして葉山は、「朝起きて、夜寝るまで、絶えず村人の勤労を見て、それへの感謝と寄食の許しを求め」る意味を込めて「どの村の人にも頭を下げてお辞儀をした」りするのであり、「つまり私は自分に苦行を命じたのである」（傍点引用者）と書く。戦時統制が山村の奥まで貫徹すればする程なお一層エゴイズムや抜けがけや密告や監視が蔓延する当時の状況に在って、右のような文章を書いたのは、処世的で自己防衛的な意味合いもあったであろう。新体制下の村民を文字通りには褒めながらも、心理的には強いプレッシャーを感じつつ心ならずも振舞っている、といったニュアンスが充分に感じとれる文章ではある。しかしにもかかわらず、現に今目前に在るがままの農民の生活の前に拝跪してそれを理想化する文章を書いていることは明らかであって、それは、かつて葉山自身が書いた、「正しからざるものに食ひついてゆく」力を与える「カンフル注射」のような、「今在るもの」をしてそのように在らしめているものを批判的に剔抉する文章とは正反対のものと言わざるを得ない。処世的な自己防衛の文章を書くということも含めて葉山は明らかに生き方の根本において「転向」したのである。その「転向」は一九三三年の『今日様』においてまず最初に示された（労働運動からの「転向」は既に一九二三年に獄中でなされていた）。

「朝鮮」や「樺太」に出かけたりしていろんな商売に手を染め、今また「満州」で一旗上げようとする山師根性の藤蔵と、その父で百姓相手に商売する「物欲一点張りの」猪介。藤蔵とその妻で女学校出の小むずかしい理屈をこねるおたね、おたねとその両親。この三組の各々の間で、しかも三組相互に数珠玉のように連環し合って同時進行する喧嘩と、その間に立って、藤蔵の妹の亭主で義父の猪介の処に居候している「田舎廻りの三文文士」の山田が、藤蔵とおたね夫婦の喧嘩の仲裁にオロオロする様子をユーモアたっぷりに饒舌に一気にまくし立てるようにして書いたのが、『今日様』である。これは葉山の傑作の一つである。猪介のも藤蔵やおたねのも、そしておたねの親のも、その言い分の「どれもこれも、尤も至極な話」であり、「その尤も至極な話同士が正面衝突をしてゐる」のだから「誰が、どこをどう直せば、それですつかりよくなる、と云ふ話では無い」のであり、したがって、「何と云ふ困難な、解決のつかない問題の中に、飛び込んだんだらう」と山田は思いわずらう仕儀となる。深刻でありながらも、その尤もなもの同士のチグハグな絡み合いを滑稽味たっぷりに表現する筆致は、葉山と同時代の作家では井伏鱒二がただ一人共有しうるものであった。その練達の表現からは、庶民の卑賤なエゴイズムと生活感情に注ぎ込んだユーモアをこめた暖かい愛情が惨み出てくるのだ。

おたねと藤蔵の夫婦喧嘩は結局どうなったのか。『今日様』の続篇である『鳥屋の一夜』に依れば、肝腎要の仲裁の場に立ち会った山田が「人間は、ずつと昔から、こんな悶着ばかり起こしてやつて来たのだ。今、この場で、一切片をつけようなんて、俺の柄では無いし、責任でもありはしないのだ。え丶、酔つ払ふに限る。」とばかりに、「五郎八茶碗で、立て続けに三杯引つかけ」て寝込んでしまったために、おたねが「センベイ布団をかけてやるとか、一升壜から土瓶に酒を移すとか」、そうした日常の主婦の仕事がスラスラ動き出してしまい、夫婦喧嘩の方は「一先づ手持無沙汰」となっておのずと丸く収まってしまうのだ。こうした「解決の仕方」こそが決定的な「決裂」や「破局」を回避するために長年にわたって庶民が培ってきた智慧の結晶でもあった。それは『今日様』において猪介が藤蔵に語って聞かせた「心構え」でもあり「生き方」でもあった。人間は大昔から悶着をかかえて来たのであり、その今日の「苦労が、取りも直さず楽しみなのぢや、今日様なのぢや」、「楽しみは峠の向う側にも、海の向う岸にもあるものぢやない。お前の手の中にある。足の下にある」、「生きとる事の楽しみと云ふものは、今日様を大切に思ふ者にだけあるのぢや」……と。確かにこの「今日様」こそがいつの時代にあっても苦難を受容してきた庶民を忍耐深くささえた、伝統的な根生いの知恵であった。しかし、一見するとこのしたたかな「知恵と生き方」こそが、成り行きにまかせて現に在るがままの「今日」の苦しい状況を永続化させてきたのも確かなことだ。「生きとる事の楽しみ」は「今日の苦労」を受容するところに在るというのだから、それは「奴隷の楽しみ」以外の何ものでもあるまい。だからこそ「今日様《さま》」を説く猪介に向って「とんでもない今日野郎だ」と藤蔵は喰ってかかったのである。

葉山がこの小説でまず第一に書かねばならなかったことは、この藤蔵と猪介との対立をはじめとする三すくみの巴戦の如くに絡みあって継起する「喧嘩」の様相を、いわば相互否定的に徹底的に戯画化して表現することであった筈だ。そうしてその「卍巴」にくんずほぐれつする中で一人オロオロする葉山自身の滑稽きわまる道化振りを突き放して描くことであった。しかし葉山はそれらの絡み合いのプロセスそのものを生きる姿勢を貫けず、結局在るがままの成り行きにまかせて「今日様」の前に拝跪してしまったのだ。ここに葉山の思想上の「転向」の第一歩があった。そうしてそれは『暗い朝』においてほぼ決定的となる。

天竜峡谷のどん底の飯場で啀《いが》み合い、喚き、喧嘩し合い、陰口を叩き合っている連中が親方の事務所に寄り合って雑談の最中に、帳付けの仕事をしている花田の頭上にツルハシの金具が落下する。その瞬間、居合わせた者すべてが啀み合うのを忘れて花田に怪我がないかと心配するのだ。

其処に「心の深い底から、自分でも恐らく意識しないだらう、温い、無私の愛情がチラと露頭を覗かせた」刹那を発見した花田は、「人間の生命を支へてゐる根のやうなもの」に触れた感じがして、「泣き度いやうな気持に囚はれ」て「生き甲斐があつた／生き甲斐があつた」と感動するのである。亀井勝一郎はこの場面について「葉山氏にとつては殆んど本能的と云つてよい人生哲学——働くものの内部にひそむ伝統的な愛情が開化する」と記し、さらに「大地に生きる農民の太古さながらの姿と、そのうちに湛へあふれている愛情のこまやかさ」という「日本の美しい伝統」と「日本精神の精髄」を読み込もうとしていた（「同胞愛に生きよ」浦西和彦『葉山嘉樹』近代文学資料6参照）。「無私の愛情」と感じたものについて、葉山は「戦場で喧嘩をしたり、同志打ちをする奴があらうか。純粋の愛情は、私を無くして、人の身になつてしまつたところから湧いて来る」とも書いていた。しかしながら、この一場面の花田（葉山）の感激ぶりはいかにも大袈裟だ。こんな日常の些事にどうしてかくも感動し、かくの如き言い古された通俗的物言いを、しかもそのために亀井のような大仰で時局便乗的な「解釈」を許してしまう、そうした物言いをしてしまったのか。おそらく葉山は現実との苦闘に疲れてその苛酷さの前に拝跪し、それを「無私の愛情」もろともに受け入れて其処に「楽しき今日様」を見出していたのだ。この小説には川端康成が葉山の『山の幸』について述べたように「最も素朴で平凡な幸福論の如きものが」「正面切つて文学のなかに乗り出して」来ており、それはとりもなおさず葉山における「文学」と批評精神の衰弱を物語るものだ。こうして葉山はほとんど無自覚のうちに「転向」し、以降『子狐』『山の幸』『子を護る』『部落の顔』『潔斎』等々を書いて瞬く間に頽落して行ったのである。既にして早く「葉山の『今日様』も転向告白である」と明確に指摘していた矢崎弾は全く正しい（「昭和文学史考」）。（補注）

農村社会に融けこもうと自らに「苦行」を課した葉山は、さらに開拓団にかかわり送出運動にも従事する。しかしいくつかの証言からも明らかなように、周囲からは煙たがられていた。松井恭平は「なにしろ葉山さんのやることや、思いつくことは、たとえ、いいことであろうとなかろうと、かれのことだからといって村の人は誰も賛成しなかったですよ。」と二村英巌が当時を語るのを記し、さらに村人が「葉山さんのようにぶらぶらしている人に満州へ行ってもらわねば、わしらは忙しいでのう。」と言ったことを記していた。（浦西和彦『葉山嘉樹』近代文学資料6）

また葉山の娘財部百枝も開拓団の生活について「非国民だの、スパイだのと、故郷の村で言われた言葉が団の人の口にのぼるようになり、いづらくなる。」（『父葉山嘉樹のこと』）と記していた。長男が中学入学を拒否されたり次男や長女が苛められたりしたのも葉山が「アカ」だったからであり、「あんたのようなごくつぶしこそ満州へいけばいい」と責められたこともあった（浅田隆『葉山嘉樹』）。葉山自身も日記に「俺は嫌はれてゐるそうだ。（中略）俺も俺が嫌はれるだらうと云ふことは知つてゐる。（中略）峡谷は人間を峡谷の如く狭く作る。」と記していた。国民学校の児童たちの間で「『旦那衆、貧乏衆』と云ふ熟語が平然として語られて」地主と小作人を差別し、何事も「営利本位」に考えて「『あぶれ者』や個人主義者や怠け者や面白からぬもの」や「『貧乏人衆を満州に追ひやる』と言つた風な運動」（「開拓団に於ける生活」）がはびこる、そうした村社会での葉山の疎外感は愈々深刻となり、薪運びや松根掘り以外には収入の途も断たれてしまい、かくして葉山は貧乏な「あぶれ者」の一人として「満州」へ渡るのだが、其処でも娘の言うように「いづらくなる」ほかはなかったのだ。

〈2〉

「都落ち」してからの葉山が書かなくてはならなかったことは何か。葉山はある時松井恭平に次のように語ったという。

作家は、貴族であると同時に、どん底の人民でもあるべきである。奴隷の境涯をも、亦支配者の心情にも通じていなくてはならぬ。トルストイは、完全なブルジョワの考え方一方であるし、日本の農民文学はまた、一方的に貧農の思考に立って、作者は偏している。ドストエフスキーの文学には、その双方の思考に立って混沌としているところ、彼の文学の秘密と魅力がある――（略）（浦西和彦『葉山嘉樹』近代文学資料6）

ここで葉山の言う、両極に在って対立する二つのものを渾沌たる対立のままに包含するドストエフスキーの「秘密」とは、とりもなおさず葉山自身とその作品の特質でもあった。

葉山文学の最大の魅力は、初期の作品にみられるように、自然主義的な平板描写をぶち破る破天荒な比喩とデフォルメを多用した、荒々しく暴力的ともいえる文体によって下層貧民の生態を異形異様なものへと転化異化し、強烈な諧謔精神によって悲惨な現実を笑い飛ばしてしまうことに在った。地獄のようなどん底生活が哄笑と悪罵と雑言によって滑稽化され、「凄惨」と「快活な明るさ」との対立する両極が渾沌たるままに両義的に表現されているのが葉山の作品の特質だ。対立する両極を対立のままに強引に結合する方法がアレゴリーなのだとすれば、葉山文学の抗し難い魅力は、対立する両極のあざなえる如きアレゴリカルな両義性と渾沌の中にこそ在る。このアレゴリーを葉山一流の物言いで言うならば、「ハンテンを裏返しに着たやうに書く」ということになる。

ハンテンの表には、帝国主義戦争絶対反対と、染め抜いてはあるが、そいつを裏返しに着た場合には、牡丹の花模様か何かで、百人一首もどきに、文字が染め散らしてある。

（「無思索時代」）

「帝国主義戦争絶対反対」と「牡丹の花模様」が輾転反側するのだから、「高利貸や重役が読んで、ギヨツとし、ルンペンや女工が読んでニヤ〳〵し、首吊りの縄を絢ひかけた百姓が、縄の代りに草鞋を作りはじめる、といふ風な小説」（『民意』）が出来上がる。葉山の文学はナルプ派の硬直した「理論」によっては整理することが不可能な、夾雑物をも併せ含んだ多義的な豊饒さに溢れており、秩序づけられ合理化されたものをその根源の渾沌へと再度ひっくり返してしまう、そうした野性と蛮気の漲るアナーキーな無頼の文学なのだ。そうしてそのあざなえるアレゴリカルな文学は葉山という一個の存在と不可分であった。

葉山の気質や性癖や生活スタイルについては平林たい子や里村欣三を初め多くの証言がある。それらに依れば、「ヨタリスト」とか「ルンペン」とか「ゴロツキ」とかと言ったり言われたりして、飲んだくれては狼籍を働いていた「乱暴者」の葉山は、同時に全く反対に、身のこなしのスマートな、几帳面で潔癖な人物であり贅沢趣味の性格スタイルも身につけていた。毀誉褒貶が、それこそハンテンの裏表のように反覆するそれらの人物像から推察すると、葉山は江藤淳の言うように、ある種の「厭味」なところさえある、「精神貴族」風の「プロレタリア文士」といった風姿であったろう。こうした一筋縄では理解しえない、アカで無頼の「三文文士」が「闇の奥」なる土方飯場や山村民の生活現場に乗り込んだのだ。したがって其処では、国家権力の最末端を担う新村方三役の署長・村長・校長や地主や飯場の親方等の「顔役」と農山村民といった人々と、そして彼らが連綿と引きずっている伝統的土着的な因習と雰囲気に取り囲まれて、葉山が孤立無援の窮地に追い込まれることは必至のことであった。「精神貴族のアカの文士」と「味噌汁をぶっかけた麦飯」で寝るまで働く山村民を初めとする「闇の奥」の住民たちとの問に深刻な「対立」や「喰い違い」や「落差」や「つまづき」等が発生したことは極く当然のことであろう。葉山が書かなくてはならなかったことは、その対立する両極の凄惨な葛藤や軋轢を、くんずほぐれつして七転八倒するドタバタ悲喜劇としてアレゴリカルに表現することであり、その方法こそ葉山が『海に生くる人々』以来自家薬籠中のものとしているものであった。一言にして言えば、葉山は、『海に生くる人々』の表現方法をさらに展開させるべきだったのだ。惨憺たる悲劇的現実をドタバタ喜劇へと異化し、「闇の奥」を滑稽化して否定的に媒介する方法によって、天皇制的風土や慣習や気質と階級格差を突破してゆく「カンフル注射」の役割を担った全く新しい文学が生まれ、そこから新たなユートピアを展望しうる可能性があったのだ。少なくとも葉山の『今日様』にはその表現の萌芽がきざしていたのだ。しかし彼はそれを開花させて展開して行くことが出来なかった。

天皇制国家は渡りの土方や炭坑夫や出稼ぎ人夫や芸人や山村貧民と植民地からの移住労働者等々の大量の流民群を「排泄」し、それら最下層民にあらゆる矛盾と苦難を構造的に押し付けることによって自らを維持存続させてきた。自分の生活を「ローリングストン」と規定した葉山は一介の「不用人」「ルンペン」としてそれら流民たちの苦難と運命を共有しながら、その苦難を押しつけてくる「正しからざるものに食ひついて行く」ような文章をいくつも書き続けた。しかし「正しからざるもの」との闘いに疲労困憊して孤立無援となった葉山は、如何に踏みにじられてもその状況を「今日様」としていつまでも受忍し続ける人々に対して「ルンペン」としての負い目を感じ、いわば「罪の意識」に苛まれてついに彼らの前に拝跪する。そうしてあたかも「罪や穢れ」を背負わされるかのように山村民の苦難を引き受けて「満州」へと「追ひ祓いやらはれる」ことになるのだ。喩えて言えば葉山はある種の「スケープ・ゴート」（遊行漂泊民）なのであって、苦難を「担わされ」て「追放」されることによってその苦難を生み出した当の「正しからざるもの」に逆に「奉仕」する、そうした支配の構造に完全に搦め取られてしまったのだ。その構造こそがズルズルベッタリにうち続いている天皇制の基盤に在るものに他ならない。

「議論なら誰にだつて負けるという自信」があった「理論嫌い」の葉山に絶対的に欠如していたものは、理論を媒介して現実にかかわり、思想と理論によって常に自らの行動と姿勢を律してゆく、そうした「思想的リゴリズム」（藤田省三）であった。葉山の思考と視線は、資本論の本文よりも、本文を説明するための「引例」を、「素敵に面白い」と言う言葉（『海に生くる人々』）に典型的に示されるように、常に具体的な現実にのみ向けられていた。まさに寺田透の言う如く葉山は「具体的なもののみに惹かれる魂の」持ち主なのだ。共産党と左翼的抵抗闘争が壊滅状態にあっても、葉山がいささかも動揺することなく現実の下層民に注目し続けることができた所以である。そうした葉山にとって最も肝腎なことは、自分自身をも含めて現実の具体的なるものをきっちりと対象化して、それとの間に緊張に満ちた距離を維持することであり、その時、葉山の表現にはアレゴリカルな諧謔精神が煌いていた。しかし進退谷まったとき、その苦境と苦難をもう一度改めて突き放して滑稽化する精神の余力を喪失し、現実との距離を完全に失ってその前に拝跪してしまったのだ。このとき葉山の「転向」は完了する。しかも葉山は主観的には一貫して最期まで具体的な下層貧民のために行動していたのだから、松井恭平の証言にあるように、自分の「転向」にはほとんど無自覚であった。ここに葉山のもう一つの悲劇があった。しかし、進退谷まったそのときの境地を、それでもなお冷え冷えと表現しえた心境小説の一傑作『氷雨』一篇を遺すことができた。其処に私たちは救われる思いがするし、それを成しえた葉山嘉樹とその作品の前に頭《こうべ》を垂れなくてはならない。

補注

日記や書簡が示すように、「プロレタリア文士」葉山嘉樹の誕生は労働運動からの「転向」後であり、その点において葉山は同じく「転向」後に出獄して『癩』や『盲目』等の「監獄病舎もの」を書いて出発した島木健作と等しい。しかも島木がその「転向」をさらに「求道の過程」として把え返して『生活の探求』を書き「天皇制社会」へと自己同一化していったように、葉山は『今日様』を書いてそれへと拝跪し始める。無論、島木の「求道としての転向」がベストセラーのなかでドラスチックに示され、主人公の如き意欲的な青年があの時代の精神の典型――「誠実主義の精神構造」(安田武)――を担った「時代の子」としてもてはやされたのに比すれば、葉山の思想的「転向」は無自覚的に「なだらか」(徳永直)である。しかも『生活の探求』に比して『今日様』は限りなくマイナーな作品であり主人公もグータラな人物の典型でさえある。しかしにもかかわらず紛れもない傑作であり、そうした「傑作」を通して表現されているが故に葉山の思想的転向が問題となるのだ。『今日様』は作品として『生活の探求』をはるかに凌ぎ、その質的価値と葉山の作品系統上の位置づけにおいて、おそらく中野重治の『村の家』に匹敵する。

周知のように、中野重治の『村の家』では転向して帰村した勉次に向かって父親の孫蔵は次のように言った。「よう考えない。わが身を生かそうと思うたら筆を捨てるこつちゃ。……里見なんかちゅう男は土方《どかた》に行つてるちゆうじやないかいして。あれは別じやろが、いちばん堅いやり方じや。またまつとうな人の道なんじや。土方でも何でもやつて、そのなかから書くもんが出てきたら、そのときにや書くもよかろう。（中略）とにかく五年と八年とア筆を断て。（中略）これやおとつつあんだけじやない、だれしも反対はあろまいと思う。七十年の経験から割り出いていうんじや。」

この孫蔵の言葉は大地に深く根を張って庶民の中に底流し続けている土着的感性と生き方から湧出してくる最も強力な「俗見」である。『今日様』の猪介の言葉もこの孫蔵の言と全く同質のものである。勉次はこれに対して「いま筆を捨てたら本当に最後だ」と思って「よくわかりますが、やはり書いて行きたいと思います。」と答え、かくして中野はあたうる限りの「後退戦」を闘い、「革命運動の伝統の革命的批判」への道を踏み出そうとした。これに対して、孫蔵の言う「里見」として引き合いに出された葉山は、確かに土方をしながらいくつもの傑作をものしたにもかかわらず、在りのままの現実を「今日様」として受容し、「天皇制社会」に同一化して正真正銘の「転向」へと頽落して行くのである。ここに中野と葉山の決定的分岐点が在った。平林たい子は語っていた。「いつか中野さんがやって来て『文芸戦線』にのつたテーゼについて論争を始めたことがありましたが中野さんが一生懸命に意見を吐いているそばで葉山さんは博打を打つ真似をしてをりました。俺はこつちの方が得意なんだ。そんなものは俺には用事がないのだと言ふ意味で、茶碗を伏せたりして嘲笑つてをりました。」（『近代文学』7号）。ネチネチした中野に対して葉山の面目躍如たるものがあるが、しかしそれが葉山の「致命傷」ともなったのだ。

啄木・春夫・重治

――「騒擾時代」の精神史的覚書

1

石川啄木の「硝子窓」(一九一〇年六月一日『新小説』。この日は幸徳秋水が逮捕された日でもある)には学校を出てから「何も為ないで」詩を作っている友人のことが記されている。東京での自分の生活を見に田舎からやって来た伯父の銀行家から「お前は今何をしている(中略)どんな事でも可いから隠さずに言って見ろ」といわれたので、「為方《しかた》ないから、自分の書いた物の載っている雑誌を出して見せると、『お前はこんな事もやるのか、しかしこれはこれだが、何か別に本当の仕事があるだろう。』と言った」と記し、次のように続ける。

「あんな種類の人間に逢っちゃ耐らないね。僕は実際弱っちゃった。何とも返事の為《し》ようが無いんだもの。」と言って、その友人は声高く笑った。
私も笑った。いわゆる俗人と文学者との間の間隔という事がその時の二人の心にあった。

周知のように日露戦争の終結は、それまでの「国家への忠誠心」を急速に衰弱させ、当時の支配的見方によれば、自分だけの物質的享楽を追求する「金尊官卑」の「成功談」が流行する一方、「拝金主義者」や「成功熱中者」を軽蔑しつつ「模範青年」にも反発する強烈な自己意識の持ち主たちも出現していた。この持ち主の中で特に「其の心情の柔軟にして、其の才能の華美なる輩に於いて」は、「煩悶患者」や「厭世の徒」となる者が多く、所謂「虚無的危険思想」や「堕落文学」に「耽溺」する風潮が蔓延していた。例えば徳富蘇峰は「惟ふに今日地方の秩序を攪乱する者は、概ね所謂落第の秀才たらざるはなし。彼等は身を立て業を成すには其の学問が不足なれども、生意気となり横理屈を捏ね廻すには、其力余りある也。斯る連中が風上に立ちて郷党の青年を誘惑するに於いては、其の気力なき者は放蕩児となる可く、其の気力ある者は或は社会主義者となる可し。而して之れが為に地方自治の地盤は破壊せらる可し」と述べていた[1]。啄木の友人は、そうして啄木も元をただせばこうした「斯る連中」の一人であった。

その中にあって、地方の中産階級出身の「落第秀才」にして「心情の柔軟さ」と「才能の華美なる」点において突出し、「大逆」事件に内面的に誘発されて「虚無的危険思想」の「傾向詩」を発表したりした佐藤春夫は、日露戦争後のアプレゲール世代の典型的存在であり、この時代の精神史的特質を骨の髄にまで刻印されていた作家であった。

周知のように佐藤春夫は一九〇九年、十七歳の時に与謝野寛らの新宮での文学講演会で演説をして無期停学となり、中学の同盟休校の首領に擬されたりして一旦上京する。翌一九一〇年の「大逆」事件発覚の年に中学を卒業して再度上京し、春夫自身のいう「傾向詩」をはじめとする小品の類を「スバル」等に発表するが、一九一八年に『田園の憂鬱』を書き上げるまでは「有望にしていまだ現はれざる作家」の一人として馬場孤蝶が挙げるにとどまっていた。この間の彼の生活ぶりについては『都会の憂鬱』に記されている。要するに「気楽さうな私立学校」も中退して下っ端女優と同棲するが、生活力が全くなく、親からの仕送りでのらくらしながら、しかし芸術だけには執着してる「不可解なほどに気位が高い」男――これが当時の佐藤春夫のいわば「自画像」だった。そうして、こうした落ちこぼれ共がゾロゾロ群を成して作家予備軍を形成し、その中から春夫をはじめとして一〇年代からの代表的作家が輩出して来た。(2)

その一人、広津和郎は文壇デビュー当時(一九一六〜二〇年頃)を振り返って次のように書いていた。


自然主義の後を受けて文壇の矢面に立った人々、ちょうど今中年期に達した或る一団の作家達は、総てめいめいの独自性といったものを磨けば事足りるような、一つの自由主義時代に育った人々だった。彼等はめいめいの生き方で生き、めいめいの磨き方で芸を磨き、そしてめいめいの独自性を最も強く、最もはっきり出す事に力を注ぎ、そこに信念を持っていた。

（「わが心を語る」）

例えば芥川龍之介によって「文壇の天窓を開け放つて爽やかな空気を入れた事を愉快に感じてゐる」と称賛された武者小路は「オーソリティのなき国こそ楽しけれ」と高らかに「自我」を歌い上げ、谷崎潤一郎は「唯乗つてゐたかつたから半日自動車に乗つてゐた」と「極めて無造作に返事をし」て芥川を「神々に近い『我』の世界へ」と誘い、各々の作家が「悪魔」や「人類」や「美」や「自我」など、その個性のもつ必然性に応じて「自由」に主張を展開する時代が到来していた。こうして日本近代文学史上に「百花繚乱」の時代が展開してきていた。

一九一〇年代の自然主義以後、「大逆」事件と韓国併合（この二つはセットで考えるべきだ）以降に登場した作家たちは、永井荷風も含めてそのほとんどが「自分だけの個の世界」に表現のすべてを注いできた（おそらく有島武郎は稀有な例外であろう）。それは単に「一つの自由主義時代に育った」からだけではなく、社会的根拠に基づいていた。日露戦争の終結は同時に「内乱」と「運動」の終焉をもたらした。思想史家藤田省三の提起した枠組に依拠して言えば、[3]西南戦争に代表される「内乱」と自由民権運動に代表される「運動」と日清日露の「戦争」が終焉した後は、それらの三つが重層化しつつ進展してきた危機的で渾沌たる状況の真只中から近代的国家を「立国」していく「維新の精神」――すさまじいばかりの緊張が張った時代の精神が一挙に雲散霧消してしまったのだ。後に残ったものは、技術者集団による自動化された官僚機構と繁文縟礼を伴なった「おめでたい」帝国主義的膨張への欲望であった。内面的規範が未形成のままでの国家的繫縛からの「個の解放」は精神的に弛緩した状況を産出し、既述したようにむき出しの「エゴ」が拡散していた。こうした状況に背を向けた「煩悶的」で懐疑的な「個性」の文学的表現こそ正宗白鳥を主たる担い手とする自然主義が切り開いたものであった。しかも「大逆」事件後の政治社会状況においては、国家的言説に批判的な言動はすべてからげて「社会主義者か鮮人《ママ》か、いずれは不逞のやからなるべし」として排斥され、「一人の無政府主義者なきを世界に誇るまで飽く迄其撲滅を期す方針」（「東京朝日」一九一〇・六・四）の下に徹底的に弾圧されていた。したがって春夫自身「明治の末期に当つて内面的革命にぶつかつたのがこの自然主義運動と大逆事件とであつた」（「自然主義功罪論」）といっていたように、「文学」や「主義」に心指そうとする者は、当時の支配的通念や風潮とは全く異質なものに内面的な価値を見い出そうとしていた者であって、或る種の「内面的革命」の担い手であることに相違なかった。[4]

かくして「運動」消滅後の弾圧下にあって「内面的革命」に心指す「不逞の徒」は、国家との決定的対立とはほとんど無縁の、自分だけに固有の「美」や「愛欲」や「自我」の世界へと内面的に「隠遁」することになる。彼らは「ノラクラ者の幻滅屋」とか「自己耽溺崇拝家」（山川菊栄）とかといった社会的悪罵を一身に浴びながら、世間から見れば「変人」（すね者）としての自己の内面の表現に一身を賭けていた。その先頭を切ったのが、「明治」以後の日本の「近代」

の一切を否認して、もはやどこにもない江戸の美の世界へと「隠遁」した永井荷風であり、彼らはその出発点からして、反俗的な矜持に満ちた、時には驕慢でさえもある「純芸術派」であった。(5)しかし逆から言えば、反国家的言説を回避しさえすれば、「めいめいの独自性」の中に「自由」に出入りすることができたのが精神の緊張解除後の弛緩した「大正時代」であったのだ。従って其処には「冬の時代」における「小春日和」的な「なま温《ぬる》さ」があったのであり、それ故に政治社会的実践とは最初からほとんど無縁の「隠遁」は——本来「隠遁」とは政治社会的緊張関係の中でしか成立し得ない——たちまちのうちに堕落して、西洋哲学や美学の中に精神の「安定剤」を求めて「楽隠居」するものへと転落する。それが「大正教養派」や「白樺派」であった。

2

「硝子窓」の中で啄木は次のようにも書いていた。

いつしか私は（略）詩人文学者になろうとしている、自分よりも年の若い人達に対して、すっかり同情を失って了った。（略）まず憐愍《れんびん》と軽侮と、時としては嫌悪を注がねばならぬようになった。殊に、地方にいて何の為事も無くぶらぶらしていながら詩を作ったり歌を作ったりして、各自他人からはとても想像もつかぬような自矜を持っている、そして煮え切らぬ謎のような手紙を書く人達の事を考えると、大きな穴を掘って、一緒に埋めて了ったら、どんなにこの世の中が薩張《さっぱり》するだろうとまで思う事があるようになった。
実社会と文学的生活との間に置かれた間隔をそのままにして笑って置こうとするには、私は余りに「俗人」であった。（中略）
文学の境地と実人生との間に存する間隔は、いかに巧妙なる外科医の手術をもってしても、遂に縫合する事の出来ぬものであった。（略）この間隔だけはどうする事も出来ない。
それがあるために、けだし文学というものは永久にその領土を保ち得るのであろう。それは私も認めない訳には行かない。が又、それがあるために、特に文学者のみの経験せねばならぬ深い悲しみというものがあるのではなかろうか。そしてその悲しみこそ、実に彼《か》の多くの文学者の生命を滅すところの最大の敵ではなかろうか。

「文学の領土」とは文学芸術に固有の自立的な美的世界のことであり、それは実は、実人生との間に「どうする事も出来ない」間隔がある故にこそ成立するものであり、だからこそその「間隔」は文学者に固有の「深い悲しみ」を生み出す、と啄木は言う。逆に言えば、その「間隔」を「縫合」しようとする者は、実人生＝芸術を否定するものを相手に、「英雄的」でもあれば「滑稽」でさえもある凄絶な闘争を挑み、従って必然的に敗北し、「深い悲しみ」を抱かざるをえないのだ。そうしてこの「悲しみ」を抱く者にしか自立的な文学の領土は開かれていないのであり、文学とは、中野重治流に言えば、「あらゆる抵抗の甲斐なく人が泣く泣く」赴く所、「必然の悲しさ」で赴くべき領土なのだ。しかしその者こそが、その闘争や衝突や軋轢の中から文学を創造することによって、人生の総体に対して逆に媒介的にかかわって行こうとする勇気をもつことができる。そこからは、「芸術の完成」や「完璧な芸術」を目指すのではなく、文学芸術を媒介にして物事を全面的に追究する、全体的であろうとする心指しが湧いてくる。異質なものを媒介として世界全体に批判的にかかわろうとする者こそ知識人というべきであり、この精神的姿勢こそ、鷗外・漱石・二葉亭・透谷・独歩等の「明治」の最良の作家たちが多少の差はあれ分有していたものであり、其処には緊張に溢れた「維新の精神」の残響が在った。そしてその最も先鋭な方向を突き当てた者こそ啄木であった。彼は「天才詩人」としての行き方を貫こうとして芸術と実人生を「縫合」しようとした。しかし酒色に溺れた借金魔にして同時に物真似・パロディ等の多才を誇る詩人という、実人生と芸術の衝突に打ち砕かれ、その「悲しみ」の中から現実に対する芸術的闘争を遂行して『一握の砂』以降の諸傑作を創造し、竟には「時代に対する組織的考察に傾注」(「時代閉塞の現状」)すべしと主張するに至ったのだ。

それに対して春夫たち一〇年代以降の作家——荷風・潤一郎・直哉・実篤・龍之介・善蔵・浩二・和郎等々は、文学と実人生との「間隔」を、啄木のあの友人のようにそのままにしたり、あるいは国家的繋縛や実人生のしがらみからの「解放」としてむしろ積極的に受け入れたりしながら、外部世界から自らを隔離して、めいめいの「神々に近い『我』の世界」に強烈な矜持をもって閉じ籠ったのだ。それは大杉栄の言う「囚人哲学」であり、それが彼らにとっての「文学」であった。従って「間隔」を「悲しみ」として受けとめることはおろか、彼らの中には全く反対に芸「偶然のおかしさ」（中野重治）で嬉々として文学へ赴いた者さえあった。こうした作家からは非芸術的なるものとの対立を通して芸術を創造し、こうした作家からは非人生について全般的に考察する鷗外・漱石流の方法的姿勢はほとんど生まれなかった。ここに、いわゆる「明治」の最良の作家たちと「大正」作家たちとの決定的な相違と断絶が在った。[6]

言うまでもなく、自己存在とは世界の多様な関係性の網の目の一つに過ぎないものであり、自己限定そのものが他なるものとの関わりにおいてしか全うされない。

「隠遁」作家が自己の内部に閉じ籠ればなおのこと、自己とは異質の外的で他なるものを必要とせざるを得ず、それとの相互関連においてしか「めいめいの独自性」を構築することは出来ない。彼らにとっての「他なるもの」とは、西洋文学と古典の伝統と「女」の中に辛うじて残存しているものであった。荷風や谷崎や芥川たちは、西洋文学や日本古典の傑作を組み合わせ、「言い換え」や「配置転換」をし変奏しながら虚構を創作したのであり、既に多くの指摘があるように、こうした方法を自家薬籠中のものとして多彩な虚構美を創造した第一人者こそ佐藤春夫であった。

「人生に何の興味もない時にだけ、人は童話の天文学者になります」という稲垣足穂の言葉を記していた（『「たそがれの人間」』）春夫は、「人生を一本のネクタイ以上には愛し得ない」男であり、彼はある一点においてしか人生に繋ぎ止められていなかった。それは言うまでもなく「愛欲」であった。彼は「女」をわがものとしようとする「色情」の如き執心を他の自然物にも同時に振り向けて美的世界を創造した。幸徳秋水が「主義」のために一命を奪われた後、春夫は「主義」にではなく、「情」にすべてを賭けたのであった。それが春夫いうところの「殉情」であり、彼はまさしく「情痴の徒」であった。「『私はさびしい』とより外に何も言はないのがよかつたであらう」のに、孤独とアンニュイと厭世とメランコリーに苛なまれながら、星や月や狂人やアヘン中毒者や殺人者やオオムの発する言葉等々についての物語を「しだらもなく」書き散らしている男――日夏耿之介の言う如く、まさしく春夫は「艶《やさ》隠者」であった。それらの物語は春夫自身が『田園の憂鬱』の「あとがき」で「東洋古来の文学の伝統的主題となつたところのものを近代欧州文学の手法で表現してみたいといふ試みによつて」書いたという通り、西洋近代文学と東洋・日本の古典と「色情」とを、まさに「この三つのもの」を自在に組み合わせて創造した華麗なる傑作であった。

3

春夫が日本文学の伝統の核心に据えるものは「もののあはれ」である。それを「風流」とか「無常感」とも言い換えているが、「日本文学の伝統を思ふ」では「対象と同化し切つて、同じ涙を深く蔵しながら殆んど同じく泣き濡れようとする一歩手前で辛うじて踏みとどまつて客観を維持してゐる微妙な一線に日本文学の独自な視野がひらけてゐると観るのである。その微妙さは客観的と称するにはあまりに詠嘆的で、主観的といふにはあまりに厳粛冷静な心理を持つ一個の心理主義文学の一種とも観られる。」と説明していた。この伝統は尾崎紅葉まで継承され、紅葉が「もののあはれ」の文学の最後の作家とされていた。そうして、その伝統としての「もののあはれ」的な何物もみせない作家として森鷗外を把え、「彼こそ正に最初の新らしい日本人」であり、「冷徹な科学的精神、妥協を許さぬ秋霜烈日の気魄」で「新らしい日本文明の心臓」を創ったと書いていた。春夫が提起していた問題はこの鷗外流の近代的な新しい文学と「もののあはれ」の伝統とを「融和合流」させることであり、それに最も「適当な人材」が荷風と芥川であることを指摘していた。しかし早くに西郷信綱が示唆し、中村真一郎も指摘するように、「融和合流」の使命に最も「適当な人材」は自分自身であることを、当の春夫は自負していたに違いない。「わたくしはわが文学上の系図を述べ立てて鷗外の嫡孫であると敢て揚言した。(中略)わたくしこそ不肖また僭越ながらも正しく鷗外の孫弟子には相違あるまい」(「観潮楼付近」)と書いていた。

春夫はわずか二十一歳にして『昴』に「SACRILEGE」を発表して鷗外の『阿部一族』を徹底して美的な観点から批評したのを皮切りにして鷗外を縦横に論じ、「鷗外森林太郎の洋行の事実を近代日本文学の紀元としたい」と高らかに宣言して、市井の家常茶飯の生活の中から詩美の世界を創造した鷗外に――この側面は啄木に継承されると春夫は物の見事に言ってのける――オマージュを捧げていた。情緒に惑溺する日本詩歌の伝統の中に近代的知性を導入して知性と情緒を渾和融合させた作家として鷗外を高く評価していた春夫は、自分こそが鷗外流の裂帛の近代精神とたおやかな「もののあはれ」を渾和しうる「最適の人材」であるとひそかに自負していた筈だ。彼は「僕の精神と気魄を人々に知つて貫いたいし、(中略)僕は一個の生きた野人でありたい(略)僕は同時に秋霜烈日の冴え渡つた刃のやうな生き方をも認めずにはゐられません。槍ぶすまのなかに身を置いたやうな生き方です。」(「文芸時評――人格露出の一方法としての批評」)と述べていた。外見上のなまくらなくらしぶりの奥深くにこうした気魄のある精神(これは詩の文句で言えば「自ら国士もて任ずるもの」の精神でもあった)を蔵しながら、近代的科学的精神を働かせて『指紋』や『陳述』や『維納の殺人容疑者』や『更生記』や『女人焚死』等々の作品をものにした。しかも同時に「『もののあはれ』の文学精神の模湖たる要領、標緲たる気韻は主観客観の中間に位するから、右顧すれば韻文の精神となり、左顧すれば散文精神でもある。さうしてそれが正視の視野に於いては正に一種の散文詩精神である。古来、国文学の大半は散文詩精神であり」(「日本文学の伝統を思ふ」)と書いていた。まことに春夫は右に『殉情詩集』等の詩業を置き、左に『退屈読本』以下の批評業を置いて、正視して置いた彼の「小説」とされる中短編の諸々の傑作は、彼自身が極く初期の作品について「大部分散文詩のやうなものです」(「自分の作品に就いて」)と語っていたように、そのいずれもがまさに散文詩としか言いようのないものであった。これらの散文詩としての中短編においてこそ、春夫のいう「もののあはれ」、即ち「瞬間と永久とを同一化しようとするところの微妙な一法則の境地」(「風流論」)とか、「客観的と称するにはあまりに詠嘆的で、主観的といふにはあまりに厳粛冷静な心理」とかいうものが、微妙に交錯し重層化されて、溺々たる情緒を払拭した近代的知性に裏うちされた、清潔で明晰な、しゃべるようなサラサラとした散文によって一個の「詩美」にまで高められているのだ。『西班牙犬の家』『指紋』『お絹とその兄弟』『星』『一夜の宿』『旅びと』『瀬沼氏の山羊』『窓展く』『女誡扇綺譚』『美しき町』『F・O・U』……と挙げてくれれば、もはや充分であろう。其処には、「鷗外流の新文学」と「もののあはれ」がもしも渾和融合されたならば、そうなるに違いない、と思われるものの少なくとも萌芽が確かに在った。

こうしてみてくると、佐藤春夫のこれらの、一九二〇年代後半までの中短編に、二十世紀最初の四半世紀におけるこの国の文学の一つのピークをみることができるのだ。

4

春夫が日本古典の伝統の中に発見したものは、彼一流の解釈を加えられた「もののあはれ」とか「風流」とか「悲壮の美」とか「ますらを心」とか、そうしたきわめて斬新な感覚的な純粋美であった。

しかし、古典における美的伝統とは、元々民衆的基盤の中で長期に亘り醸成され、夾雑物の養分をたっぷり吸収してようやくにして結晶化されたものなのだ。「伝統」としての美とは、常に共同社会的基盤の中から生まれ、共同体的アマルガムによって媒介されて様式化されたものである。従って伝統美を再発見するとは、作家自身の近代的意識を投影し、それによって規定された

「もののあはれ」や「ますらを心」を取り出してくるのではなく、全く反対に、そうした作家自身の「近代性」とそれによって規定された「伝統観」そのものを外側から震憾させるものとしてのいわば原始的渾沌――近代作家にとって最も「他なるもの」――を発見することであり、そうした「根源的なるもの」を近代の真只中で揺すぶり起し、全く新しい様式美として再生することであった。其処には原始的・伝統的なるものと現代的なるものとの激しい抗争があり、その中からこそ真に新しいものが誕生するのだ。ジョイスやT・S・エリオットを引くまでもなく、真の新しさとは常に伝統的なるもののルネサンスであり、渾沌とした原始的なものが諸々に「変奏」されて全く新しく再現されているものだ。こうしたルネサンスは、この国では歌の中で、斎藤茂吉や吉野秀雄のなかに、西洋に較べてはるかにスケルールは小さかったが、なかったわけではない。[7]

聡明な佐藤春夫はこうしたことにうすうす気づいていた。既に「風流論」の「筆者附記」で「予の人生観より見て何故に風流は価値なきか」（傍点引用者）を「余論」として「機を得て発表しよう」と記していた彼は、やがて次のように書くことになる。

芥川は日月辰星の出来上つた後の天地ばかり知つてゐて、まだ天地《あめつち》も別れない混沌の頃の美といふものを理解せぬ人であつたらしい。いい芸術のなかには必ずあり、無くてはならない原始的な心、蛮気とも云ふべきものが彼には欠けてゐた。（中略）ボオドレエルの詩美のみを知つてその底にあるあの原始森林の気——蛮気に気づかないのは全く惜しいやうなものである。

（「芥川龍之介論」）

ここにいう「蛮気」こそ様式美を産み出す原始の渾沌であり根源的なるものなのだ。春夫は芥川にはこれが欠けていたという。しかし、こうした「蛮気」を当時何人の詩人や作家が内に蔵していたというのか。わずかに茂吉や犀星の中に例外的にみられただけであった。他ならぬ春夫の作品に在るものは「蛮気」溢れる「美」では全くなく、反対に青白い月光の下でしか花咲かぬ「病める薔薇」であったのだ。

　春夫が指摘したボードレールの「蛮気」は、『悪の華』や『パリの憂鬱』に示されているように、実はボードレール自身の眼前に現に展開されている、黒人女や女乞食や香具師や見世物師や行商人等々の貧民の生態を凝視し、彼等の憤怒や怨嗟を汲み上げるところから噴出してきたものなのだ。「蛮気」は「古典」の中に「埋没」していたり「未開社会」の「野性」の中に在るだけではない。春夫自身が汲みとらねばならなかった「蛮気」も、現に彼自身の眼前で蠢動し生《なま》のままで噴出しつつあった。即ち民衆の「騒擾」の真只中からマグマの如くに沸騰しつつあったのだ。「隠遁の時代」は同時に「騒擾の時代」でもあった。「内乱」と「運動」とが終結した後、鬱々として「隠遁」することなど到底不可能な民衆の抑圧されている噴満と反逆の意欲は、衝動的に噴出せざるを得ず、いわば「百鬼夜行」的な打毀し的「騒擾」となって爆発した。それが「日比谷焼打事件」や「大正政変」の暴動や米騒動であり、また当時頻発してきた労働争議の「暴動」化にも瞬間的に垣間見られていた。これらの都市「騒擾」の主たる担い手は、人足・車夫・行商人等の都市雑業者と職人・店員（小僧）、炭鉱夫を始めとする低賃金労働者（職工）とその予備軍や失業者、そうして「部落民」等々の貧民であり、その圧倒的多数は農村から流れ込んで都市下層社会を形成した流民であった。本源的蓄積によって都市へと吹き溜められてきたこれらの流民棄民こそ、正真正銘の「プロレタリアート」であり、彼らの中にこそ太古の昔から継承されてきた最も「伝統的なるもの」が沈殿していた。例えば当時の争議は、「車夫馬丁」と共に最下層におとしめられていた渡り職人的出稼型の職工を主たる活動部隊として、彼らとパースナルな仲間関係をもった「義侠精神」の持ち主――その代表が野田律太や大矢省三らの「野武士組」と称されたアナーキーなグループである――が暴動化した争議を「請負い」扇動したものであった。その闘争においては、「勇み肌を養ふべし。労働者が社会に貴ばるるは勇み肌にあり」といった横山源之助の言葉に象徴される気分がいまだ充分に漲っていた。労働者たちは闘争の渦中そのものに「解放」を体感していたのであって、これあるが故に、ほとんどが敗北に終る長期のストライキをも闘い抜くことができたのである。この、いわば浮き立つような祝祭的空間である「解放区」としての闘争現場には、瀕死の状態にあった、相互扶助の絆が瞬間的に生き生きと蘇生していたのであって、その「瞬間のユートピア」を、大河内一男の名言を借用すれば「無政府主義的望郷」の思いで感得していたのだ。彼ら都市貧民の中には伝統的ムラ社会から連綿と継承されてきた堅固な結合関係と相互扶助の精神——「無主」と「非所有」の生活感情が生きていたのであり、こうした貧民の伝統的な諸感情と生き方を初めて思想的に表現したのがこの国ではアナーキズムなのである[8]。そうして「望郷《ノスタルジー》」とは「希望に似た愛惜、愛惜に似た希望」（花田清輝）であるならば、もはや失われてしまったはるか太古の無政府共産の社会を「愛惜」の念でふりかえり、「希望」をもって未来へと投影するアナーキズムは常にノスタルジックなのだ。

　都市貧民が継承した「無主」と「非所有」の伝統とは「共同体的アナーキズム」（藤田省三）とでも言うべきものであって、それは、在地土着的しがらみから強制的に切り離されて都市へと掃き溜められた貧民に浸みついている伝統的な生活感情が、近代が強制する形式的規律や秩序や合理性と激しく衝突し攪乱されるとき、原始的「蛮気」となって噴出するのだ。そのエネルギーは、例えば打ち毀された当の『国民新聞』の蘇峰をして「国家元気の発露としてこれを認識するに遅疑せざりし也」（『大正政局史論』）と言わしめたほどであって、野性的無意識的でデモーニッシュな情念を爆発させ、祭り的な昂揚感をもたらしながら人間存在を根源から揺るがすものであった。そうして、この反近代的なデモーニッシュなエネルギーが皮相な「近代」への抵抗の核となり、歴史の重い挽き臼を廻して、今ある現代とは似て非なる「どろどろとした凄味のある近代」（藤田省三）を押し開く可能性があったのだ。

当時の佐藤春夫の周囲には都市の喧騒の真只中から詩的形象を心指した一群の者たちが居た。それは中野重治が「叫喚派」とか「騒音派」と名づけたもので、一時期大杉栄と交際していた春夫の居所には「芸術上の宿なし」どもが常時トグロを巻いていた。この連中は例えば本郷白山のカフェ・レストラン「南天堂」をアジトとしたリベルタン（無頼放縦の徒）であった。彼らの登場には無論のこと社会的根拠があった。それは米騒動の終結後にはこの国から焼打ち的都市「騒擾」が消滅してしまったことと関連する（第二次大戦後の混乱期にわずかに「小噴火」した後は絶滅した）。大衆社会化の進展と行政組織や役所機構の整備によって、都市「騒擾」の基盤にあった下層社会の伝統的結合が「制度」へと吸収解体され、国家的強力装置による「強制」と在郷軍人会等々の各種団体を利用した「教化」とが一体となって、天皇制社会を隅々にまで浸透させ都市の「騒擾」は一掃されたのだ[9]。

「内乱」と「運動」に加えて都市「騒擾」も消失した後、大衆社会化が進展する状況の中で民衆の「蛮気」はその噴火口を閉ざされたかに見えていた。反逆異端の精神はその社会的結節点と精神の焦点を見失い、勃興してきたモダンな都市的雰囲気に身ぐるみまかせながら勝手に「漫語」し「漫歩」する他はない。それは一言にしていえば「浮浪化」であり、「騒擾」ではなく「騒音」を起こしてシャリヴァリ（猫ばやし）風に騒ぎ回ることであった。文字通り「浮浪漫語」した辻潤を筆頭にして、リベルタンたちは一様にこの浮浪化現象の真只中から登場してきたのである。竹中労のいう「美的浮浪者の群」であり、彼らは「美意識において貴族とも賎民とも通じあう感性をもち、二つの世界を他意なく往復することのできる自由な人格」には違いなかった。確かにこのリベルタンたちによって大衆都市文化の「浮浪性」は内側から自覚的に表現されたのであって、その最良の詩人作家は萩原朔太郎と尾崎翠であった。しかし実は春夫ほどこの「浮浪漫語」の精神を見事に発揮した者はいないのだ。美的世界への内面的「隠遁」が強まれば、それだけ一層、肉体は外部へとあくがれ出るようになる。実際彼はリューとしたモダンな身なりで毎日のように銀座をうろつき廻り、「南方」（台湾）にまで漫歩していた。蔓延する「浮浪化」にまるごと身を晒して彷徨しながら「牛丼をかき込む日雇人と大正琴に思ひを託する遊女と。そいつを組合わせて僕は、何か血を流すやうなドラマを書いてみたい」（「漫歩」）と、キラリと光るアイデアを街上で思いつく。こうして次々とひらめいた「危険で反逆的な美感」を漫語風に綴ったものが『退屈読本』であった。「即興の才において氏の右に出る文学者はない」と言ったのは山本健吉だが、「即興」とは、全面的に計画された合理性に対抗するために行き当りばったりの偶然性に賭けて、瞬間的に閃く「真なるもの」を洞察し表現する才である。春夫はあらゆるものが断片となって飛散してゆく大衆都市化の中で、それら断片をひろい集めて「破片において考え」（アドルノ）瞬時にして「真なるもの」を閃かしていた。『退屈読本』は、漫歩の歩調に合わせた精神の放浪が即興的に生んだ最高傑作であり、それは世界全体が無意味な破片と化しつつあることを告知していた。確かに春夫にここでひらめいた「ドラマ」がもし書かれていたならば、共同体の奥底にある蛮気溢れる肉感性の中から、いわばエロスと官能のドスの利いた「反逆的な美」が創造されていたかも知れないのだ。それこそが佐藤春夫における「伝統の発見」でありルネサンスとなりえたものであったろう。

ドロドロとした本能的な「蛮気」とそれが含みもつ「真なるもの」は分節的言語の彼方にあり、「騒擾」終焉後にはおそらく瞬時の閃光の如くに消失するものかもしれぬ。しかも「根源的なる蛮気」は媒介されていない「直接性」そのものなのであって、これに「直接手を出そうとすれば、たちまちその餌食となるのが落ちである」(アドルノ)。それ故、人はその前では沈黙に陥らざるをえない。しかしその沈黙の奥底をくぐって渾沌たる「蛮気」をあたかも「モノ」のように冷徹に摑み出して、近代的なるものと対決させ、否定的に形象化することが肝腎なのだ。そのためには「蛮気」と媒介的にかかわる強力な理論と鋭敏なる美的精神が必要であり、何よりもそうした論理化された方法的姿勢が不可欠となる。しかし佐藤春夫と彼を精神的頭目とする浮浪的リベルタンたちは、美的感受性に恵まれてはいたが、方法も論理も決定的に欠落していた。彼らは渦巻く浮浪化の「直接性」に溺れてしまい、「血を流すやうなドラマ」はまさに漫語されただけで終って了ったのだ。

「蛮気」を形象化する強力な理論と方法はこの国においてはマルクス主義以外にはありえなかった。しかし、ナルプ派の「正統」プロレタリア文学においても、初期の中野重治の作品の中に、例えば詩「大道の人びと」「豪傑」「夜明け前のさよなら」、小説『春さきの風』の中にわずかにみられる程度でほとんど問題意識に上がることはなかった(中野における「伝統のルネサンス」は『梨の花』まで待たねばならなかった)。そうして皮肉なことに、それに成功したのは、「文戦派」の中でも最も非論理的と自他ともに認めていた葉山嘉樹であった。『淫売婦』『セメント樽の中の手紙』『海に生くる人々』の三作品には、マグマのように沸騰している、野性的で渾沌とした「騒擾」へのエネルギーと相互扶助の精神が、荒々しくデフォルメされた文体によって、諧謔や哄笑や悪罵を通して、いわば地の底から噴出するように表現されていた。「形式と内容の一致」とはまさにこのことだ。其処には、中野重治の『むらぎも』での言葉を借用すれば「悲惨の輝やかしさ」があり、暗さの中から新しい戦慄を作る光、どん底の受難者のみがもつことのできる光輝があった。その両義的で含有力のあるアレゴリカルな表現は当時の皮相なモダン生活と浮浪化が蔓延する精神状況を根源から揺さぶるものがあった。しかもこの葉山と全く同時期に川端康成が『招魂祭一景』や『感情装飾』所収の諸掌篇によって、芸能流民と庶民たちの生活感情を、冷たい氷砂糖のような切れ味で尖鋭に表現していたのだ。しかし『浅草紅団』によって川端が風俗的な感傷に堕してからは、これらの作品を継承するものは皆無といってよかった(ドロドロとした無意識的なものの美事な形象化は戦後の野間宏『暗い絵』まで待たねばならなかった)。

かくして表現化されるすべを求めて半ばニヒリスティックな怨念と化した下層貧民の情念は野口雨情の「人買船」「船頭小唄」「わたしゃ黒猫」等の歌謡の中に、そうして生え抜きの大衆芸能である(チャンバラ)無声映画——伊藤大輔『忠次旅日記』『斬人斬馬剣』、マキノ正博『浪人街』、衣笠貞之助『十字路』等々の中に、見事ではあるが——特に『十字路』はエモーショナルな情念が表現派的なアヴァンギャルディッシュな技法で形象化された傑作であった――かろうじて表現されるしかなかった。「伝統的蛮気」の美的形象化はこれ以上に追究されることはなく、大衆社会的状況を内面的に克服することは到底困難であった。従って「大恐慌」と「農村問題」を契機として、貧民の情念は郡市の「浮浪文化」もろ共にまるごとファシズムと総力戦体制へと吸収され、その鬱積した怨念の歪んだ吐け口を対外的侵略戦争へと求めることになる。

6

「大逆」事件と韓国併合後の、一〇年代以降の作家、そしてその典型としての佐藤春夫にとっての根本問題を考えるためには、啄木とともに中野重治を介在させなくてはならない。中野は春夫との「訣別」を一つの、しかし大きな契機として「歌のわかれ」を仕遂げ、「人生の全般的考察」へと一歩を踏み出したのだ。中野は次のように書いていた。

藝術家とか詩人とかいうものは、彼が藝術家とか詩人とかいうものからどこまで自分を切り裂いて行くかというところにその価値がかかつてくるということなのだ。制作をどこまでたたきあげるかということは、生活をどこまでたたきあげるかということを基礎にしないかぎりいくらやつてみても堕落だと思うのだ。（中略）

制作に生活を引きずられるのでなしに、生活を発展させるためにどこまで制作を削り落すかが大切だと考えるのだ。

（「素樸ということ」）

芸術という領土に安住しようとする自分を切り裂き、制作に没入するのではなく、全く反対に芸術制作を削り落とすようにして制作することが大切なのだ、と中野は言う。換言すれば、作品（制作）とは作家主体の徹底した外化・客観化であり、制作することによって主体そのものを否定し揚棄するものなのだ。芸術作品は作家主体がそこに自己同一化したり「隠遁」したりする地ではなく、全く反対に、両者の間には否定的で対立的な「間隔」があり、作家にとっての最大の敵は実は彼の芸術そのものなのだ、というアイロニカルな認識からすべては出発する。作品の「制作」とは自己否定の苦難と冒険の旅路を遍歴することであり、そのいわば「地獄めぐり」の遍歴の中から自己と作品を二つながら否定的に止揚して再生することだ。従ってそうした作家にとって仮に究極の目標があるとすれば、それは唯一つ、自己も作品も永遠に揚棄される瞬間の到来である。――啄木の「硝子窓」と中野の「素樸ということ」を突き合わせればこうなる。従って啄木以後の、少なくとも啄木の言に自覚的でありえた作家にとって肝腎なことは、国家的緊張と精神の目標を失って「浮浪」したり、あるいは自分だけの美的世界を求めて「隠遁」し「遍歴」する、そうした自己についての認識を、異質なものを媒介として深化させ、自分自身を否定的に剔抉して自己と作品をたたきあげることであった。その意味において、啄木についても優れた理解を示していた春夫における二つの「憂鬱もの」、特にむしろ例外的作品でさえある『都会の憂鬱』に注目しなくてはならない。「何はともあれ私はこの作で初めて人間といふものを取扱つたわけである」と言うように、彼が人生に向って初めて真正面から取り組んだ内省の文学であった。それは広津和郎が「『俺の本体は結局ないのか』と云う殆んど絶望の声を放たずにいられなくなる程の苦痛に責め苛まれる瞬間（中略）彼は今よりもっと軽快さから放たれるであろう。もっと重苦しくなるであろう。もっと憂鬱になるであろう。そしてそうなることによって、彼はもっと光輝を発するであろう」と言った方向に沿って書かれた小説であった。春夫自身も「私はもつともつと『都会の憂鬱』的のものをもう一度、いや幾度でも試みて見ようと思ふ」と心指しを示し、また正宗白鳥からも「氏が昔から持つてゐた奇談怪説趣味よりも、田園都会の憂鬱系統の方面で、氏が大成することを私は望んでゐる」と評価されていたものであった。従って春夫に課されるべきことの少なくともその一つは、常に自分を否定的に克服してゆくために作品を一つ一つ積み重ねてゆくこと、中野の言葉を借用すれば「必要なものだけが正確に取りだされる」「最も簡潔な文章」によって削り落とすように制作しながら「新しい一つの仕事にそれまでのすべての仕事を打ちこむ」ことであった筈だ。そうした姿勢によって、倦怠と憂鬱に苛まれデカダンに陥っている自分を徹底して追い詰めてゆけば、春夫自身が言う「大逆事件前後の頃の若い自分が隠匿したまま忘れようとしてゐたものを」（『白雲去来』所収「史上人物」）批判的に発掘して、必然的に実人生と国家的「強権」――これこそ春夫に美的隠遁への直接的契機を与えたものだ――と対峙せざるを得ず、彼にとっての「人生の全般的考察」が始まったかもしれなかったのだ。[10]賢明な春夫は「簡潔な文章によつて削りおとすこと」の重要性に気づいていた。「……唯一の欠陥は抑制の欠乏。雅致の欠乏です。或一定の行動に出来るだけ数少ない運動を費やす、それが雅致です。貴君の消費には過剰があることが感ぜられます。（中略）美と自然界の豊かなる表現には（略）単純なる言葉に依つてこそ到達し得られます――」。これは彼自身が「文体の事、その他」で引用したチェホフの言葉である。にもかかわらず、腹這いになって「しやべるやうに書く」文体に抑制が効かず、周知のように、広津和郎や日夏耿之介をはじめ多くの者が彼の「やり過ぎる」ことを戒めねばならなかった。彼には他なるものを媒介とした自己批評の精神がほとんど欠落しており、チェホフの言葉が自分に突き刺さってはおらず、従って、作品を一つ一つ削るように重ねて「もっと憂鬱になる」作品を書き続け、自己を否定的にたたき上げることができなかった。それどころか、全く反対に彼は「名作を書きさへすれば、駄作などは（略）五度に四度でもいゝ。（中略）僕などは常に、平気で駄作を発表して恥ぢない」と皮肉まじりにウソぶき、ファウストの一節を引用して「自分の一番大事な占有物を蒔き散らして、そして自分の器をなす詩人」であると自負し、才能の「濫費を享楽した」（中野）のである。其処からは、反俗を衒った驕慢でさえある唯美主義者が浮き彫りになる。こうした人物からは、ルカーチの言う如く、しばしば常規を逸した俗物が生まれる。「魔術師」とか「最もハイカラ」で「しゃれ者」とか言われていた春夫も放言漫語のシャルラタニズム（山師的言動）を弄する「反俗的俗物」の一人に違いなかった。

三十年代以降、人と事物と世界の関係がもつ意味を根こそぎ破壊する虚偽の呪術的言動と宣伝が蔓延し、暴力と殺戮が跋扈した。それはいわば「直接的感覚性」が最も歪められてむき出しになったものであったのだが、そうした「直接性」を克服しうる言語表現を発見しえないという自らの無力に対する冷静な認識をもった作家は、きわめて少数ではあったが、寡黙となりある者は沈黙へと向かった。元来、言語以前の最深層の根源的である「真正な意識と直接感覚の領域」を眼前にする時、詩人たちは言語表現の限界を自覚して、沈黙や狂気や自殺に陥った（G・スタイナー『バベルの後に』）。しかし優れた詩人というものはヘルダーリン以来、その「沈黙」を媒介とし、それを反作用的なバネとして、あるがままの現実から画然として飛翔して、現実に対抗しうる反現実の美的世界を構築してきたのだ。佐藤春夫に欠落していたものは、こうした「言語の限界」の自覚と「沈黙の経験」であり、従って彼には「直接的現実」からの飛躍的断絶は不可能であった。彼は自らのシャルラタニズムと「言語過多症」に陶酔して時代の「直接性」と無媒介に同一化し、しかも率先垂範して戦争の旗振り役を買って出て、止めどなく頽落して行った。ここには「直接性」に惑溺する春夫の国士的性格も同時に浮き彫りとなる。時代に対する柔軟な感受性と異端的分子に対する包容力と横溢する芸術的才能を誇った春夫をしてかくも堕落せしめた所以のものこそ、一言にして言えば、他者感覚を媒介とした自己批評的な理論と精神の欠如である。無論これは所謂「大正作家」のほとんどについて言えることだ。春夫はいわば、その最も派手な一典型であったにすぎない。

〈注〉

（1）徳富蘇峰「東京だより」（明治四十二年十二月十六日「国民新聞」、岡義武「日露戦争後における新しい世代の成長」による）。他に徳富蘇峰『大正青年と帝国の前途』山路愛山『現代日本教会史論』等参照。

（2）『都会の憂鬱』とからめて同時代の精神史的文脈の中に位置づけて佐藤春夫を論じた優れた論文に本堂明「初期佐藤春夫・その側面（上）（下）」（「月刊百科」一九九二・十、十一）がある。本稿はこの論文から啓発された、筆者なりの一つの派生系（コロラリー）にすぎない。

（3）『異端論断章』及び「ある歴史的変質の時代」参照。その他藤田の論文「『諒闇』の社会的構造――『昭和元年』の新聞から」、「昭和とは何か――一九二六年の精神史的位置」等参照。

（4）森鷗外は『沈黙の塔』で「文士だとか、文芸家だとか言へば、もしや自然主義者ではあるまいか、社会主義者ではあるまいかと、人に顔を覗かれる様になつた」と記していた。こうした状況の中に、「革命」と「芸術」との統一戦線がもしかしたら可能であったかもしれない一番最初の消極的根拠が在った。

（5）G・ルカーチの言に倣って言えば、現実に対する真っ当な否定の感覚をもちながら、それを政治社会的に実践する可能性を奪われて、「正しさと無力さ」とか「内面的否定と実践的不可能性」とかの二つの意識に引き裂かれ、その二つが不可分にねじれ合わさった屈折した性格の中から「変人気質」は生み出される。この「変人」の、近代における一等最初にして典型的形姿は、ルカーチは否定しているが、D・ディドロが形象化した『ラモーの甥』に体現されていた。『ラモーの甥』は鋭く苦痛に苛まれた自己分裂と自己解体を通して社会と人々の虚偽や堕落を暴露したのだ。そのいわば真なる変人にいささかなりとも近づきえたのは荷風のみで、「大正作家」にみる「変人性」はラモーの甥に比すれば余りに甘いものだ。

（6）後に「壮年の文学」を含む一連の文芸時評において春夫は「我々は余りに個人的自我にのみ生活して来た。（中略）我々は若者から直ぐに若隠居になるのである」と述べて、「人生批評」と「社会批評」を同時に含む「文明批評家的熱情」の必要性を説き、「感傷と鑑照との文学」以外に「信念と意嚮とを持つ一個の壮年の文学」として「無産階級文学」を評価していた。しかし春夫における「信念と意嚮」は、「新しいアジアの誕生」とか「奉公滅私の精神」の方へとなしくずし的に頽落して行った。一九二七年の一連の文芸時評において当時抜群の見識を発揮していた春夫のその後の無惨な頽落について考えることも本稿のモチーフの一つである。

（7）西郷信綱『斎藤茂吉』及び「吉野秀雄と自然」参照。

（8）松田道雄「日本のアナーキズム」（『現代日本思想体系16』）。数ある日本のアナキズム関係の文献の中で極く最近の労作には雑誌『現代思想』に連載された酒井隆史「通天閣」がある。

（9）原田敬一『日本近代都市史研究』、小林丈広編著『都市下層の社会史』、布川弘「日露戦後の都市下層社会の結合関係――神戸市を中心として」、松下孝昭「一九二〇年代の借家争議調停と都市地域社会」、宮地正人『日露戦後政治史の研究』等参照。天皇制社会について藤田省三は「各種・各レベルの集団における、それぞれの一体感が割れて個別性がその中から分出することへの恐怖の存在形式であり、そこから個別化して来ることを避け続ける社会集団でありますと言う。それは「皆々と一緒に消極的に振る舞う」精神態度を生み出し、行動様式における「総有的分有」――「個人としての誰にも所属しないで（皆んなで共通に）全員に所属している」という「伝統の一面」を基礎にしている「根強い存在」であった、という（『天皇制国家の支配原理』の「新編へのあとがき」）。ここで藤田のいう「総有的分有」と本文で筆者が記した「非所有・無主」としてのアナーキズム――かつて藤田自身が言った「共同体的アナーキズム」とは似て非なるものがあった。後者は谷川雁の表現を借用すれば「非所有の感覚」にうらうちされた、「傷つけず、奪わず、独占しない一種の共和制」であり、「小国寡民」の東洋の村の思想が生み出したものでもある。この太古からの「共和制」を解体し、「強力」と「教化」と「宣伝」装置によってすべての地域住民を国家へと吸収しようとしたとき依拠した原理が藤田の言う「総有的分有」であり、それによって天皇制社会は完成した。

（10）山本健吉は春夫が忘れようとしていた「その隠匿されたものをもう一度掘り起こし、それに表現を与へることこそ、氏に取つて小説を書くことだつたはずなのである。」（『十二の肖像画』）と正当に指摘していた。

白鳥・折口・犀星
――「ごろつき」の文学

1

今からほぼ百年前、「大逆」事件と「韓国併合」を契機に日本帝国主義が内外への侵略と抑圧を格段に強化しようとしていた頃、社会主義や無政府主義とほぼ前後して近代精神史におけるもう一つの「内面的革命」が進行していた。それは文学における自然主義が担ったもので、正宗白鳥がその先陣を務めていた。新聞記者が「羽織ゴロ」と侮られ、小説家が「三文文士」と見下されていたとき、「下宿住いをして新聞社に通っているだけの経験で小説を書いてゐる」と揶揄された白鳥は、まさに「羽織ゴロ」の「三文文士」として出発した。この白鳥に象徴される当時の文学青年たちは、社会と故郷からはみ出した「遊民」であり、「不良少年」とか「詩ゴロ」呼ばわりされて、「大逆」事件のときに全く無関係の白鳥が尾行されたように、「主義者」と「一つ穴の貉」のように忌み嫌われていた。その彼らが既成の文学概念の一切をたたき壊したのだから、いささか仰山な形容を借りれば「モッブの暴動」（佐藤春夫）の如き様相をそれは呈していたのであって、自然主義とはまさに二十世紀初頭における「ゴロツキ」や「詩的モッブ」が牽引したものであった。

しかし、この「ゴロツキ」どもは単に文学概念を打ち壊しただけではなかった。日露戦争後に国家的幻想や利害追求の虚妄から醒めた青年たちは、自己を内側から支える内面的価値を探し求めていたのであり、その内面を託しうる一つの、しかし重要な方法が旧い文学を解体して新しい文学を形成していくことであった。この内面的課題をまともに、しかもこともなげに担って登場したのが「羽織ゴロ」正宗白鳥であった。

白鳥は「死ぬるに相応《ふさは》しいのは美しい朝である。生れるに相応しいのは、忌はしい晩である。この生を呪《のろ》ひ死を賛美する詩的会話が、若い時の私の読書心境に染み込んだ」云々と書いて、その会話が記された小説『現代の英雄』の主人公ペチョーリンについて、「青年時代から老境に入つた今日まで、数十年間親交を続けて、まだ陳腐な感じを起さされたことはない。」と述べ、「純真の文学とはこの如きものを云ふのであらうか」（『我が生涯と文学』）と書いていた。ルーヂンやバザロフに惹かれ、このペチョーリンを終生の友とした白鳥は生涯にわたって「この世に生まれて来たことのおそろしさ」につきまとわれていた。彼は生や死への恐怖と懐疑、エゴイズム、信仰と神などの問題について煩悶し、人間存在の不可解さ、理解困難な「人間性」そのものを文学的主題として初めて提起したのである。彼はこうした問題を、生きる方向を見失って彷徨し続ける新時代の所謂「無用者」の内面的苦悩として、しかも深刻である筈の問題を、下宿屋の粗末な蒲団にくるまってポツンと生きている、そうした凡人の凡苦の如きものとして無造作に表現して時代の普遍性を担い、新世代の象徴的存在となった。実際、白鳥のような問題を抱えて内面的に彷徨する多くの青年達は「役立たずの煩悶患者」として嘲笑されて排斥されていた。そうした「見捨てられた者」たちの典型ともいえる人物が白鳥の身内には存在した。

白鳥の傑作の中でもひときわ印象ぶかい作品が『入江のほとり』『今年の秋』『リー兄さん』である。このいずれにも白鳥の四番目の弟律四が記されているからである。彼は青年時代、田舎の小学校の教師をしながらヴァイオリンを弾いたり独学で英語検定の勉強をしたりしていた。やがて美術修業のために上京するが、志を果たせず郷里に戻り、本家を継いだ次男夫婦の二階に居候をしながら絵を画いて暮らし、生涯独身のまま、しかも晩年の十年間はほとんど掃除も入浴もしないままで窮死した。『入江のほとり』には次のような個所がある。

「最初ヴァヰオリンを習つて音楽家になりたいと云つたのを聞いてやらないんだから、それであんな風になつたのぢやないかと思ふ」と、ある時父が思当つたやうに云つた。(中略)

「あれぢや商人にもなれんし、百姓にもなれまいし、まあ粥《かゆ》でも啜《すゝ》れるくらゐの田地を分けてやるつもりで、抛《はふ》つて置くか」

とゞのつまり、かう解決をつけて、最早彼れの身の上を誰も問題にしなくなつた。（中略）

暫く黙つて聞いてゐた栄一は、「だけど、辰男が英語を楽しみにして、一生通せるのなら、好きなやうにさせといたらいゝぢやないか。傍の者へ迷惑を掛けないのだから」と弁護するやうに云つた。

「差当つて迷惑は掛けんが、しかし、家族の一人として毎日同じ飯櫃《めしびつ》の飯を食うとると、自然に傍の者の気を悪うすることがあるんぢや。白痴でも狂人でもないんぢやから、外の兄弟並に扱はにやならんし、尚更始末に困るが、どうも不思議な人間ぢや」

「おれの子供の時分の気持に似てやしないかと思ふ。おれも家にぢつとしてゐたらあゝなつたかも知れないよ」

栄一は微笑しながらかう云つて、弟の話を外した。

「栄一」とは白鳥、「弟」は次弟の敦夫、「辰男」が律四である。また『今年の秋』には次のようにある。

翌日の休日はよく晴れて風もなかつた。二人の外にRといふ、兄弟中での唯一の独身で不運で、終戦後はこの郷里の家に寄寓して乏しくくらしてゐる老人を連れて海へ出た。子を見る親に如《し》かずか。父はかつて、私がRに似てゐると云つたことがあつた。私はさうかも知れないと思つた。運次第でRは私のやうになり、私がRのやうになつたかもしれない。（中略）Rは案外よく釣つた。手の先か頭の中の働きがい、のであらうが、彼はさういふ能力を活用して世に処する術を見つけなかつたために乏しい一生を過ごしたのか。

『リー兄さん』から引用する。

両親に似て、自分々々の生活を大事にする常識家揃いのきやうだいのうちで、彼だけは異様な存在であつた。（中略）弟や妹に向つては自分で自分をリー兄さんと云つて、兄たる権威を示してゐたらしかつたが、（略）兄でも誰でも彼をリー兄さんと呼んでゐた。父親は或日、きやうだい中での出世頭《しゆつせがしら》の長男の鉄造に向つて、「お前はリーに似てゐる。でも、お前はちやんとして世を渡つてゐるんぢやからそれでえい訳ぢや」と、真面目に云つた事があつた。（略）鉄造は（略）たゞ運次第で、彼の生涯《しやうがい》が我の如くであり、我の生涯が彼の如くであつたのか知れない、と思つたりしてゐた。

ルーヂンやペチョーリンを友とした白鳥は、このリー兄さんの中に自分自身は無論のこと、時代から置き去りにされたり「逃亡」したりした多くの青年達をも垣間見ている。白鳥を筆頭として一九一〇年前後から登場する作家・詩人の大部分は、こうした「リー兄さん」達の中から偶々運よく成功した、例外的な存在であった。彼らは皆一様に世間の価値からみればゴミ屑の如き詩文に己れの「生」を託し、詩才だけを唯一の矜持として俗世間を逆に軽蔑していた。しかしそうした「矜持」の上に居直るのではなく、全く反対に、何の功利効用もない詩文に身を託すほかにすべはなく、それ故に世間から爪弾きされてしまった、そうした己れの「性《さが》」に深い悲しみを覚える者たちも少数ながら存在した。石川啄木がそうであり萩原朔太郎もその一人であった。これらの詩人たちは、中野重治の言葉を借用すれば、「他のすべてがなくてただ一つそれあるために、あらゆる抵抗の甲斐なく人が泣く泣く詩人となるほかなかつたところのもの、かかるものとしての学者の魂、詩人の魂」があった。彼らの詩文の秀でたものの中には「三文の役にもたたないところの不思議な魅力」（三好達治）が、真に無用のもののみがもつ「アナーキスティックな非有益性」（G・スタイナー）としか言いようのないものが陸離たる光彩を放っていた。

引用した三つの作品において白鳥は、中野重治が「思い出断片」で使用した言葉を借りれば、例によって、「誇張ぬき、詠嘆ぬき」、他人を泣きおとしにかけることなく、「イズム」を押し付けることもなく、憤慨せず、他人の眼を憚ることなく、ただ「いつもそれだけの人間として」自分とリー兄さんと家族を放り出すように書いている。「有るがままの人生は、人間わざでは書けることではない」と白鳥は常々言っていた。しかし三つの作品は「有るがままに」書かれている。有るがままに書かれることによって、普段見えないものが見えてくる。垢だらけのリー兄さんからは何かが輝き出してくる。最晩年の『リー兄さん』に至るまで、「無用の人」である弟を、「他のすべてがなくてただ一つそれあるために」そうなる他はなかった者として、自分と全く同質な人間として理解し続け、引用したような文章を白鳥は書いた。其処に正宗白鳥の「作家の魂」があった。

　こうして白鳥は自分もまた「リー兄さん」と同じような生き方をこともなげに貫き通した。引用文からも分るように彼は地方の素封家の長男であり、「故郷に、ちやんとした祖先の家があり（中略）いつ帰つて行つても気楽に暮し得られる境遇にいたのだから、生活のために卑屈になる必要はなかつた」（『東京の五十年』）。彼にとっての問題は「如何に生くべきか」なのであって、文学そのものは「要するに遊びである」と断じていつでも捨てる用意があった。こうした物心両面の「余裕」をもって、彼は生や死についての恐怖、人生への懐疑や絶望を語った。「すべて是路傍の人」であるとそっけなくつぶやきながら諦念や傍観に徹しえず、「人生は詰まらない」と言いながら、その「詰まらなさ」の奥を究めようと試み、「どうでもいいやうなもの」と突き放している文学に内面を託すしか他に途はなく、そこに引き籠って生欠伸を嚙み殺しながらボソボソ書き続け、こうして白鳥はアクチュアルな現実からは「無用の者」として、その生涯を、まさしく自ら言う「不徹底なる生涯」を通したのである。こうした人物の文章からは、日本の近代精神史上、余人にはほとんど見られぬ、うす気味悪い妖気、凄味のあるアイロニーとニヒルなふてぶてしさが漂ってくる。（注1）

　白鳥以降に登場した一九一〇年代の作家のほとんどは、帝国主義的強権を前にして現実から一斉に身を引き自己の内面に引き籠った。彼らは、元来そうであったにもかかわらず、自分を「リー兄さん」らと同様の「悲しき者」として感受し自己認識する、そうした「詩人の魂」を持ち合わせず、かといってまた、いつでも文学など捨ててみせるといった覚悟もなく、ただただ己れの矜持を頼りに、不遜と傲慢の風貌を隠すことなく、要するに白鳥的な精神とは全く無縁のままに、白鳥が敷いた作家的路線を踏襲したのである。「隠遁の時代」はこうして始まり、近代日本文学に特有の閉鎖的世界と、後に「文壇」として完成する、社会的無用者どもの「互助的収容所」が成立する。(注2)この文学の閉鎖性と作家を「引き籠り」へと強制した日本近代の抑圧的閉鎖性を打破するためには、おそらく白鳥ら少数者の内部にあった「詩人の魂」をそれとは全く異質の民衆の「蛮気」(注3)と正面から「激突」させ、詩文芸術のもつ「無用の輝き」を開かれた世界へと解き放たなければならなかった。「詩的ゴロツキ」を「騒擾時代」(注4)の民衆の「ゴロツキ」と引き合わせ、両者による「美的決闘」の中から「血を流すような危険で反逆的な美感」(佐藤春夫)、ドロドロとした凄味のある全く新しい現代的詩美を創造し、ゴミ屑のように投棄された存在に対して開かれた世界をもつ、そうした作品を提起する必要があった。そうして、そのような美的世界を創造する可能性は少なくともあった。「隠遁の時代」以降の、言い換えれば、少なくとも日露戦争後の、この国の「近代」と文学が突き進んできた道筋に誤りがあったことはもはや自明のことである以上、その「前進」のために斬り捨てられ、未完のままに放置されてしまったもののもつ「可能性」を発掘して、そこから学び出直さなくてはならない。

2

その精神の在り方において白鳥とはほとんど対極的であった折口信夫もまた、「リー兄さん」のような部屋住みの厄介者へ共感の眼差しを向けていた。彼の母方の祖父の異母兄弟に岡本屋彦次郎なるものが居た。家業の商売を嫌い、「屋根裏部屋（略）に籠りつきり、ふつと気が向くと、二日も三日も家をあけて、帰りにはきつと、つけうまを引いて、戻つて来」るような生活をした挙句、「久離を切られた身となつて、其頃の大阪人には、考へるも恐ろしい、僻地となつてゐた熊野の奥へ、縁あつて、落ちて行つたさうである。其処で、寺小屋の師匠として、わびしい月日を送つて、やがて、死んで行つた」と述べて、折口は次の様に記す。

かうした、ほうとした一生を暮した人も、一時代前までは、多かつたのである。文学や学問を暮しのたつきとする遊民の生活が、保証せられる様になつた世間を、私は人一倍、身に沁みて感じてゐる。彦次郎さんよりも、もつと役立たずの私であることは、よく知つてゐる。だから私は、学者であり、私学の先生である事に、毫も誇りを感じない。（中略）先輩や友人の様に、気軽に、学究風の体面を整へる気になれない。これは人を嗤ふのでも、自ら尊しとするのでもない。私の心に寓つた、彦次郎さんらのため息が、さうさせるのである。

（『古代研究』追ひ書き）

折口は親の望みを斥けて文学に志すが、大学卒業後二十年間、実家から扶養を受け続けていた。長兄もあきらめて「世間的に、役にたゝぬあれの事だから、一生は、私が見てやります。」と隣人に語って、「せんもない」折口の仕事を見ていてくれたという。折口は「兄の扶養によつて、わびしい一生を、光りなく暮さねばならなかつた、さうして、彦次郎さん同然、家の過去帳にすら、痕を止めぬ遊民の最期を、あきらめ思うてゐた」こともあったと記す。彼はまた、「トルストイの如く死なむ」といって、破天荒な生き方の果てに南河内でうらぶれて死んでいった兄、古子進にも深い愛憐の情を持していた。

当時の地方都市や農村には、「部屋住みのまゝに白髪になつて、かひ性なしのをつさん、と家のをひ・めひには、謗られる」居候や、分不相応に学問を好んだり詩文に興じ悪所通いに耽った「のらくら者」たちがあぶれていた。こうしたあぶれ者たちが大都会へと流入して新時代の作家予備軍を形成していたのであって、その意味において、少なくとも自然主義以降の日本近代文学は、「リー兄さん」や、「彦次郎さん」らによって支えられていたのだ。

「何物も、生れ落ちると同時に、『ことほぎ』を浴びると共に、『のろひ』を負つて来ないものはない。」（「歌の円寂する時」）と述べていた折口は、父母から激しく疎まれることがあり、女の子の着物を着せられていたために近所の子供たちから爪弾きされ、兄弟のうち、おそらく彼だけが里子に出されて乳母の乳で育った。しかも彼の額には黒ずんで紫がかった痣があり、兄たちからは、お前の顔は醜い乞食の顔だ、乞食になる運命だ、と嘲けられていた。彼は五十年経っても、子供の頃の「ふる里の乞食男《カタキヲトコ》の／熊公《クマキ》らのありし起き臥し」（「乞丐相」）をまざまざと想起しているのだ。こうした折口は同時にまた、幼児の頃から母や叔母の音曲芸事に親しみ、典型的な大衆笑劇「大阪にはか」に熱中し、高等小学時代には既に芝居通いが激しく、道頓堀界隈の花街の雰囲気に浸っていた。そして中学に通う時には、信徳丸ゆかりの跡に接しながら、路地と坂と長屋で有名な天王寺界隈の貧民街（この界隈には一九一二年通天閣が建ち、例えば北条秀司の芝居『王将』の舞台となった貧民街やガタロ横町等があった）を通り抜け、都市雑業層と芸人たちの生活実態に接していた。

乞食に堕ちると嘲けられ、遊芸と詩文に熱中し、二度も自殺を試みて落第した文学少年——これが若き日の折口であり、そうした自分を「呪ひを負つて生れ落ちた」と自覚せざるをえなかったとき、彼の心には「彦次郎さんらのため息」が寓っていた筈であり、折口にはもはや、彦次郎さんのように、文学や学問や遊芸をたつきとして「ほうとした一生」を送る「遊民」となる以外に途はないことは明らかだった。これは必然的な悲しみの道行きであり、その道を辿らざるを得ない者としての「学者の魂・詩人の魂」が折口にはあった。「おちぶれ者への没入的な同情」（中野重治）と言われる折口の性向も其処から生じる。

私などは、生まれだちから歌舞伎役者や芸能人を極度に軽蔑するやうに為向けられ、教へられて育つて来た。だからそんな小屋の立ち並んでゐる盛り場に入り込んでゐて、知つた人にでも逢はうものなら、忽赤い顔をして、人ごみへ隠れてしまふ。其でゐて、さう言ふ人だかりの中へ、まるで韜晦するもの、如く這入りこむことが、嬉しいのではないが、もう一生の癖になつてしまつた。（中略）
私はやはり紳士の足を入るべからざる小屋の中に踏み込んでゐるのだと言ふ肩身狭い思ひを忘れないで、以下の芝居学問を話し続けようと思つてゐる。（「芸能民習」）

折口は自らを「文学や学問をくらしのたつきとする遊民」と規定し、しかもその「学問」は一般人から極度に差別されている役者や芸人についてのものだという。ここには二重に屈折したイロニッシュな韜晦によって辛うじて語られる、いわば羞恥にまみれた矜持がある。折口はこうした念を抱いて「無頼漢《ゴロツキ》」が「社会の大なる要素をなした時代がある。のみならず、芸術の上の運動には、殊に大きな力を致したと見られるのである」（『ごろつきの話』）と語り、「かぶきものといふのは、このごろつきの団体の謂で、結局無頼漢の運動が日本芸能史となるのである。」（『日本芸能史ノート』）と宣言した。「ゴロツキの学問」など前古未曾有のことなのだ。折口が画期的なのは、このゴロツキこそがこのクニの芸能・文学を推進してきたと主張したからである。そうしてこのゴロツキ芸能民に特有の表現美があることを折口は発見する。

折口は「野性を帯びた都会生活、洗練せられざる趣味を持ち続けてゐる大阪」とか「比較的野性の多い大阪人」について述べ、「わたしは都会人です。併し、野性を深く遺伝してゐる大阪人であります。」（「茂吉への返事」）と記していた。山本健吉も指摘しているように、折口はこの「野性」を、歌舞伎役者実川延若の肉体を通して表現された「えげつなさ」、「人間の強さの底を知ると共に、自分の弱さを、互に表現し合つて恥ぢとしない大阪びとの持つ普遍性」の中に見てとる（「実川延若讃」）。しかもこの「野性」は、親がかりの放蕩息子や、「浮浪児から拾い上げられて、いかさま師に養はれ、其家の娘と野合した」無頼漢や、「喰ひつめもので、乞食の仲間に身を落としてゐた」ような人物の「役」を通して、「まことにとろける様な、無言の口《ク》ぜつ、怨嗟の流れ、其ほど美しく歌舞伎の世界にとり上げられ、弄ばれ、洗ひ上げられ、身につまされる力を持つて来たながし目の響き」によって、ものの見事に表現されていた。そこに折口が発見したものこそ、廣末保も示唆していたように、歌舞伎役者の長い修練によって蘇らせた、翳りのある、カブキ者やゴロツキどもの「乱暴」「狼藉」や「異風」の中にある残虐的で性欲的な美（『ごろつきの話』）であった。折口をしてこの発見を可能にしたものは、佐藤春夫が指摘していた、折口のような旧家の「家系の末期などによく出る、一種爛熟した貴族的なデカダンスの性格」とおそらく関係する。「近代人の鋭い知性と悩み深い情感とを内包したこの複雑な性情の人」（「折口信夫の人と業績と」）がもっとも伝統的で民衆的な基盤をもった歌舞伎役者の洗練された芸に出会ったとき、残虐的なまでにナマナマと性欲的で、しかも「哀愁」や「悲しさ」のある、そうした野性味のある詩美――ゴロツキの美を其処に発見したのである。おそらくここに近代日本の閉塞的な詩美の世界を突き砕いていく画期的なチャンスがあり、その粉砕する、いわばゴロツキの突貫力を折口が担いうる可能性もあった。

実際折口には、一貫して乞食芸人と下層社会への視点があった。彼は東京・大阪の下町の情景や木地屋、乞食、職人、山窩を歌い、啄木にも劣らぬほどに近代人の生活情感を歌い、そうして東北大凶作に際しても、「水牢」や「貧窮問答」等の作品によって、貧民の怒りと怨嗟をエピグラム風に表現することができた。とりわけ、折口によってはじめて、関東大震災下における朝鮮人虐殺が、天皇との関連において、詩「砂けぶり」として発表されたことは特筆に値する。しかし村井紀の指摘するように、虐殺される朝鮮人を「神々のつかはしめ」、日本の神々の下僕、使者として捉え、「われ〱を叱つてくださる」ために神々が「つかはしめ」である朝鮮人に井戸の中へ毒を入れさせたのだ――と語ることになる。何が折口をしてこのような錯誤に陥らせたのか。

折口が発見したかぶき者の性欲的な美とは、彼が子供の頃から通いつめた歌舞伎舞台の上で「無頼」を演じた役者によって様式化された「美」から触発されたものである。彼はその「性欲的な美」を生み出す母胎になったゴロツキの「異風」や「狼藉・乱暴」を、天王寺界隈の貧民街や道頓堀・千日前界隈で乞食芸人どもが繰り広げていた「野蛮」な雑芸の中に求めるのではなく、はるか太古の、中世の、あるいは彼方の、異郷へと求めてあくがれ出てしまうのだ。むろんそれは、野性的で性欲的な美を発散する乞食芸能など、当時の天王寺界隈はおろか、現実にはほとんど不在のものでしかなかったからであり、「ゴロツキの美」とは文字通り美的なイマージュだったのだ。しかしそれだけではない。折口の感受性には、卑賤で穢れたものの中に、全く反対に貴く美しきものを見ようとする、或る種の倒錯的な「嗜癖」が牢固として存在した。そうした「変質的」な美を中世の伝説の中に発見し、折口は「伝説の原始様式の語り手」となって、「小説の形」で表現した。それが『身毒丸』である。卑賤の軽業師・田楽法師の子で「先祖から持ち伝へた病気」のため、やがて「その腕や、美しい顔が、紫色にうだ腫れた様」となる。その身毒丸の「捲り上げた二の腕の雪のやうな膨らみの上を」二筋三筋流れる「どろ〳〵と蕩けた毒血を吸ふ」ことを思う源内法師について折口は語る。身毒丸の美しさは業病に犯された穢れた肉体に宿る残虐的で高貴なる美であり、ここに折口は性欲的なゴロツキの美の元型を見い出していた。[注5]この病的ともいえる倒錯的な美感は、「野性を深く遺伝してゐる大阪人」である上に「純大和人の血も通ひ、微かながら頑固な国学者の伝統を引」(『茂吉への返事』)く旧家の末裔にして、しかも同時にコカインを愛用する洗練されたモダニスト折口の血脈にある「爛熟した貴族的デカダンス」が産み出したものだ。

　こうして折口の根幹となる発想が鬱勃として萌え出してくる。即ち、業病を負って呪われて出生した乞食芸人身毒丸のように、諸国を渡り歩くゴロツキ遊芸人どもが村々の定住民をことほぎ、彼らの罪・穢を一身に引き受けて贖罪のつとめを果たす――賤にして穢なる乞食芸人《ホカヒビト》が聖なるつとめをする貴種《マレビト》なのだとする想念である。これは、古代神話の核となるスサノヲ神話の骨格をズバリ指示したものであり、卑賤なるものが聖なるものへと還流回収されるという図式的回路はまさに天皇制の祭式的・精神史的基盤そのものに他ならない。「卑賤なる朝鮮人」が神々の高貴な使命を負う「つかはしめ」であるという「砂けぶり」の根本モチーフはここに淵源する。

折口はゴロツキの芸能の中に性欲的な美を発見したが、しかしその美的残虐さと異風狼藉が含みもっていた野性のエネルギー＝蛮気を現実の中へと探り当てて、それを近代の閉塞状況を突破する否定の動力へと転化して、新しい詩美を創造する方向へと進むことはなかった。折口の発想通りに近代の大衆芸能と芸人どもはそのほとんどが天皇制へと吸収され、折口自身もやがて強力に天皇制イデオロギーを宣伝することになる。こうしたところに折口のデカダンなモダニストとしての限界がある。そうして民衆の鬱積したエネルギーは「皇軍」の「乱暴」「狼藉」として暴発する。折口を否定的に継承する第一歩は、彼によって発見されたゴロツキの芸能とその性欲的な美を天皇制から引き剝がすことだ。

3

額に痣のあった折口は、若い頃は友人からしばしばからかわれたらしいが、名を成してからは誰もが痣についてふれるのを憚った。室生犀星はそのことについて、誰も「無礼な言葉」を言ってくれなかったことに「痣の手負いの深かつたこと」がわかると言って、次のように記す。

私の額に沼空のような痣があつたら、私はまず一篇の詩を書いて、このあざを見るひとの胸をぐつとつまらせて見せたかつた。

痣のうへに日は落ち

痣のうへに夜が明ける、有難や。

（『我が愛する詩人の伝記』）

自分の顔については「犯罪者の容貌の例」だと言ってひどく劣等感をもっていた犀星がこのように言っているのだ。やぶれかぶれの開き直りのようなこうした言動の中に犀星の重要な側面が表現されている。

周知のように犀星は、妻に死なれた父親が六三歳の時に「女中」に生ませた子であり、生後一週間で近所の住職の内縁の女に貰われて、その女の私生児として育てられた。この女は他に三人の貰い子を育てていた「馬方お初という異名を持つ大女」で、真鍮の雁首のついた一尺二寸の長煙管で煙草を喫み、茶碗酒をあおってはその煙管で滅多打ちに打ち据えて犀星を折檻した。その家では「まるで無学な人間がより集まつて他人同士が植民地部落のやうに、一家族をつくりあげてゐた」（『弄獅子《らぬさい》』）のであった。犀星は自分が生まれ育った時代環境について次のように書いた。

明治末葉は暗い鬱陶しい年代であつた。貰ひ子の泣き声や継子《ままこ》の叫ぶ声や不徳な養子や、年頃の娘達は売られ何処の町はづれにも娼家が屯《たむろ》し、色情と飲酒とで障子は黄色く湿気《しつけ》を帯びてゐた。どこの戸籍面もごちやごちやに乱れて、親子やら兄弟やらの区別のなかに正しい血統なぞがあるのやら無いのやら判らなかつた。（『弄獅子』）

こうして育った犀星はまことに当然の如くに不良化して高等小学校を三年で退学し、裁判所の給仕や地方新聞の記者を転々とした後、一九一〇年五月に上京する（ちなみに、この五月二五日に「大逆」事件の検挙が開始され、また四月には佐藤春夫が上京している）。そうして根津・千駄木界隈の下宿を転々としながら、郷里から送ってもらった本や着物は悉く質草となり、根津権現裏や浅草公園や十二階下で泥酔しては喧嘩をし、留置場送りになることもあった。この頃について彼は書いている。

仕事といつても私には短かい幾つかの詩を書くほかに、別に何もしなかつた。それすらどこに出すといふことの的もなく、又小使銭にしようといふ気はなかつた。ただ、遊ぶこと、飲むことが仕事であつた。（略）かういふ悪どい生活をしたのち、一年ばかりすると、きつと郷里にまひもどつた。（中略）道づれは背負ひきれない負債だけで、すぐ父をいじめ義母をして涙をながさせた。（中略）そこでも、ここでも私のことが町の人の口の端にひつかかつた。「いつたい何になるんでせうね。毎日ああして遊んで歩いて……」などと言はれた。

（「青き魚を釣る人の記　序に代えて――」）

こうしたあくどい生活をすることによって、世間からはのらくら者とみられ、「人に百本も指をさささせるところから出発した」（中野重治）のが犀星のそもそもの文学的道行きであり、彼は典型的な「詩ゴロ」であった。この時期の彼の詩的、人間的、つまりその存在丸ごとの孕む特質は、『抒情小曲集』の、特に第三部に収められた「銀製の乞食」「室生犀星氏」「坂」二篇、「酒場」「街にて」、補遺に収められた「兇賊TICRIS氏」、そして未刊行だった「市上酒乱」「愛人野菊に贈る詩」「お艶の首」、そして掲載された雑誌『創造』（一九一四年九月号）がそのために発売禁止になった「急行列車」等に特に強烈に表現されている。それは既に多くの諸家によって指摘されている、「蛮気」（佐藤春夫）とか「直截性」（三好達治）とか「野蛮」（中野重治）とか、という以外に言いようのないものであった。

上京後の犀星がのめり込んだ陋巷で一緒に揉まれながらうろついていた「職工やゴロツキ」（「青き魚を釣る人の記　序に代えて――」）とは地方からあぶれ出て来た「流民」であり、渡り職人・出稼ぎ型労務者・店員（小僧）・雑業者・ルンペン、そうして犀星同様の無頼の「遊民」たち、要するに正真正銘のプロレタリアートであった。

彼らは伝統的な身分的隷属関係と苛酷な搾取に喘ぎ、その憤怒と怨嗟はアナーキーで絶望的な騒動へと彼らを掻き立てた。その最大なものが日露戦争後から米騒動に至る三度にわたった「騒擾」だった。犀星の名文句「ふるさとは遠きにありて思ふもの」は、これら出稼ぎ流民たちの屈折した望郷の念を物の見事に表現したものでもあって、だからこそかくも「都市流民」の琴線に響くのだ。犀星の特質である「蛮気」は、故郷においてガキの頃から「馬方ハツ」の長煙管によってたたき込まれた「野蛮」と「兇暴性」が、「騒擾時代」の都市下層民衆との雑居的な揉まれ合いによって「発破」をかけられ爆発したものだ。しかもその「蛮気」には、いち早く百田宗治が指摘したように、おそろしく性欲的なところがあるのが最大の特徴だ。それは、先に列挙したいくつかの詩と共に初期の小説『蒼白き巣窟』『美しき氷河』『幻影の都市』『魚と公園』等をみれば歴然だ。

　後年、犀星は「私はすべて淪落の人を人生から贔屓《ひいき》にし、そして私はたくさんの名もない女から、若い頃のすくひを貰つた。」（『かげろふの日記遺文』あとがき）と書いた。この「名もない女」とはむろん娼婦である。犀星には「下賤な女への手のつけられぬ愛情のようなもの」（中野重治）があり、浅草十二階下の「魔窟」の女たちからどれ程救われたか知れないのだ。「千八百八十年から千九百年の年代に於いて娼婦制度は日本の爛熟期であり、凡ゆる宴会集合の余波は悉くこの完美（ママ）された遊郭乃至《ないし》貸座敷業に集中されてゐた。（中略）これらの娼婦の身元を洗へば大てい貰ひ子でなければ継子でありそして私生児であつた。」（『弄獅子』）と犀星が書いていたように、近代日本の一切の矛盾のアマルガムと最大の社会的苦痛を一身に背負わされていたのが娼婦たちであった。『蒼白き巣窟』一篇を読めば、犀星がこの社会的苦痛を娼婦たちと分かち合っていたことが直ちに諒解される。

自分を「乞食のごとく貧しき詩人よ」と呼び、「魔窟」をうろつく長髪異風の犀星はまさしく「市井無頼」の「詩ゴロ」以外の何者でもなく、犀星が好んで観た活動写真の人物に喩えれば「詩的ジゴマ」と言ってもよい。犀星の作品にある著しく性欲的なものはこのゴロツキの「蛮気」が娼婦たちによって攪拌されて発したものであった。それは折口信夫が発見したゴロツキの「性欲的な美」の詩的再生でありその「変奏」であった。その意味において、犀星の初期のいくつかの詩と小説は伝統的なゴロツキの文芸の二十世紀的再生であった。「痣のうへに日は落ち／痣のうへに夜が明ける、有難や。」の一篇の詩からは、やぶれかぶれの磊落さの底からゴロツキ特有の「残虐な美」のにおいが漂ってくる。しかし犀星は、直截的に肉感的に詩や小説に体現させていたこの「性欲的な美」を、近代の閉塞的な美的世界を突破する、そうした創造的な美に転化する方向へと進まずに、『愛の詩集』の「人生詩」の方へと突き進んでしまうのだ。(注6)

犀星には詩的方法意識が欠落していた。しかし直截的に体現していた「蛮気」は決して失わず、「騒擾時代」からほぼ十五年後の一九三〇年代中葉になって、この「蛮気」を掴み出し客観的な人物像として形象化した。即ち『あにいもうと』を始めとする一連のいわゆる「市井鬼」ものがそれである。犀星が繰り返し語ったのは次のことである。

兎も角も私が文学を選ばずに他の職業に就いてゐたら、私は或る種類の、詐欺とかこそ泥とか、賄賂とか殺害とか誘拐とかいふ犯罪者の一地位に摺り堕ちてゐたであらうし、(略)妻子を路頭に唏かせるやうな人間になつてゐたことであらう。凡ゆる犯罪者の環境と運命のお膳立は私のこれらの幼年期に、完膚なきまでにお誂え向きに備へられてゐたからである。（中略）そして私に文学の神様がちよつとの間お足《みあし》をお滞めになつたばかりに、私は刑務所へ行かなくてよかつたし、一生涯を滅茶苦茶に揉み散らさなくて済んだのであつた。（『弄獅子（完結）』）(注7)

同様の言は『作家の手記』や「衢の文学」にも記されている。元を糺せば自分もゴロツキの一人であり犯罪者予備軍の一人なのであって、たまたま文学で食っていけるので救われただけだ。だから刑務所送りになるかも知れないような境遇にある、「私同様な味方のために加勢をしなければならない」（「復讐の文学」）と犀星は言う。それあるがゆえに他人から後指をさされ、しかしそれによってしか救われなかったのだから、その文学によって、かつての自分同様に貶められている者たちに「加勢」をするのだ……。これが犀星のいう「復讐の文学」であった。これは必然的な道行きであり、その必然的な道程を踏むところに犀星の「作家の魂」があり、それあったがゆえに「市井鬼」を創造することができたのだ。彼は元ゴロツキの一人として、自分と養母とその係累やその他のゴロツキ共の肉体に巣食っている「野蛮」や「恥部」を抉り出し、彼らのエネルギッシュな生態もろともに塗り込めて、「蛮気」漲る「市井の鬼ども」を創造した。その「蛮気」は犀星に特有の「悪文」によってしか表現しえないものであった。これらの小説に一貫してあるもの、それを『戦へる女』の中の一人物の口真似をして言えば、チンドン屋が「いかに太鼓を旨く叩くかに就いて、研究的に観察」し、彼らの手先ばかりでなく足さばきにも注目して表現する、そうした乞食芸人が地べたをいざり回るような視点からゴロツキ共を形象化したことである。それは富岡多恵子の名文句を借りれば「土民」の視点とでも言う他はないものだ。

彼はかつて若かった頃、「やつれてひたひあをかれど／われはかの室生犀星なり」「銀製の乞食なり」とやぶれかぶれにうそぶいて、犯罪者に堕ちるギリギリの処に留まって「文士街の裏通り」を野良犬のようにうろつきまわっていた。その犀星が、こうして養母や自己の「恥部」を蛮勇を奮って摑み晒け出したのだから、これはもはや、彼の戦後の傑作の一つ『餓人伝』の乞食女「おわた」が自分の股座を拝ませてたつきとしていたことと、どれ程の違いもあるまい。彼は乞食女と自分をほとんど同一化する地点で小説を書いていたのだ。しかしそのまさに「土民」的乃至は乞食的視点が犀星をして自己とその周辺のゴロッキどもの内部世界に閉じ籠らせ、「蛮気」をその閉鎖的な内部に直接的なままに封じ込めてしまったのだ。犀星は土民的蛮気を、それとは全く異質な「他なるもの」と対決させ、「蛮気」を否定的に媒介して開かれた美的世界を創造する地平に起つことはなかった。そうした方法的表現には、犀星自身にとっての「他なるもの」、換言すれば、「蛮気」と対決させるべき「近代的なるもの」についての自覚が不可欠であった。しかし犀星にはその方法的自覚が欠落していた。したがって彼は蛮気の直接的な表現には成功したが、それを媒介的に異化し形象化することはできなかった。こうして犀星は、自分とその係累の野蛮な生態や情念を直接的に表現する私小説的世界から最後まで抜け出すことはなく、ほとんど自分のことだけを書き続け開放的な文学空間と詩美の世界へと突き抜けることはなかった。ここにも白鳥によって敷設された作家的スタイルと文学的路線の限界が示されている。

ゴロツキの伝統が未だ生きていた二十世紀の最初の四半世紀においては、白鳥や折口や犀星の如き「不逞の徒」が新しい文化戦線の前衛として精神史的役割を果たすことが出来た。文化戦線の旗手はしばしば「ゴロツキ精神」が担ったのだ。このことは戦中から戦後にかけての花田清輝の精神が物の見事に証明している。ひるがえってみると、民衆の「騒擾」と「蛮気」が「絶滅」してから、どんなに少なく見積もっても四十年が経った。民衆の蛮気をギラギラ漲らせた「ゴロツキ精神」を、天皇制へと回収させることなく、再生させることは可能なのか。「ゴロツキ土民」による文化戦線のパルチザンはもはや不可能なのか。

〈注〉

（1）吉田精一『自然主義の研究（下）』所収の白鳥論、及び山本健吉「正宗白鳥」（『十二の肖像画』所収）参照。この二つの白鳥論は、数ある白鳥論の中でも卓抜なものである。白鳥の、否定と肯定の間を振り子のように揺れ続ける或る種の曖昧なニヒリズムについては、前田河広一郎が既に「白鳥のニヒリズムがもう一転換して、現実の社会の否定から、人生の立て直しに勇進するか、それとも逆に、人生の総体を極度に否定した結果、深刻な『地獄絵巻物』的なカリカチュアを描いて、悪魔的ニヒリズムの外に君自身の哄笑を響かすか、その二つの途だけが、君を老衰と小説職人から救ふ方向であると思ふ」（『十年間』）と的確に批判していた。

（2）白鳥の客観的な役割の一つは、彼自身いかに文壇的つき合いを軽蔑していようとも、結果的に白鳥が作家の「隠遁的」生き方と、それと結びついた文壇の性格を決定づけたことである。「文壇」なるものは「維新の精神」の緊張解除後の、「冬の時代」における「小春日和」的なぬるま湯の中から生まれたもので、其の中でこそ「無用者」が我が物顔で闊歩できたのである。作家たちがいかに時代を無視しようとも、その時代のイデオロギーに呪縛されその恩恵と管轄の下に安住していたことは明らかだ。白鳥の「不徹底なる生涯」の根源はここに在る。見過ごしてならないことは、「文壇」が完成する二〇年代、「騒擾時代」の終結後、都市貧民の自主的互助社会が解体され大衆社会状況が進展する中で、消費をエンジョイするモダン化した小市民層と農村部の中農層を中核的基盤とする「天皇制社会」が形成されることだ。これは其の性格の一側面として小所有者のエゴイズムによって均衡を維持する共同体、「エゴイズム共同体」とでも言うべき性格を含むものであり、きだ・みのるの名文句を借用すれば、「気違い部落」の全国的普及版の成立といってよい。この天皇制社会の成立と併行して「文壇」が成立したのであって、その意味でそれは、いわば、「もうひとつの気違い部落」の成立であった。

（3）「蛮気」については「啄木・春夫・重治――「騒擾時代」の精神史的覚書」（本書所収）で、芥川を評した佐藤春夫の文を引用して触れておいた（本稿は「騒擾時代」についてのいささか長ったらしい「補註」にすぎない）。いわば、「蛮気」こそ、様式美を産み出す原始の混沌であり、根源的なものなのだ。そうして三度にわたって「騒擾」として噴出した、都市貧民の中に脈々として流れる原始的ともいえる民衆の「蛮気」は、チャンバラ無声傾向映画に先立って、一九二一年十月までに発表された中里介山の『大菩薩峠』二十巻目までの中で、言い換えれば、鹿野政直の言う、机龍之助が「こたつにもぐりこんでしまう」前までの巻の中で強烈に表現されていた。即ち、都市雑民・流民、そして「異形」や「奇形」を含む被差別乞食芸人等が繰り広げるドタバタ喜劇風の「活劇」を通して物の見事にデフォルメされて表現されていた。ついでに言えば、「白骨の巻」で龍之助がこたつにもぐりこんだ後、最終巻まで随所に展開される登場人物と介山の泥沼にはまったような長講釈を、ポストコロニアルとかジェンダー論とかの観点から評価する向きがあるが、少しも面白くない。退屈な時局的長談義は放っておいて「こたつにもぐりこんだ龍之助」そのものに注目するならば、龍之助がそれまでの自分自身を戯画的に否定止揚して、心中にさえも失敗してしまうようないささか滑稽味を帯びた、いわば「脱力」と非暴力の典型的人物として変身しつつあることがわかる。「こたつにもぐりこむ」のは血塗られた「音無しの構え」の非暴力的形態にちがいない。爛酔状態で両刀を投げ出し肘枕で寝そべり眼はつぶったきり舞妓と戯れてみたり（「山科の巻」）、竪縞の袷に博多の角帯を締め込み、丸腰で手には団扇を持って尼さんと浮かれ遊ぶ（「椰子林の巻」）姿からは、映画監督山中貞雄が再創造した「丹下左膳」をも凌駕する珍無類の人物像が浮かび上がってくる。そうして龍之助のこの脱力的「音無し」の徹底して受け身の構えこそが、暗黒の極限状況において能動的抵抗への核心的部分を形成しうるのだ。

（4）「騒擾時代」とは、日露戦争後の日比谷焼打事件から一九一三年の護憲運動に伴う民衆暴動および一九一八年の米騒動に至る、三回にわたる「焼打ち」や「打ち毀し」を伴う大規模な都市暴動が発生した時代である。思想史家藤田省三が『異端論断章』において、「内乱」「運動」「隠遁」と対比して範型化した用語を借用したものである。

（5）『身毒丸』の発表（一九一七年六月『みづほ』八号）より以前の一九一四年の『零時日記』には、労働者に対して「共産主義者と通ずる処のある同情を持つてゐながら（中略）これまで趣味の城壁で堰きとめられてゐた愛の流れが、漲り出た様な心地がする。穢いどかた人足の握つた後のじめ〳〵する吊り革をぢつと握りしめて、いひ知らぬ懐しみを味ふことが出来る様になつた。」と記されていた。労働者へのこの「愛」には、既にして或る種の「倒錯」を含んだ気質的なものが含まれている。

（6）『蒼白き巣窟』といくつかの詩で展開された犀星的な娼婦の世界は、葉山嘉樹によって、より広い社会的文脈とより深い階級的視点によって捉え返され、衝撃的な短編『淫売婦』となって創造的に継承された。

（7）『早稲田文学』（一九三五年六月）

第三部　新たなる浮浪と離散の時代

チャップリンと浮浪者

——映画に見る二十世紀の世界

チャップリンの作品くらい、二十世紀の現実を一貫して批判的に、しかも喜劇として撮り続けた映画は他にない。

二十世紀とは如何なる時代であったのか。それは全体主義を生んだ時代であり、第一次大戦とその後に続く政治経済上の大混乱によって伝統的な市民社会が全面的に解体してしまい、その社会の崩壊状況の中から、高度な技術と機械と宣伝力と、そして暴力を駆使して、全体主義という前古未曾有の「怪物」が席捲してくる、そうした破局の時代であった。

社会の解体過程の中で生活基盤を根こぎにされた結果、社会生活の上での結合力を失った圧倒的に多数の大衆という名の都市住民たちが、人類史上初めて出現してきたのであり、彼らは帰属すべき社会的場も果たすべき社会的役割も生きるための確固たる目標も喪失して、孤独でニヒルな内面を抱えながら都市の真っ只中に浮遊していたのであった。浮浪者や失業者をも含むこうした下層大衆の実態は、G・オーウェルが身を挺して報告していたものであったが、こうした危機的な崩壊状況を、合理化による能率一辺倒の大量生産と制度や機構による日常生活の全面的な規格化によって乗り切ろうとしていたのが、二十世紀前半の先進資本主義諸国であった。敗戦国のドイツは言うまでもなく、合衆国もまた、ヨーロッパの長い伝統と生活習慣を振り捨てて逃げ延びてきたおびただしい数の移民が流入することによって、社会的な故郷喪失と浮浪化と大衆化と貧困化の度合いにおいて、深刻で複雑な社会問題を抱えていた。

映画は、こうした労働者や移民や貧民や浮浪者がうごめく二十世紀の都市の下層のド真ん中から、蔑まれた「賤民《せんみん》の芸」として誕生したものであり、その「芸」のチャンピオンが、ユダヤ人の芸人を母としてロンドンの貧民窟に生まれ育った合衆国への移民、チャールズ・チャップリンであった。

映画のもつ一番最初の最も顕著で画期的な特質の一つは、それが無声であることに由来していた。無声映画は、言語があらゆる意味表象の王者として君臨する「言語の王国」に対する「賤民の反乱」であり、概念と言語の合理性の下に生き埋めとなっている人間の真情と事物の隠れた意味を、視覚的な動きによって顕在化させようとしたのである。無声であることによって人間と事物は平等となり、無生物に生命が吹きこまれたかのように事物が躍動化され、逆に人間の有する「物的側面」がデフォルメされて、形や動きといった外面的で物質的なものを媒介として、内なる精神的なものを表現しようとした。人間経験の内実と現実世界は、表情と身振りや動きと静止や遠近と明暗等を組み合わせて、外観から理解できるように表現されなくてはならず、こうして「卑賤な生まれ」の映画は、年齢や階層や人種や国籍や知的水準等の一切の制約を超えて、世界的な普遍性と全体性と大衆性を獲得しえたのである。そうしてその無声映画の傑作を撮り続けたのがチャップリンであった。

チャップリン映画の最大の特質は、笑劇《ファルス》によって、二十世紀の現代的状況を批判的に説明し尽くしたことに在る。高度技術を駆使する企業国家の中では、人々の社会的結合や人間と事物や自然とのつながりはすっかり分断されており、人々は、過去の歴史的伝統からも切断され、はるかなる未来のユートピアを構想する想像力をも喪失して、「今」という瞬間的現在の中で氾濫する商品を追い求めて漂遊しているにすぎないのである。これが現代的状況ならば、そうした中で人間の経験を再生させ事物に固有の意味を再発見するためには、もはや「廃品」と化した種々の断片が築き上げた「瓦礫《がれき》の山」から、「クズ」を「回収」して生命を吹き込み、事物や人間の間に失われた相互的な結びつきを時間的な連鎖の中で再形成しなくてはならない。これが、言うところのモンタージュの核心に在るものに他ならない。そのさいチャップリンは、キチキチの上着にダブダブのズボンとか、きわめて洗練された貴族的な身のこなしをする最下層の浮浪者とかいった、そうした対立する事物や物事をちぐはぐに継ぎ接《は》ぎして、人物と世界を創造する方法を一貫して用いたのである。

こうして、現実の世界は渾沌たる継ぎ接ぎ模様をしたアンバランスで滑稽な「奇形」の世界として喜劇的に再構成され、その奇異なる世界に登場する独創的人物が、チビの浮浪者紳士チャーリーなのである。これが二十世紀の〈現実〉から創り上げたチャップリンの〈架空〉の世界である。チャーリーは、第一次大戦後の社会の崩壊によって根なし草となった大衆の究極的な存在としての現代の受難者であり、機械と制度が支配する現代の合理的な体制とはほとんど正反対の生き方しかできない人間であり、かくして、そうした体制との間にドタバタとした格闘が開始されることになる。

　浮浪者チャーリーが登場するチャップリン映画の主題は、常に切実で、根本的なものだ。どうしたら喰い物にありつけるか、どうやって雨露を凌ぐか、どうしたら友人や恋人を見出せるか、といった、生きる上での根源的なものが求められている。それは大衆の日常的欲求の集中的表現であり、生活者としての最小限度の真っ当な要求なのだが、それすらも実現するためには、大男や警官や機械を相手に孤軍奮闘の大立ち廻りを演じなくてはならないのだ。往々にしてハッピー・エンドで幕を閉じるそのストーリーからは、怪物のドラゴンを退治して救出した乙女と結婚するという英雄の物語が連想されるのだが、二十世紀の映画の「英雄」は無論独りぼっちの滑稽なチビの浮浪者にしかすぎない。この最下層の浮浪者と「現代」という前古未曾有のドラゴン（それは戦争とか黄金狂いとか大工場とか独裁者とかのさまざまの形態をとった）との悪戦苦闘の「英雄劇」は、さながら「この世の生き地獄」といったすさまじい様相を呈していたはずにちがいないのだが、そうした死にもの狂いの苛酷な闘争を、「チビ」と「怪物《ドラゴン》」との間に介在する大きな落差を利用しながら、「追っかけ」と「逃亡」と「ひっぱたき」の速射砲的なパントマイムや、「一難去ってまた一難」の視覚的なギャグの連続的な展開の中で、生身の人間を徹底して「物」として扱うアクロバティックなドタバタ劇によって一貫して表現しているところに、チャップリン映画の最大の魅力と傑作たる所以が在る。その意味でチャップリンの映画は、いわば「地獄のドタバタ劇」であり、それは同時に偉大な英雄叙事詩の二十世紀的パロディでもあったのだ。

しかもその「パロディとしての笑劇」にはいつも陰翳に富んだ多義的な性格がつきまとっている。チャーリーは如何なるどん底生活に在っても、たとえ「犬の生活」に落ちぶれ果ててはいても、優しさと誠実さと品位とをもって貴族的とも言える振舞いに及ぶのだが、そのちぐはぐさ故に、「現代」という機械仕掛けの怪物とのドタバタ騒動では失敗に次ぐ失敗の山を築いてしまい、ついには一人で逃げ去るはめにもなる。彼が惹起する抱腹絶倒の爆笑の中にはきまって「催涙弾」が込められており、敗れ去らざるをえないチビの浮浪者の「滑稽な不運」には、深い同情と共感の涙を禁ずることができない。去り行くチャーリーは、悪童的で悪賢い道化から、哀愁と詩的な香気をさえ漂わせる永遠の放浪者へと変貌を遂げているのである。

こうして、一人の浮浪者の失敗と敗北の笑劇を通して、社会が崩壊してしまった現代に蟠踞して猛威をふるう全く新しい野蛮がものの見事に暴かれたのであり、同時に、笑いと涙の境界線上を綱渡りさながらにヨロヨロと歩む浮浪者の形姿からは、零落してゆくサラリーマン中間大衆や小市民の不安と憂愁とペーソスが鮮やかに滲み出してもいたのである。これが、チャップリン映画が現代に生きる私たちに指し示した、社会的啓示なのであった。

「戦後責任」とは何か
──大衆芸能を手掛かりとして

六〇年前の「戦後」の出発点において、このクニの人々は既にして戦争責任を誤魔化し、「自分の生活手段と方法は国家ではなく自分に属する」とする真っ当な自然的権利感情が闇市的自然状態の中から噴出していたにもかかわらず、その大衆のエネルギーを組織して人民主権による相互主体的な社会を形成する「戦後革命」に失敗していた。戦時中に「戦争メッセージ」を宣伝し続けていたすべてのジャンルの表現作家たちの最大の責務が、「転向」と敗戦と「戦後革命の失敗」という三重の「敗北」を反省的に考察することであったのだが、その責任のことごとくが放棄されていた。一例を挙げるにとどめるが、映画における「戦後派作家」である黒沢明、山本薩夫、今井正、木下恵介らも例外ではなかった。天皇から始めてあらゆる階層と領域にわたって無責任な病理現象が蔓延していたのだ。今、更めて注目すべきことは、この「病理」の真只中から天皇制と官僚制と企業機構と、そうして相互監視的な部落秩序（エゴイズム共同体）とその上に胡座をかいた政治勢力が一体となって「一億一心」、すさまじいばかりの「高度成長」が突貫着手されたことである。この戦後版「総力戦体制」はまず手始めに農村社会を根こそぎ崩壊させる第二の「囲い込みと本源的蓄積」によって大量のプロレタリアを輩出させ、彼等を総動員して「高度成長」へと「突撃」させ、さらにアジアへと再度経済侵略し、挙句の果てには、グローバルな金儲けのための「全面戦争」へと「徴用」しながら、「過労死か、しからずんばホームレスか」の「地獄の選択」を迫っているのである。かくして戦後六〇年後の現在只今、戦前からの精神的制度的なるものの根幹はそのまま蟠踞したままで、解体されたのは、解体されては絶対にならない、人間経験のアンサンブルとしての社会そのものという最悪の野蛮が跋扈しているのである。戦争ではなくその責任を放棄することから始まって現在の「野蛮」にまで至るこれらの必然的に連関する一連の事柄に対する責任こそが、二十一世紀にまでも持ち越された「戦後責任」に他ならない。「グローバリズム」に「脅迫」されて他人を使嗾し他人から使嗾され心身ともに消耗し切っている今こそ、「敗北」と「失敗」について学びその「責任」について冷静に熟考しなくてはならない。

戦後の表現作家にとって最大の課題はこうした「戦争と戦後」についての「責任」を表現方法の問題として追究して行くことであり、高度成長から遺棄忘却されていった貧民大衆が否応なしに甘受していた社会的経験と、その痛苦の矛盾の中から生まれてくる生活心情とを、新たなる社会的ルールと相互主体的精神の創出へと再形成してゆくことであった。そうしてその経験と心情の「直接的表現」は、貧民大衆が圧倒的に支持する漫画や大衆芸能としての流行歌の中に、萌芽的にではあるが実は追究されていたものであった。無論のこと、漫画界においても映画や美術や音楽やマス・メディア等の「業界」と同様に、戦時中さかんに戦意昂揚の提燈持ちをしていた作家たちが戦後も無責任に書きまくっていた。しかし一九五〇年代後半から始まった貸し本文化を担った劇画は、高度成長へと突貫して行く「総力戦体制」を最下層において支えながらも、その体制から差別され棄て去られた若者たち――劇画作家たちも無論これらの若者たちの一人であった――を主たる読者基盤としていた。彼らは敗戦直後の混乱期を小学生から中学生としておくり、卒業後は解体されつつあった地方社会から根こぎにされて都市の底辺を流浪していた下層若年未組織労働者、ルンペン・プロレタリアートであり、権藤晋の言葉を借用すれば「非学生ハイティーン」なのである。この若者たちは六〇年代の末期に出現して、「連続ピストル射殺魔」と命名されて後に処刑された永山則夫の経験を十年早く先取りしていたのであり、「諦念を抱くには若く、絶望を語るには口を持たず、怒るにはその手を持たない孤立した無数の人々」（権藤晋）として、表現のすべもやり場もない痛苦や悔恨や憤怒や悲哀や呪咀等々をアマルガムの状態のまま内に深く抱え、「繁栄」へと向う高度成長社会の底辺で孤立しながら逼塞していたのである。職場から職場へと転々と「流浪」するこの若者たち（永山則夫は一九回職を変えたという）は、一八四八年革命当時にマルクスが使ったプロレタリアートという語の原義通りの、その日本的戦後版としての流民（プロレタリアート）そのものであり、もう一つ前の時代に誕生していたならば、雑芸としての漫才や浪花節に憂さ晴らしを求めた貧民大衆の戦後的存在であった。彼らはまさしく戦後革命の失敗の結果、都市へと排出され「もはや『戦後』ではない」と言われ始めた時代にあって、「いまだに」戦後的貧困状況の中にとじこめられていたのであって、戦後革命敗北の意味を無言のうちにその存在それ自体が語りかけていたのであった。彼らが抱えるアマルガムな諸感情を作家たち自身が共有し、その存在の意味を自らの生き方として感受し表現したものこそが「劇画」といわれるものであった。「笑い」を抹殺し粗雑でささくれだった線描によって暗湿で閉塞された、アナーキーでニヒルな、捨てばちでさえある衝動をドキュメンタルでハード・ボイルド風のタッチで表現したのである。その方法は、既に手塚治虫が発言していたようであるが、映画とのアナロジーで言えば、作家の主体的表現とのかかわりで映画表現を変革したヌーヴェル・バーグ映画に匹敵するものであった。貸本屋から借り出した手垢にまみれた『影』とか『街』とか『顔』とか『迷路』とか、そうした近代都市の全き疎外状況を象徴するかのように命名された劇画雑誌を耽読することによって、映画に比較すればはるかに自己閉鎖的に内部へと屈折して行く劇画世界を媒介としながら、都会の「奈落の底」にある若者たちが、その孤立だけを共有しつつ互いに「密通」し合っていたのである。そうして貸本劇画が消滅した後にそれに代わる役割を担ったのが、つげ義春・忠男兄弟に代表される漫画雑誌『ガロ』や、ヤクザ映画を中心とした「深夜映画」なのであり、永山則夫を始めとする「非学生ハイティーン」が抱いた捨て場のない憤怒は、六〇年代の高度成長時代にはさらに下層日雇い「地下足袋プロレタリアート」や

「学生層」にまでも拡大共有されていったのであり、その憤怒がついに噴出したものとして「山谷・釜ヶ崎暴動」や「日大闘争」があったのだ（七〇年の沖縄コザ暴動はこの憤怒の大噴火であった）。

劇画のいくつかの傑作については今考察する余裕はないが、例えば佐藤まさあきの代表作『黒い傷痕の男』の冒頭には「人の気もないボタ山の、風がつめたく身にしみる、どうせ汚れて生きるなら、悪には悪を、目には目を、意地を通して生きてやる」という文句が記されていたという（権藤晋）。（筆者が参照しえた「サニー出版」版では下巻の最後に記されている。）これはもはや後に「演歌（怨歌）」と呼ばれる流行歌謡にほとんど紙一重であって、後述するように、近代流行歌はその出発から貧民大衆の生活感情の表現であった。その意味において梶井純が劇画を「コマ割り演歌」と命名したのは正しかった（演歌歌手の森進一は周知のように、多くの「永山則夫」と同様に二〇回以上も職場を変えて転々としていたのだ）。高度成長へと向う時期に登場した劇画は、その出発時の時期の作品だけではあるが、二一世紀の今日只今に至るまで「戦後経験」と「戦後革命の失敗」の意味を我々に問い続けているのである。

元々にしてからが「芸能」とは差別された底辺の貧民や流民や棄民の生活と感情を基盤としつつ、それらを歌や物語や芝居や踊りやその他の雑芸雑伎等々の「虚構」によって表現したものなのである。芸能は「差別」を糧としバネとして発動し、被差別流浪民によって担われ、彼らを差別する定住民との緊迫した非日常的な出会いという「出来事」の場において演じられたのである。

こうした民衆芸能の中でも最も通俗的なものは近代においては流行歌である。まさしくこのクニの近代以降の流行歌は、都市へと流浪して来た下層生活者（プロレタリア）の孤立と差別される心情や「故郷喪失感」を歌い始めたものなのであった。

都市下層階級を形成していた者たちは幕末以来百年にわたって、農村から陸続として大量に都市へと流入してきた「難民」や貧民やあぶれ者たちなのであって、彼等と被差別的な芸人たちの内部には、はるかの前代以来から脈々と継承されて来た伝統的で識閾下にある無意識的なるもの、近代的で合理的開明的なものからは野卑で猥雑なものとして否定的に評価されるもの、共同体的なるものが必ず蓄積されている。しかも同時に彼らは流行的な最新の新奇なるものに常に惹かれてそれを取り入れようとする傾向がある。従ってこれら庶民大衆に広く訴えかける流行歌や芸能は、土着的伝統的なものに「近代的」で先端的なものを巧みに組み合わせなくてはならず、伝統的で野卑なるものを、それと対立する近代的で合理的・斬新なものと常に緊張関係を維持しつつ対立させ媒介させながら、更めて再創造することがとりわけ肝腎なことだ。かくして流行歌や芸能は単なる土着的で伝統的なものにとどまらずに、そうした要素を含みながら、特定の「郷土」や「共同体」から離陸して、あらゆる階層と地域に通有する、すぐれて普遍的で無署名的で都市的な性格を獲得しうるのだ。流行歌とは、古代末期から中世にかけての爆発的な流行《はや》り歌である「今様」の昔以来、伝統的なものを一風変わった異様なるものへと換骨奪胎したきわめて都市的なるもの――「今様」という言葉通りの当世風で現代的なるものなのだ。そうしてついでに言えば、こうしたことが芸術大衆化論とその運動にとっても核心的な問題とならねばならなかったのである。

周知のように、このクニの現代歌謡は野口雨情・本居長世・中山晋平等によって創造された。社会主義詩人として出発した雨情は若くしてサハリンや北海道を流浪して、石川啄木から「其趣味を同じうし社会に反逆するが故にまた我党の士なり焉」と評価され、その後十年以上の沈黙の後にあらたに童謡や民謡等の歌謡詩人として再出発したのである。彼の詩には、作品「人買船」に象徴されるように「人買い」によって農村社会から連れ去られ「拉致」されて都会へと流入していく、そうした民衆の中に深く喰い入った生活心情や怒りや悲しみや感傷が一貫して込められていた。社会的な痛みを伴ったそれらの生活心象は、伝統的なリズムと声調・節回しや囃し言葉に、近代的で西洋的な長短調の音階を組み合わせる本居長世や中山晋平の手に成る全く画期的な作曲によって物の見事に表現されたのであり、その独得の声調は「日本の歌にとって革命的とさえいえる出来事であった」（藍川由美）。こうして革命的な節回しの傑作集である数多くの童謡や新民謡が生まれ、このクニの現代歌謡の一番最初の爆発的な流行り唄である「船頭小唄」が作曲されたのである。

歌謡とはそれを唄う人の折々の気分や感興にまかせて思うままに自由な節回しで唄うものなのであって、そのときの節回しは、例えば村の漁師たちが集まって即興的にかけ合い唄う歌の調子のように、五線譜の上にはきっちりと記譜しえないものだ。野口雨情も自分の詩をしばしば「吟唱」し即興的にふしをつけて唄っていたのであり、それを雨情自身は「自由独唱」と称し、世間では「雨情節」と呼んだ。野口存彌によれば、その雨情節によって「枯れすすき」を本人が唄うのを聞くと「男性的開放的な大らかなひびきがあり、退廃的なものとは無縁なことを強く感じさせられる」という。このときの雨情節による「枯れすすき」と中山晋平作曲の「船頭小唄」とは、譜面を見る限り「全く無関係な楽曲」(藍川由美)であるらしいのだが、しかし雨情や晋平にとっては五線譜上の記譜はあくまでも、それをもとにして個々人が自由な裁量にまかせて歌いこなすためのノートや覚え書きに過ぎないものでもあったのだ(竹中労)。「枯れすすき」が節回しによって「男性的開放的」にもなれば「退廃的」にもなるところに歌謡の醍醐味があるのであり、そうしたものこそが歌謡なのだ。本居長世や中山晋平たちが開発した、伝統的な都節や田舎節の音階に西洋和声音階をかぶせた声調は、それを基にして一人ひとりが自由に自己流の「クセ」(節回し)で唄うにはうってつけの形式なのであって、だからこそ楽譜の読めない美空ひばりがそうした歌謡を最も巧みに唄いこなすことができた。その意味において、中山たちの開発した歌謡は黒人ブルースと本質的には何ら変りのないものなのであった。

流行歌謡に戦後的画期性をもたらしたのは、その美空ひばりであった。歌に多少の自信があれば誰でもが自己表現できるきわめて民主的な、その意味で戦後的な性格の一つの典型である「素人のど自慢」というメディアのシステムに乗って、流行歌を唄う少女が公共の場で公然と登場したのであった。しかもこの少女が、プロの大人の歌手も顔負けする程の哀切なる情感をこめて、しかもリズミカルに全身で「流行り歌」を唄ったためにＮＨＫ（音楽部副部長丸山鐵雄）や朝日新聞（「婦人朝日」編集長飯沢匡）に代表される「文化人」からは「ゲテモノ」扱いされてひんしゅくを買ったものなのであった。しかし子供から流行り歌を取り上げてその代わりに「唱歌」を押し付けたのは「明治」の天皇制国家になってからのわずかの期間にしか過ぎない。従って「唱歌は私達の歌うものではない」といって子供が日常生活で唄おうともせず、「唱歌は校門を出でず」と言われたのも当然のことなのだ。元々子供は流行り歌の担い手そのものなのであり、本来「童謡」とは、古代中国の帝王堯の時代から子供が流行らせた歌謡なのであって、このクニではそうした「童謡」を「ワザウタ」といった。そうしてそのワザウタとしての童謡を再生させたのが野口雨情なのであった。流行り歌を唄う子供の芸人なぞは大昔から連綿と存続しているのであり、現に美空ひばりの出現当時、「進駐軍」のキャンプでは米兵相手に女の子たちが堂々と唄っていた。美空ひばりは六歳の頃から、生まれ育った貧民街の「青空市場」や出征兵士の壮行会や軍需工場の慰問会や焼土の中での町内演芸会等々で歌い、庶民大衆の喝采を博していたのである。ひばりに拍手喝采を送った貧民大衆こそ、戦時中から戦後にかけての「ホッブス的自然状態」を自力で生き延びてきた人々なのであって、美空ひばりはそうした大衆のエネルギーを物の見事に体現していた。彼女の「登場」は子供による伝統的な乞食大道芸が、下からの大衆的エネルギーとその演芸的表現の戦後民主主義的形態として出現した「素人のど自慢」のメディアによって公然と復活再生したものに他ならない。彼女は淡谷のり子や笠置シズ子が身につけていたジャズやブギやシャンソン等々のリズム感や声調と、はるか声明《しょうみょう》にまで遡る節回しと、そこから連綿と継承されてきた語り芸の「ごった煮」である浪花節や江戸俗謡や民謡等々の「クセ」を、自家薬籠中のものとして自在に歌いこなすことが出来た。そうした彼女の歌の頂点に在る歌が「お祭りマンボ」や「リンゴ追分」や「ひばりの佐渡情話」や「哀愁波止場」なのであり、そうした晋平調の歌謡を唄うとき彼女は抜群の技量を発揮した。これらの歌謡に最高度に発揮された彼女の節回しとリズム、「ユリ」や「コブシ」や「裏声」の中に圧倒的多数の庶民大衆が自分たちの各々の生活心情を託し、また彼ら自身が自分の歌として唄ったのである。まことに彼女の歌こそ、野口雨情・中山晋平によって創造された、伝統と「モダン」の綜合としての現代歌謡がもっていた初発のエネルギーを戦後的に再生させたものなのである。かくして美空ひばりこそ、彼女自身の「登場」の仕方と相まって、戦後社会を支えていた大衆のエネルギーと欲望や心情を表現する、そうした「下からの民主主義」を代表するチャンピオンに他ならない。「ひばり的なるもの」とそれを支持する大衆に体現された心性は、戦後文化をリードして「上からの民主主義」を啓蒙してきた知識人である丸山眞男や加藤周一や大江健三郎等々の品性や資質とは対極に位置しながらも、それと相互的に補完し合いながら戦後社会をゆっくりと「回転」させる「重いひき臼」や「車輪」の役割を担っていたのである。

「明治」以降のこのクニの近代において、農村から流入してきた都市貧民大衆とルンペン・プロレタリアートの生活心情は、まず最初には貧民窟から生まれ育った芸人がそれら貧民相手に演じ語った漫才や浪花節によって表現されていた。漫才は当初、江州や河内の音頭取りがヨシズ張りの小屋掛けで祭文やチョンガレを語り民謡を歌い、曲芸的な踊りや「身体障害者」などの形態物真似を演じ、その合間を猥雑な軽口とシャベクリでつなぎ、客が笑うことならどんなことでもとり入れる、そうした雑芸として――それは『新猿楽記』に記された散楽を連綿と継承する芸能として都市最下層民たちに大いにウケていたのであった。同様に資本主義の最下層のルンペン・プロレタリアートたちに爆発的に歓迎された浪花節は、もともと「人の称して以って野卑淫猥となす」ていのものであったのだが、単に下層貧民のみならず、このクニの圧倒的多数の人々の、いわば体質の中にまでその節回しやリズム感が浸透するような、伝統的に承け継がれてきた語りの諸芸のエッセンスが浪花節には凝縮されていた。例えば斎藤茂吉はドナウ河の源流の川沿いの道を夜半に散策しながら一瞬不安をきざしたとき「もし僕がzigeuner《チゴイネル》であったら」などと思いながら「ひとりでに覚えた浪花節《なにわぶし》のような」歌を出任せに歌うのだが、「小さいこえでうたう浪花節の道行《みちゆき》ぶりのようなところもちょっとあったりして、妙に僕の心を落付かせた」とその紀行文に書いているのだ。流浪の民「チゴイネル」(ジプシー)と浪花節のとり合わせは、いささか「出来すぎ」といった気もしないではないが、近代的科学精神を体得し、うたことばについては算盤玉をはじくような魔術師的とでもいえる名人芸を発揮した茂吉、しかも「君が代」さえ満足に唱えなかったという音痴の彼にしてからが、浪花節の一節を口ずさむことで「心を落付かせ」ているのである。浪花節が圧倒的多数の大衆に支持されたのは当然のことであったのだ。

その浪花節が大陸浪人風の「悲憤慷慨調」で「武士道鼓吹」や「天下国家」について語り出し、紋付袴、長髪をなびかせ白扇を手に持って大劇場の花道を太鼓の響きとともに登場するように「成り上った」芸人が、皇族の一人から「こころざし世にならびなき雲右衛門」などとおだてられて立身出世したとき、浪花節は庶民大衆のささやかな生活心情からは乖離するものとなった。このとき浪花節に代わって都市下層民の生活に密着した「ブルース」としての現代歌謡が流行り出したのである。しかし庶民大衆の中に脈打っている伝統的なるものはそれと対極にある近代的なソフィスティケーションによって否定的に媒介されなければならない。この両極の対立と緊張、その危うい綱渡りの芸の上に辛うじて成立しているのが大衆芸能なのであり、このことを忘却して「旧きもの」が直接的に肯定されて「伝統的なるもの」が前面に押し出されてくるとき、「芸能」は必ず退行現象を引き起こし頽落してゆく。その典型が浪花節であり流行り歌も例外ではありえない。最も大衆的であるが故にその退行傾向をあからさまに呈する仕儀となる。そのときその歌謡は虐げられた大衆の「うらみつらみ」や「やるせなさ」や「未練」や「心の憂さ」等々のひたすらなる「捨て所」と化し、そうした歌謡を口ずさむことによって、人々は「他人様《ひと》」の前で昼日中に口に出すことがはばかられるような「本音」を、ある種の恥ずかしさを伴いながら露出するのである。お座敷芸者風の「ゆがんだ恰好でなで肩になった」（武満徹）調子で唄いながら、富岡多恵子の言を借用すれば「インインメツメツ」として意識の底へと自閉的に退行して行き、そのことの中に「ぞくぞくするようなエクスタシー」（矢沢保）を自虐的に味わい自らを慰めるのだ。美空ひばりの歌も例外ではない。それどころかむしろ、その「後進的」な卑俗性を含めて「大衆的なるもの」を丸ごと体現していただけに、彼女の歌のなかにはこの頽落退行現象が最も露骨にあらわれているものがいくつもあった。「柔」や「悲しい酒」から晩年の「川の流れのように」に至るまでの、「泣き節」と道歌的な「人生訓」をないまぜにしたような彼女の歌は、部落共同体的秩序意識に根を張っている庶民大衆のエゴイズムや俗物根性やいやらしさ等々の臭気を強烈に発しているのだ。その意味で「ひばりが受けている間は日本人は変わらない。いつでも戦前に戻って行く」と言ったという淡谷のり子の言葉は正鵠を射ている。

しかしこの全く自閉的でマゾヒスチックな悦楽に陶酔させてくれる歌謡が蔓延大流行するときはどうなるのか。戦時歌謡の傑作である「湖畔の宿」や戦後の名曲「星の流れに」や「アカシアの雨がやむとき」等を圧倒的に大多数の大衆が唄うとき、退行的な「自虐的なるもの」が社会性を獲得して「何が彼女をそうさせたか」とか「こんな女に誰がした」（この名文句をリフレーンした「星の流れに」は流行歌謡によるほとんど唯一の戦争責任追及の歌であった）とか、そうした題名や歌の文句に示されるように、その「自虐」は自閉の底から浮上して来て体制に対する武器として反転することがある。かつて古くは念仏踊りが蔓延したために承久の乱が生じたとか、「船頭小唄」が大流行したために関東大震災が起こったのだといわれたことがあった。そうした流言の示すものこそ流行り歌がその本領を発揮した証拠そのものなのだ。流行り歌はいにしえ「ワザウタ（童謡）」と呼ばれていた。「ワザ」とは神意の如き深い意味や意図が込められたシワザやワザワイなのであり、支配者・為政者たちは自分たちにとって不利益をもたらす事変や災害が生じたとき、その原因を大流行した歌になすりつけてこのように名づけたのである。流行歌は政治社会上の異変や災害の前兆や予兆を告げる不吉な「亡国の音」(礼記)とか「亡国の声」(野守鏡)とか、あるいは「淫声」とかといわれて支配者とそれに追随する者たちからは畏怖されさげすまされ、「公序良俗」に反するものとして弾圧されたのである。その意味においても、不吉とされた「船頭小唄」はワザウタを現代的に鮮やかに再生した野口雨情の真骨頂であった。戦時中、典型的な「大陸メロディー」である「支那の夜」が情報局情報官鈴木庫三等の一部軍人たちからは「亡国的な哀情」を広めるものとして非難され、「蘇州夜曲」や「湖畔の宿」が頽廃的な感傷歌として「自粛歌」とされたりしたのも、流行歌が潜在的に含みもつ体制批判の風潮的性格に支配者側が敏感に反応したためだ。こうして差別され蔑視されるものが同時に支配的秩序を侵犯するものとして畏怖されるところに芸能の本領と真価があったのだ。そうしてそれらの歌を唄うことによって人々は孤立しながらも反抗し、寺山修司のいうようにその反抗が根深いところで「同体感」を呼び醒まして「孤絶しつつ連帯するというコール」をひそかに行っていた。

しかし、にもかかわらず、そうした現代歌謡には他者に対して唄いかけ、他者との対立を通して相互に変革し合う、そうしたかつての漁民たちの即興歌にあったバイタリティーと行動へのエネルギーが決定的に喪失しているのだ。おそらくここにブルースやジャズとの根本的な相違がある。同じように涙を流しても黒人たちの歌には「メカニカルなものに適応したなかで涙が流れて」おり、「人間の根源的意志が機械に対して訴えかけ、メカニカルなものを突き破っていこうとする初発の意志」（多田道太郎）が在る。合理的で必然的なるもの、メカニカルなもの、そうした自分に対する他者なるものとの緊張関係と対決を通して表現される抒情、一言にしていえば「抒情なき抒情」（リロイ・ジョーンズ）が其処には在る。都市のリズムとはそういうものであり、それがこのクニの歌謡には完全に欠落しているのだ。既にして四〇数年前に谷川雁は「一口にいって、私たちはまだ重工業における機械的生産のリズムを内面からとらえるだけの筋肉反応、行動の旋律をもっていない。それに対応しているのは小児的オノマトペ（擬声語）にすぎない」と慧眼にも述べていた。「都市のブルース」としての歌謡は何処に在るのか。現在只今流行る「J・ポップ」とかいわれるものは、小児的オノマトペを電気的に再生したものに過ぎない。合理的必然なるものとの対決を回避した大衆芸能や歌謡は必ず頽落する。「開放しかけてはつぼみ、開きかけてはしおれて、ついには口をつぐんでしまったもの、そのさんたんたる自己閉鎖の記念碑が日本の民謡である」と谷川雁は言った。民謡だけではない。それはこのクニの歌謡と大衆芸能そのものでもある。しかしそれでもなお、それを前近代的なものの残痕として単純に全否定してはならない。退行的な自己閉鎖的な歌謡（芸能）の中に、古くから伝統的に継承されてきた、同じく谷川のいう「民衆の素朴な夢のゆがめられた表現」を認め、「その押しひしがれ、ねじ曲げられた願望のうちに発展の芽があること」を発見し、その「芽」を開花させようとすることが私たちの責務であったし、これからもそうだ。

既述したように、本来芸能とは、その発生と本質において、差別や貧困をこやしや糧としながら貧民大衆の生活心情を「物語」（フィクション）として——歌謡や見世物やサーカスや芝居や大道雑伎雑芸等々の様々な形態を通して表現したものであり、その「物語」は被差別的な落ちぶれ者やはぐれ者やゴロツキどもに仮託され、彼らによって担われ演じられ流布されたのである。たとえ貧民大衆の「素朴な夢のゆがめられた表現」であったとしても、その「物語」は抑圧的な日常性を侵犯して人々を「異域」や「魔界」へと誘拐拉致するような、畏怖すべき危うい魅力——「賤」にして「聖」なる「宗教性」を孕んだ——を発散するものなのであり、そこからは確かに淫靡なる「亡国の音」が響いて来ていたのだ。しかし七〇年代における日本型管理社会の完成以降、芸能や流行歌が都市下層庶民大衆の生活心情を汲み取りそれをオリジナルなものとして表現することが不可能となった。それればかりではない。総じてフィクション（虚構・物語）としての芸能そのものが抑々成立する余地がほとんど消滅してしまった。差別され虐げられ打ちひしがれている多くの下層生活者たちが実態として存在し、現在只今益々増加しているにもかかわらず、その差別の構造そのものが封じ込められ隠蔽され、下層民の「インインメツメツたる声」までも封殺されている。管理社会の完成は人間経験とそれを生み出す本物の「社会」を殲滅し、時代全体からオリジナリティ（創造性）を放逐してしまったのだ。こうした二十一世紀の現在只今、埋没させられてしまった人々の経験と痛苦と諸感情を形象化し、時代の創造性を復活させる、そうした本物の民衆芸能は如何にして再生しうるのか。失われた「亡国の声」は呼びもどせるのか。

この問いへの応答は、もはや忘れ去られようとしている「戦後責任」を蘇らせる営みの、その一端を担うことでもある。

補論　読書の小窓から——旧刊紹介

経験の発見　宮本常一『野田泉光院——旅人たちの歴史1』

私たちはいま未曾有の社会的危機に直面しているといえます。経験を積み上げて精神的に成熟を遂げることがきわめて困難な社会状況が出現しているからです。一昔前ならば当然のこととして自分でしなくてはならなかったいろいろな仕事を、機械に命じて行わせることが習慣となってしまい、そうしたことの挙句の果てに、私たちは制度や機構といった合理的で体系的なメカニズムに人間的な諸能力のほとんどすべてを譲り渡してしまったのです。勿論メカニズムが私たちに代って仕事をしてくれるのですから、私たちはとても安楽です。それこそ揺り籠から墓場まで、このメカニズムによってすっぽりと保護されているのです。しかしこのことは逆に私たちが制度や機構の「奴隷」と化してしまったことを意味するはずです。しかも「奴隷」であることによって安楽な地位と生活が保障されているのですから、私たちは自分が「奴隷」であることの苦痛をほとんど自覚せずに済むのです。これがいうところの「豊かさ」の正体なのではないでしょうか。それどころか、より「高級」で安定した地位を獲得しようとして「奴隷の競争」がきわめて激烈に展開されてもいるのです。そうしてその競争にほとんど宗教的ともいえるほどの制縛力をもって煽動し駆り立てているのが、学校教育制度とそのコマンドたる教員集団なのです。精神の本当の成熟のためには、苦痛を伴なう「無秩序」とか、僥倖をもたらす「偶然」とか、すべてを出発点へと突き戻す「混沌」とか、といった要素を裡に含む社会的試練が不可欠なのであり、自分を打ち砕いてくれる物事との出会いが経験というものなのです。ところがそうした試練が安楽を求めるための「試験」へと歪曲化され、それを通過する以外のどんな内的目標も見失った私たちは、「迷い子」の如くに永遠に未熟なまま内面の彷徨をし続けるほかはないのです。

高度成長によって確立されたこうした制度の体系を突き崩し、その結果ひきおこされた「経験の消滅」とそれによる精神の放浪状況を建て直すことは、今日ではほとんど絶望的のようにも思われ、そこから生じる無力感（ニヒリズム）と空虚な「笑い」が蔓延さえもしているのです。しかし或る思想史家の言葉を借用すれば、危機的状況こそ物事を認識するための絶好のチャンスだともいえるのです。もはや失なわれてしまった人間的諸経験のもった豊かな意味を物と人との係わり合いを通して発見し、生活と生き方について多面的に認識する必要があるのです。喪失した「ものと経験」の認識が過去と共に生まれる（コ・ネッサンス＝認識）ことを意味するならば、それこそが崩壊状況にある社会を蘇生させる第一歩になると思うのです。こうした視点に立って物事を認識しようとするとき、宮本常一『野田泉光院』（未來社）は豊富な材料を与えてくれます。

民俗学者宮本常一は晩年の数年間、日本観光文化研究所において幕末から「明治」にかけて各地を旅した人たちの紀行文を講読しておりました。本書はそのシリーズの一冊目で、野田成亮

（泉光院）の『日本九峰修行日記』を読みながら民衆社会の生活史について述べたものです。野田成亮は一七五六年に生まれ、宮崎県佐土原の安宮寺という山伏寺の住職をしておりましたが、五六歳の時に全国の山伏寺の状況を見がてら「九峰」を修行しようと旅に出ます。「九峰」とは英彦山・石槌山・箕生山・金剛山・大峰山・熊野山・富士山・羽黒山・湯殿山のことです。野田は九州各地を振り出しに北は鳥海山にまで足をのばして六年余にわたり旅を続けながら、その間の生活記録を日記として残したのです。宮本がこの日記に着目した最大の理由は、そこに藩の記録や庄屋文書などには記されていない、制度化されたものの下層にあって決して禁制に縛られることのない、民衆の「自由」で「平和」な生活が実に簡潔に記されているからでした。例えば、地域によってかなりの落差があり閉鎖的な藩がある一方で、きわめて開放的で不思議なほどにおおらかな村々がいたるところにあり、そうした村々を渡り歩く、現代の私たちの想像をはるかに上回る沢山の旅人と、彼らを受け入れて快くもてなす人情味ある社会が存在したことなどが要領のよい文章で記されているのでした。そして宮本は江戸末期の農村生活をこれほど端的で客観的に記録しえたのは、野田が徹底して無欲な精神をもって巡礼の旅をしたからだと説いています。金を払って宿に泊るのではなく、街道から離れた間道や細道を通りながら托鉢をし、頭を下げて民家や善根宿に泊めてもらう旅をしていたために、必然的に下層庶民の生活の有様をいわば裏側から、その実態のままに観察することを可能にさせたのです。それは巡礼や旅芸人等の、旅を「なりわい」とする者にして初めて体得しうる視点だといえるのです。こうして宮本は、『日本九峰修行日記』の中に旅人を受け入れる定住生活者の実態と、旅から旅をし続ける人々の生《ナマ》の姿を読み取り、この両者の親密な相互交渉を通して現代においてはもはや喪われつつある人間的な繋りの大切さを想起しながら、社会と人間生活の本当の在り方について語りかけてくるのです。その豊富な事例を生かす平易な語り口には、自身が四十余年にわたり全国を隈なく旅をしながら「無文字社会」の庶民誌を叙述して、竟に傑作『忘れられた日本人』を書き上げた貴重な経験がこめられているのです。そこからは、人々が心底から協力し合える「共同体」への宮本の熱い思いが伝わってくるのです。

　現代ほど私たち自身の生活様式について反省が必要な時期はありません。そしてその反省は、過去の人々の生活経験といった「他者」を媒介として外側から為される必要があります。宮本常一の「旅人たちの歴史」シリーズ（既刊三冊）はその意味において大切な本であることは間違いありません。少なくとも、このシリーズを読むことによって、近代以前の社会について私たちがどんなに歪められた先入観や誤解を抱いていたかがわかるのです。

　なお同じ宮本による『絵巻物に見る日本庶民生活誌』（中公新書）は絵巻物に表現された生活用具や衣裳等を通して職人や旅人を始めとする中世民衆の生活史を説き明かしております。平凡社から再刊された『日本常民生活絵引』と併せ読まれることをお薦めします。

或る生き方の探求　川崎彰彦『夜がらすの記』

青西敬助は大阪北河内の新興住宅地にある学生アパートに住んでいる。勤めをやめてあてのない雑文稼業にはいってしばらくたつが、寝床の中にもぐり込んだままでふさぎの虫にとりつかれている。一ヶ月程風呂にも入らず、押入れの中は洗濯物の山である。青西にも数年前までは奥さんがいた。しかし酒ばかり飲んでろくに稼ぎもしないので、「ある天気晴朗なれど波高い日」に「あなたは結婚するタイプではありません」という書き置きを残して逃げてしまった。以来、角部屋の四畳半に移ってきたのだが、「働かない中毒」とアルコール中毒にかかったきりで、原稿の依頼は一向にない。朝起きてエコーを一ぷくつけ、腹が減ると朝食兼昼食の仕事にとりかかる。耳パン二枚にマーガリンとレバーペーストをなすりつけ、その上にピーマン一個をひきちぎって種子ごとばらまき、輪切りのタマネギをのせてオーヴン・トースターに入れる。熱くなったところでチーズをふりかけるとピザトーストができあがる。食い残したら冷蔵庫にしまいこみ、あとは夕方、行きつけの飲み屋ですますのだ。とにかくこんな生活の繰り返しなので家賃や酒場のツケは溜まる一方であり、預金は残高ゼロに近づき、さっぱり小説も書けない。厄年はとうにすんだのに八方ふさがりである。

久しぶりに書き上げた原稿を持って青西敬助はビアレストランに立ち寄る。洗面所の鏡に映った自分の姿に敬助はぎょっとした。「ああ、これは、もうじき、レストランに入ろうとしても断わられるくちだ。寒くなって駅の地下道などにふえているねずみ色の男たち。（中略）社会の吹き溜りのぼろ屑扱いされる男たちの顔の一つだ。」そんな風体で、六甲道の勤労市民会館で「上品な奥様たち」相手におしゃべりをし、尼崎の被差別部落にある公民館で野坂昭如の『火垂るの墓』を読む。また大阪市教委の依頼で「成人大学講座」を担当する。テーマは「現代文学の課題」という大層なものだったが、「いいでしょう」と鷹揚に引き受けた。「やけくそ人生だから、万事、鷹揚なのである」。ともかくもこうやって、「最低限、生きていられるだけのお鳥目《ちょうもく》をなんとか掻き集めて、よろよろ歩いてゆけばいいのだ。」

「夜がらす」とはゴイサギの異称でもある。青西はゴイサギが好きだが、それは夜啼く鳥だからである。「月のない夜、五位鷺たちは、一羽だけで、まれに二、三羽でクワッ……クワッ……と間遠に啼き交わしながら、北河内平野の中空を飛んでゆく。姿をみかけることはめったにないが、彼らだけが友だちに思える夜もある。」

——これは川崎彰彦の連作短篇集『夜がらすの記』（編集工房ノア）からの幾つかの断片である。川崎彰彦は大阪府枚方市在住の、自称「乞食的三文文士」であり、「作中の青西敬助と似たり寄ったりの生活」をしているらしいのだが、この連作に表現された青西敬助の生きる姿勢に心打たれないわけにはいかないのだ。

　現代社会の一つの特徴は「過剰性」にある。広告記号と商品という新品の氾濫、それによる潜在化していた欲望の噴出とその結果としての過剰な消費である。たしかにこの「過剰性」の追求こそが人間社会の「進歩」を促してきたともいえる。G・バタイユのいうように、人間存在はその本質において一種の「奢侈」なのであり、過剰なものを蕩尽することは人間に固有の「贅沢さ」であった。しかし、その人間味があるはずの「贅沢な浪費」そのものが、今や経済合理主義によって完全にコントロールされ、世界全体が計算ずくめの市場と商品の函数となり果てているのだ。しかも規格化されたある種の全体主義が会社や学校や組合やその他あらゆる組織の内部に深く喰い込んで、社会がもはや機能と有効性による人間の処理工場と化しているにもかかわらず、そうした組織社会の末端にしがみついて、他人を使い自らも使われて暇なく追い立てられながら、なおかつ過剰な生産と消費のお陰を蒙ってハッピーに暮し続けている、そのような絶対多数派を向こうに回して、自由な自己を貫くためには如何なるコストが要求されるのか——青西敬助の生き方はこれに対する一つの応答である。敬助は、社会や国家が自分のような「三文文士」に何か負うところがあるなどとはいささかも思っていない。従って、分け前にあずかろうとして「権利」を主張したり、他人を説得したり、他人に影響を与えたり、他人から尊敬されよう、などとは一切考えていない。自分の生きる根拠を他人の中に求めようとはしていないのだ。全く反対に、そうした他人との、処理したり処理されたりする関係からの離脱と撤退が自由を保証するものである以上、一人ぼっちでも我慢をし、過剰な消費社会の対極に位置して、決して物持ちにならず、安楽な生活を断念する覚悟が必要なのであり、敬助にはそれがあるのだ。もちろん貧乏と孤独を受け入れながら、懶惰ではあっても決してフーテンにはならず、しっかりとした内面的根拠に基づいて誠実にものを考えて生きようとすると、どうしようもなくうらぶれたり、ときにはやぶれかぶれになることもある。川崎自身「あとがき」に記しているように、「やりきれなくグルーミーであったり、逆に、あられもなく軽躁であったり」するのだが、そうした時、「『悲しみを長調《メジャーコード》で表現する』というウェスタン音楽の方法」によって、ともすると弱々しく自己憐憫に陥りがちな自分をユーモアと笑いでかき立てては快活に生きようとする。こうした誠実な生き方をするからこそ、敬助は（そして川崎も）少数の心ある友人からしばしば援助を受けてつつましやかな「贅沢」を味わい、彼らとの血脈の通った交歓を楽しむこともできるのである。そこには相互主体的な存在がじかに対面し合う本当の人間関係がある。ユーモアをたっぷりときかせた文章で一つの確固たる生き方を追求した川崎彰彦に敬意を表するものである。ちなみに彼の詩を一つ引用する。（川崎は二〇〇九年、七六歳で死去した。）

夕景

桜紅葉の公園の

日の暮れのベンチに
少女が四人
向こうむきに並んで
クラリネットを吹いていました
とても愉しい曲―
四重奏というわけです

彼女らの通学鞄は
桜の根かたに寄せてあります
白い仔犬がひよひよと
嗅いで行きます

桜紅葉は降りしきり
ぼくは飲み屋へ行く途中ですが
しばらくうっとりと佇んでいたのです

（『二束三文詩集』）

〈女〉――この名づけえぬもの　J・クリステヴァ『中国の女たち』

かつて花田清輝は「三十すぎても女のほんとうの顔を描きだすことはできない」と述べ、武田泰淳は「完全に女を書きあげなければ死んでも死にきれない」と言った。以来四十年、夥しい程の女性論が登場し〈女性〉の問題は今や「社会的課題」ともなっている。しかしこの二人の言は、女性のもつ名状し難い性質を的確に指摘しているのではあるまいか。ひとたびこうした視点に立つと、父権的資本主義的な社会文化状況における〈女性〉を、中国の女という「他者」を媒介として精神分析学的に考察するJ・クリステヴァの仕事が重要な意味をもってくる。

一九七四年の四月、クリステヴァはフィリップ・ソレルスやロラン・バルト等と三週間にわたり中国を旅行した。「もし女たちに興味がないのなら、もし女たちを愛していないのなら、わざわざ中国まで行くことはありません」と或る対談で語った彼女は、帰国後ただちにその見聞の覚え書きである『中国の女たち』（丸山静・原田邦夫・山根重男共訳、せりか書房）を発表した。彼女が興味をもった中国の女たちの具体的な形姿は第六章で見事にスケッチされる。外国人を意に介していないことをはっきり表わしている、敵意はないが近づきにくい顔、ふんわりとした上着と裾の広いズボンで体の輪郭ははっきり見えないが逞しい腰と強い腿、偶然見える男の子のようながっしりとしたふくら脛、こうした身体をもった女たちの声や眼差しや笑い。母親たちは「自分の仕事に忙殺されている男たちの行為がそこから発しそこへと収斂してゆく、空にして穏やかな中心」であり、彼女たちは人前で子供を抱擁したり愛撫したりすることはめったになく、たとえ抱き締めても決して大袈裟ではなく、その母親たちの囲りには身体は小さいが大人しく分別のある子供達が居る。

こうした中国の女たちを眼前にしてクリステヴァは或る違和感にとらわれる。そこには西欧の女とは微妙な点で、しかし決定的にずれている「他者」が居るのだ。西欧的な価値判断の彼岸に在るこれら中国の女たちの眼差しが異邦人たるクリステヴァを含めた西欧の女たちの存在の根拠をむしろ問い質しているかのようであったのだ。

一神教と父系制原理に貫かれている西欧的社会の大きな特質は、言語象徴機能と抽象的な精神の作用が支配的なことである。命名行為によって世界を多様に分類し、超越的な原理に基いてこれを統一し秩序づける社会が出現したのである。そこでは二項対立の階層秩序が構造化されて、直接的知覚ではなく概念による不可視の知的権力が決定的に優位な地位を占有している。このような体制の中では、記号化以前の前エディプス期に根拠をもつ〈女性的なるもの〉――名づけえぬもの、いまだ意味をもたぬもの、象徴的秩序を拒むもの、時間の外側にあるもの、無意識で混沌としたもの――は地下の世界の暗部に〈おぞましきもの〉として追放されたのである。しかし、

二項対立に基づく抽象的な論理、〝真／偽〟の二進法による機械的で一義的論理によって構築さ

れた男性的秩序社会がもはや完全に行き詰まりを示し、今や更めて〈女性的なるもの〉の再生が

求められているとき、それは如何にして蘇えるのであろうか。中心にある男性的秩序を補完した

り、あるいは「女性原理」による「世界の救済」をヒステリックに叫んだりすることであっては

決してなるまい。〈女〉についてのクリステヴァの考察は「他者」としての〈中国の女たち〉の

中にこのことに対する一つの回答を発見したのである。

「中国で最も秀れた指導者が女性指導者であるのを見て私は感銘を受けました」とクリステヴァが或る手紙に書いたように、生殖の役割が性愛書や閨房術の中で高く評価され、母への崇拝が社会の周辺部の流民や道教や仏教を通して伝統として継承されてきた（毛沢東の母は仏教徒であった）中国において、女性は家庭や社会や政治のすべてのレベルにおいて指導的役割を果たしつつある。彼女たちは慎ましく、しかも自信に満ちており、沈着な現実感覚をもちあわせ、性の相違を超越しているかのように自由に動き、男どもが「どうしていいのか分からなくなってしまわないためにこそかの女たちがそこにいる」といった、そうした頼り甲斐のある女たちであった。こうした女性指導者の特徴を物の見事に表現してクリステヴァを感動させたのは、実は中国女子バレーボールの選手たちであった。あたかも「バッカスの巫女」といった様子で「髪をなびかせ情熱的に熱狂し、うまくゆく度に熱に浮かれたように抱き合って甲高い叫び声で大気を突ん裂」く、そうしたイラン女子チームに対して、スラリと背が高く、もの静かで穏やかで「軽い夢心地

のような、いくらか投げ遣り気分でボールをパスし合い、あるいは相手側に送り込んでいた「女デカルト派」といった中国チームが楽々と圧勝したのである。〈女性的なるもの〉が「穏やかで正確な自己統制」を伴って中国の女たちの形姿の中に鮮やかに再生していたのであった。

ときに難解な相貌を呈するクリステヴァの女性論のもつ射程距離はきわめて長い。数年前に来日した際の講演「愛の関係と表象」でも語っていたのだが、〈女性〉が命名行為の彼方にある、表象不可能なものだとするならば、〈女性的なるもの〉は言葉を拒否しながら永遠に逃れ去ろうとする愛の対象そのものであり、この名づけ得ぬ不在のものを命名しようとする情熱こそが恋愛と芸術行為の根源に在る想像力を生み出したと言える。ここには女性に固有の愛と想像力の関係を解きほぐす糸口があり、このことは現在の（恋愛）小説の主たる書き手が女性によって担われていることの意味を明らかにしうるのみならず、例えば和泉式部や紫式部に代表される古代末期の女の歌と物語小説の解読にも寄与するはずである。さらにまた、女性という「もう一つの性が権力とは別のものであり、とりわけ（権力をもった）主人を憧れる奴隷ではない」とクリステヴァが述べるとき、私たちは、女性解放運動のあるべき方向を示唆されるだけではなくて、この国において少くとも中世前期までは権力的な支配秩序の及ばぬ「無主」の境界や平和な市を自由に横行していた数多くの女性遍歴職人や遊女・巫女の存在に更めて気づかされるのである。クリステヴァが投げかける問題は私たちをはるかに遠く、しかしむしろ自由な過去へとつれ戻す。

一人一人に何が出来るか　E・ライマー『学校は死んでいる』

教育論議がやかましい。「いじめ」とか「体罰」とか「問題教師」とかについて様々に取り沙汰されている。しかし、すべての元凶が学校教育そのものに在ることはもはや自明の理なのであって、この観点を外したいかなる「教育改革」もほとんど無意味であり、こうしたことに無自覚な「子供たちへの熱意」など、聞くだけでもう「うんざり」なのである。本質に何も触れない「議論」や「提言」など潔くきっぱりとうっちゃって、翻訳されたエヴァレット・ライマーの名著が突きつけてくる問題に真摯に耳を傾けるべきである。

ライマーは一九一〇年に生まれ、地図の販売やプロ・フットボールの選手やタイヤ工場など様々の職種に就いた後、第二次大戦中に公務員となり、やがて大学の勤務を経てプエルトリコ政庁人的資源委員会の書記を勤め、ここでイヴァン・イリイチと出会った。本書（松井弘道訳、晶文社）はイリイチとの十五年にわたる共同の仕事から生まれたもので、出版以来十五年が経過するが、ここに展開されている論理を貫く彼の精神はいよいよ輝きを増しつつある。

健康な精神の持ち主ならば、世界の子供たちの半分近くは学校に行かなくてもちゃんと一人前に成長していること、病院のなかった時代にも健康な人が大勢いたように学校のできる以前から立派な教育は行われていたこと、何処でどんな学校教育を受けたかということと人が仕事をするための能力とは無関係であること、こうした事柄を直ちに理解しうる筈である。しかしにもかかわらず、相変らず学校教育が重要視され、過大な期待が寄せられるのは何故か。ライマーは学校が高度技術社会における普遍的な教会になっているからだという。かつて中世西欧世界を支配したカトリック教会は人の一生をあの世までも全的に緊縛したのだが、その役割をそのままこの世の世俗社会で代行するものが現在の学校制度なのである。子供がどの段階で「落ちこぼれた」のか、高校や大学に行ったのか、といったことなどによって当人の社会的評価や就職の種類や結婚相手の範囲や収入の多少等々が規定されてくる。全くの「肩書き」に過ぎない学歴に社会の全成員が生涯にわたって呪縛され続けるのだから、これこそ正真正銘のフェティシズムであり、もはやれっきとした一つの宗教なのだ。学校教育はそれ自体が「正義」だと信じられており、従って学校は子供たちに出席を強制しカリキュラムを押しつけ、大人になってからの社会的地位と役割を振るい分ける現代社会における最大の手段となっている。確かにホワイトヘッドも言うように、学校で教え込まれる「知識」とは生活や経験から乖離してしまった惰性的な観念であり、事実によって脅かされたことの一度もない死んだ知識でしかないのだ。かくして天体の運行についての初歩的な「知識」はあっても、日没の光輝を味わい事物の具体的な形姿を端的に直観する「魂の冒険」は学校教育ではほとんど生じえない。学校は未来の大切な世代を生み出す社会のいわば生殖器官なのだが、その学校で死んだ知識しか伝えられないとすれば、学校は社会に死をもたらすもの（deadly）であり、事実子供社会はもはや崩壊しているのだ。こうした現状では、人間が生きる上に必要で大切な感受性や原理をしっかりと身につけさせるには、学校で習ったことのすべてをきれいサッパリと忘れさせなければならないのであり、そうした逆説の中にだけ辛うじて教育の目標があることになる。

大量生産と消費を際限もなく自動的に繰り返す制度化された技術社会の中で、安楽な地位と収入を獲得するためには学校制度を通過することが不可欠の条件となっており、そのために大多数の者があさましいばかりの過当競争を進んで受け入れているのである。或る思想史家の言を借用すれば、それこそが「安楽への全体主義」なのであり、学校制度はこの「全体主義」を子供の脳ミソに注入し、その受容の程度と仕方に応じて社会的地位が保証される。従って学校では「子供の将来の幸せのため」に、「知育」と共に「躾」や「職業教育」や「遊び」の手ほどきを通して技術社会に順応するための「全人教育」が徹底して施されている。そのすさまじさは「学校ファシズム」と言っても過言ではない。こうした状況の下で、教育を技術社会における欲望充足の手段から解放するためには、一人一人に何が出来るのか、ライマーは次のように提起する。

理性的で公正な社会は実現されなければならず、そのために誰もが実行すべき事は、そうした社会で人がしなければならない生き方で生活する事を先ず今から始めることだという。豊かな者は余裕があっても自分の楽しみを抑え、各人は消費を削減し分かち合い、この程度の事なら我慢して耐え続けられるという、最小限度の犠牲を払わなくてはならない。少しでも多くの人が豊かさの代わりにもう少し貧乏な生き方を選択することが肝腎なのであり、理性的社会ではそうした生き方が大切だという事を認識するところに本当の教育の目的が在る。個人が出来る事で最も重要な事は、自分の子供を教え育てる責任を学校制度から自分の手に取り戻す事なのである。

「安楽への全体主義」が猖獗をきわめ、高度技術社会を内側から支える学校制度が社会のド真中に蟠踞する現代において、理性が最後の拠り所とするのは人々の相互主体的な関係の他にない。ライマーは各人が普遍的な原理に照らして自分の生き方を規定し、次いで同じ生き方を共有する他者との協力関係の大切さを説いていた。理性が一定の期間にわたって通有していた社会はすべてこのようにして成立したのである。従って一人一人がしっかりとした生活の根拠をもちながら誠実に生き、そうした人々が相互に交流し合うとき瀕死の社会は辛うじて蘇生しうるのであり、全体主義と機械的制度に抗して文化を形成しうるのだ。生活様式も含めて一人一人の生きる姿勢が問われている現在、ライマーとは資質も社会的関心も異なるが、ディケンズに託して次のように述べたG・オーウェルの生きる姿勢を想起しよう。「人間が立派な生き方をしさえすれば、世の中も立派になるだろう」。これは決して陳腐ではない。

歴史的想像力の輝き　石母田正『日本の古代国家』

四月二十九日の誕生日を前にして天皇は井の頭公園の水生物館を訪ねたという。例によっていろんな規制が「一般人」に加えられたのだが、付近の主婦は「その筋からのお達しということで、陛下がおみえになっている間はベランダに洗濯物や布団を干さないでくれ、と管理人に言われました」と語り、消防団の一人は、「午後一時から三時まではもし火が出てもサイレンは鳴らさないでくれ」との「その筋からのお達し」が回ってきたと語った（東京新聞四月二十八日付夕刊）。宮内庁はそうした要求は一切出さないというが、記事は続けて、「二十九日の国技館での天皇在位六十年式典ではかってない厳戒体制が敷かれ、またもや〝その筋からのお達し〟が徹底されるだろう。住民は〝その筋〟を警察か宮内庁か自治体、町内会のいずれともわからぬまま従わされ、そうした状態がいつの間にか当たり前のこととして受け入れられていくのだろうか」と記している。この記事が如実に示しているように、このクニの人々の生活は、高度技術社会の今日においても、「明治国家」によって再構築された天皇制に制縛され続けているのだ。こうした時こそ、天皇制の歴史社会的根拠について反省的に把え返す必要があり、その時、石母田正の豊かな仕事が私たちを啓発するに違いない。

歴史家石母田正は本年（一九八六）一月に亡くなった。歴史学における氏の多大な業績について記す事は私の手に負えぬ。ここでは十五年も前に出版されてそれが遺著ともなった『日本の古代国家』（岩波書店）について、煩瑣な紹介はさし控えながら素人の感想を断片的に綴るだけである。

初期の傑作『中世的世界の形成』において「古代から中世への転換時代を全面的に叙述」（石井進）した氏は、本書においても国家の成立過程を邪馬台国から東大寺建立の時代までたどりながら全面的に叙述したのである。第一章「国家成立史における国際的契機」は、かつてローマ的なるものからゲルマン的なるものへの転換を日本の古代から中世への転形期に跡づけた、その同じ世界史的観点に立ちながら、東アジアの国際関係のみならず、ポリネシアの王制をも視野に含む人類史的展望をもって国家の成立について考察したものである。特に第一節では、商品交換が「諸共同体の終るところ」や他の共同体と接する地点に始まりそこに「市」が成立するように、国家機構の萌芽が諸国間・諸首長間の境界領域にまず成立することを指摘した点は見事と言う他はない。第二章「大化改新の史的意義」では国家による支配方式の原理的転換（王民制から公民制）を述べ、第三章では、「組織された強力」としての国家を統治技術の視点から把え、天皇を頂点とする支配階級の共同利害を「国家意志」に転化する機構体系について分析する。そして第四章では、律令制国家の下部構造をなす首長制について述べ、在地首長と人民との人格的な支配隷属関係の上にすべての国家機構とそれによる統治が成立する構造を分析したのであった。

本書を貫く根本的な主張は首長制の概念の展開に在る。首長制とは共同体が自立的成員相互の関係としての民会という機関によって代表されるのではなく、首長＝王という一個の人格によって代表される支配形態である。そこでは首長は大地のもつ呪力＝生産力（国魂《クニタマ》）の体現者として神秘化されており、王たる資格は呪術的な試練を通して獲得され、従って共同体の習俗、慣習、祭式が首長と成員の双方を制縛することになる。こうした社会では呪術性から解放された人間が自己の実力によって運命と闘う、そうした英雄が活躍する余地は少ない。国引き神話や久米歌やヤマトタケルの物語等に断片的にではあっても生き生きと形象化された神話的英雄の形姿が、何故この国においては「英雄時代」として結実しなかったのか、その歴史的事情——これこそ日本的王権成立の鍵なのだ——の徹底的考察を目前にして、氏は宿痾のために斃れたのであった。不遜ながら氏の驥尾に付して言えば、この国では共同体的制縛力の中で英雄が未成熟なまま神的権威を帯びた小国の王へと移行し、人々の生活がそれに隷属することで初めて成り立つ、そうした支配の型が永続的に固定化したのである。現在でも「首長（国造《クニノミヤツコ》）」が形を変えながらも地域に棲息し、それが代表する共同体的制縛力が依然として維持されているのであり、ここに天皇制が存続するための社会的基礎がある。

歴史とは「在った通りの過去」を知ることではない。ベンヤミン風に言うならば、時代の危機に際して彼方のユートピアを瞬間的に照らし出す、そのような過去の姿として想起されるものであり、その想起されたイメージを可能な限り多面的に叙述するとき初めて歴史は構成されるのだ。石母田正は、厳密な資料分析と卓抜な論理構成とダイナミックな構想力と、微塵の淀みもない明晰な文体と抽象力の高い文章表現によって、即ち精神的諸能力のすべてを傾注して古代国家成立の過程を完全に叙述したのである。それは歴史的想像力の輝かしい成果であった。古代国家はここに鮮やかに再創造されたのであり、その特質も欠点も弱点も、そこに生きた天武や仲麻呂や行基や家持の生きる姿とともに、完膚なきまでに剔抉されたのであった。かくして石母田はこの国の歴史に対する根底からの総括的批判を全面的に展開していたのであった。歴史とは叙述によって過去を再創造することであるならば、『日本の古代国家』(及び『日本古代国家論』)は学問としての歴史研究を叙述の力によって一個の「作品」にまで仕上げた、日本歴史学の傑作である。

現在ほど歴史的想像力が大切とされる時代はあるまい。それはもはやいかなる人々の記憶の中からも失われてしまった瑞々しい「太古の姿」を過去との対話の中から想起しながら、いまだ誰の眼前にも出現していないあるべき彼岸の形姿、即ちユートピアを予感する意識の力なのであり、そうした想像力こそが合理化された現代の制度からの精神の自由な離陸を可能にするのである。石母田正の「作品」は私たちの想像力を刺激してやまない。

かくも慎ましき形姿　G・ヤノーホ『カフカとの対話』

かつて林達夫は、この国が世を挙げて恰も一大瘋癲病院と化したとき、「身の程に適った最少限の自由」を確保するために、ささやかな垣根をめぐらした小さな園をせっせと耕しながら「貧しきエピキュリアン」に徹していた。それから約半世紀、この国の隅々にまでパフォーマンス（出来ばえと効率）の原理が浸透し、テクノロジーと消費主義によって私たちの生活様式は完全に制縛されている。そこでは、人間にとっての普遍的な真理とか、はるかの時空に想像されるユートピアとか、生きる上での大切な徳目とかといったものはすべて雲散霧消し、過去からも未来からも分断された在るがままの瞬間的現在をただ受け入れる他はない、そうしたポストモダニズムの社会的風潮が蔓延している。既にF・ジェイムスンやT・イーグルトンが鮮やかに剔抉しているように、絶え間なく断片化された「現在」の中では歴史意識は抹消されてしまい、その挙句の果てに、私たちは反省力や自己吟味力を喪失して、自らの物象化された状態にさえ気づかない程のハッピーな「明るさ」の中に漂い続けている。この社会全体がかつてより一層「お目出度い癲狂院」と化しつつあるとき、それでもなお良心的に生きるためには如何なる生活姿勢が望まれるのか。二十世紀においてまず最初に絶望的状況を生き抜いた人たちの声に謙虚に耳を傾ける必要がある。

グスタフ・ヤノーホは一九〇三年マールブルクに生まれて後にプラハに移り、十七歳の時に父の友人で労働者傷害保険局の同僚であったフランツ・カフカと出会った（その後ヤノーホは抵抗運動に加わったが、戦後旧政府によって罪を着せられ未決監に収容された。「人生はもはや美しくない、俺はもう沢山だ」と語りながら晩年は数匹の愛猫とくらし一九六八年に亡くなった）。本書（吉田仙太郎訳、筑摩書房）はカフカとこの若い友人との愛と友情に満ちた交流の記録であり、そこからは絶望的な時代に生きた人間の「良心の声」が低く語りかけてくる。

カフカは恋人ミレナに、「ぼくは不安と結婚している……不安こそぼくのもっている最良のものであり、君が愛している唯一のものでもある」といった意味の手紙を書いている。カフカにとって当時の状況は如何なるものであったのか。第一次大戦は市民生活のすべてを巻き込んだ歴史上最初の「全体主義的戦争」であり、その結果は人々の精神の領域に壊滅的なダメージを与えたのであった。本来、宇宙と自然のあらゆる事象は循環するリズムに支配されているのだが、人間だけが大地から根こぎにされたために、生誕と死との間を目的を目指して直線的に突っ走り、神を始めとして究め難いものを静かに畏敬する心を失い、眼や耳などの五官は、「安直な幸福用速効薬」で塗り潰されてしまったのだ。沢山の人々が贋のフラッグを高く掲げて「運動」し、「オレたちこそ正しいのだ」と主張してはいるものの、そこで発せられる如何なる言葉ももはや真実を表現しえず、指図されて安楽を追求する「絶対多数派」に対して身をもって抗する個人はもはや何処にもいなくなった。——世界戦争後の時代状況はカフカの言葉を借りればかくの如きものであり、こうした状況を真摯に受けとめたところにカフカの不安の根源が在った。人類の歴史とともに継承されてきた健康なる伝統社会が一挙に崩壊して前古未曾有の不毛なる現代世界が出現してきたのである。こうした不安の時代の只中に在ってカフカはさらに次のように語った。

絶望的な状況の中で人間の為しうる最後の生き方は、忍耐強くすべてを受け入れることである。すべてを甘受して絶望の極点に立ったとき、人は生きるために必要な最小限度のギリギリのものが見えてくる。それはとりもなおさず謙虚な慎ましさの中で可能な限り「小さく生きる」こと、言い換えれば、人間生活の発生の根源へと帰還することであり、そうした最小限度の慎しき生活で我慢する静かな忍従の姿勢が人間を自由にし、その静かな自由の中でのみ他者は己れを開いてくれる。「小さな生活」の中でこそ人は世界の重さと社会的矛盾の痛みを理解することが可能となるのだ。しかし人は安逸を求めるあまりに、過剰な食欲や不遜な権力欲によって絶えず膨脹を続け、この世界全体に害毒をたれ流している。人間はその存在それ自体がもはや罪悪なのであり、従って現代における良心とは疚しさを感じて生きることの中に辛うじて存在する。人間の生活がますますその真実の姿から遠のいて行くとき、「疚しさを感ずる良心」を持ち続けながら自分の生活が「真実に近くなるように」と祈る気持が大切なのであり、そうした「祈りのこもった言葉」のみが辛うじて文学を創造しうるのである。「真実なるもの」はすべての人間にとって生きるために不可欠なものであるが、何人《なんびと》も買ったり貰ったりすることの出来ぬものであり、だからこそ一人一人が真実を生み出す他はないのである。瀕死の状態の社会が健康を回復して再生するためにはそうした個人の誠実な生き方が必要とされるのだ。――不遜ながらカフカの言葉を敷衍して解釈すれば大凡以上の如きものとなるであろう。

カフカ死後六十年、後期資本主義下に出現した高度技術社会は人々を制度化された画一的な構造の中に完全に封じ込めてしまった。それは人々に別種の生き方を許さない点において新しい全体主義に他ならない。しかしだからこそ、その中で何気なく振舞っている現在の生活様式と生き方について、私たちの一人一人が真っ当な思考力を働かせて反省しなくてはならないのだ。社会生活の中で当然とされる言動についても、それが全体主義への「症候群」である限りは、如何なる時にも「ためらう」ことが必要である。かつて若きT・S・エリオットはその詩の中で、頭の真ん中が禿げた中年男プルーフロックが女に愛を打ち明けようとするが、嘲笑されはしまいかと心配して逡巡する悲喜劇的な有り様を見事に描いていた。この中年男は、自分の人生が「コーヒーの匙」一杯で量り尽せるようなチッポケなものにすぎないと自覚しながら、それでもなおも優柔不断に躊躇し続けるのだ。生起するすべての事柄に人々が順応してゆく全体主義的社会では、狐疑逡巡するこうした滑稽ともみえる「ためらい」の中に抵抗への大切な足場が在る。「何をなすべきでないか」と思い悩みながらカフカの如く慎ましく生きることは、今日では確かに「道化的」ではあるが、しかしそのようにためらう「喜劇」の中にこそ、ウソ偽りのない誠実な良心が在る。

濃やかさの追求　耕治人『天井から降る哀しい音』

偶然の機会が重なって成瀬巳喜男と五所平之助の映画を続けて観た。『めし』、『浮雲』、『山の音』、そして『煙突の見える場所』等に小津安二郎の作品を加えるならば、そこに流れる一筋の特質がくっきりと浮かび上ってくる。それは夫婦・家族の日常生活や男女の愛を、ハッタリや茶化しや衒いや感傷を排して、濃やかに丹念に、ときにはユーモアを交えてコミカルに、そうして真摯な情熱に抑制をきかせながら淡々と、しかも端正に描いていることである。それは映画による人生の表現であり、従ってそこからは生の哀感や人間のもつどうしようもない性《さが》やおかしさが鮮やかに滲み出てくることになる。ドラマチックな場面をスピーディに展開させてストーリイを盛上げたり、高度な抽象的思考や概念の万力で現実をねじ伏せたり、想像力によって高く飛翔するといった、そうしたことには不得手ではあっても――それは私たちのほとんど宿命的ともいえる限界なのだが――決して時流に染まることなく自分自身の「手ざわり」を大切にして人生に対して執拗に迫り、一人ひとりの「小さな世界」をきめこまかに描ききるこうした方法は、世界的にみても稀有の類に属する。そうしてこの方法こそ、実は戦前の私小説作家や良質の俳句作者などが培ってきたものでもあり、私たちのようなフツーの平凡な人間でも濃やかな感受性を育んで行けば、それには強い意志の持続力を必要とはするが、内面的に豊かな成熟を遂げうることを告知している。こうしたことの一例を、以下に記す耕治人の作品の中に決して大袈裟ではなくささやかな形姿で垣間見ることができるのだ。

「私」は「肺病やみのうち」に生まれて若い頃に両親と二人の兄と妹を亡くした。初めは画家を志したが詩作に転じ、学校卒業後婦人雑誌社に勤めた。四年働いたあと胸を悪くして入院したのだが、そのとき上司の言いつけで見舞いに来てくれた女性と知り合った。彼女は近いうちに勤めをやめて大学の聴講生になり、生涯独身で通すつもりであると言った。しかし退院した「私」は彼女に結婚をせまり、とうとう彼女も折れてくれた。「昭和」八年のことである。以来「私」は雑誌の訪問記事などで資を得ながら詩や小説を書き続け、「家内」も雑誌社に通って生計を支えてくれた。

戦時中「不穏分子」と誤認されて五十日ばかり留置されたときも「家内」は一日おきに差し入れに来てくれた。今から十七年ほど前、「私」が六十歳過ぎて頭がおかしくなり、昼間から雨戸を閉めて何日もとじこもったり、真夜中に寝間着姿で表に飛び出したときも「家内」は少しも動ぜずに介護してくれ、神経科に入院したときも一日おきに面会に来てくれた。「私」が七十四歳のとき、なんとか体の動くうちにと故郷の墓参に行ったのだが、そのときも「家内」は旅費の倍近い金を渡してくれて「無事に帰って下さるまで待っています」と言った。「私」は寝たきり老人になって彼女に苦労をかけることを最も恐れていた。ところが、その「家内」が逆に最近おかしくなってきたのだ。八百屋や魚屋で買った物を忘れるようになったのである。

もともと「家内」は東北の日本海に面した漁港の出身であり、台所仕事も好きであったのだが、魚の煮つけなどをすると、きまって鍋を真黒に焦すようになった。敬老の日を前にしてやっと涼しくなった或る日、「家内」が南瓜を煮たいと言った時も、玄関先にやってきたお客に気をとられて、すんでのことでボヤ騒ぎとなる始末であった。それ以来、民生委員の勧めもあって火災報知機とガスもれ警報器を設置した。また「家内」が夜中に騒ぐこともあった。ベッドから起き出して何やらブツブツ呟くことが度々ある。「私」は老人ホームに入れる費用の心配をしたりして小説の方は思うように捗らないのである。

その夜も午前一時頃まで原稿書きをしてから寝入ったのだが、コトコト、ガチャガチャいう音や家の中を歩き廻るらしい足音で目が醒めた。「ご飯の支度が出来たのよ。起きて頂戴」と言う。「テーブルを見ると、私と家内の茶碗やお椀、箸、いくつかの皿が一杯並んでいる。しかし中味はないのだ。白ら白らと寒むそうな感じだ。時計を見ると三時だ」。しかも焜炉で炭火を真赤に起こしている。火事になったときのことを思い、「私」はいきなり「家内」の顔を殴った。「家内」は震える声で「あたし親からも殴られたことはないわ」と言って声をあげて泣き出した。傍を見ると彼女の脱いだ着物がきちんと畳んである。原稿書きで夜更しする「私」を慰めるつもりで「ご馳走」をこしらえたに違いない。「私は家内の前に跪きたくなった」。

正月も近いある日、「私」が買い物から帰ってみると、天井の赤い小さな灯がついたり消えたりして警報器が鳴っている。「家内」が鍋をトロ火にかけていたのだ。「それほど高くないが、助けを求めるような、悲し気な音に聞えた。」「その夜ベッドに入ってからも低い、悲し気な音は耳の奥から響いてきた。」

――以上が戦前から地道に書き続けている耕治人の最新短篇『天井から降る哀しい音』（講談社）の断片的紹介である。ここには瀧井孝作、尾崎一雄、上林暁、木山捷平などの作家たちが創り上げた最も良質の私小説の伝統――家庭生活に対する自然で素朴な態度とか、身内のものへのひそやかな情感とか、自分の頭や身体で確かめられるもの以上のことは決して表わそうとするまいとする自己抑制とか、総じて「私」に対する禁欲と他人に対する慎しやかで謙虚な姿勢がきちんと受け継がれており、それが妻に対するヒューマンな愛を通して示されているところに感動せざるを得ないのだ。

それにしても「もうどうしようもない」といった呟きがあちこちから聞こえてくる。完全なまでに制度化された閉塞状況に光を射し込む、そうした啓発的な仕事が文化戦線のいろいろな分野において見えにくくなってしまったのだ。それ程までに窮迫した精神史的貧困化が現代を隈なく覆い尽している。無論、嘆いてばかりでは埒もない。方途に窮したときこそ、成瀬や小津や、そして耕たち良質の私小説作家が追究したように、自分と他人とをしっかりと見つめて家族や友人との小さな絆や人間関係の濃やかさを大切に育て上げることが肝腎だ。その持続の中にこそ、喪われつつある人間の経験とそれの有している豊かな意味が蘇生するチャンスが在る。

ユートピアへの冒険　伊谷純一郎『ゴリラとピグミーの森』

伊谷純一郎はアフリカ研究における中心的存在であり、類人猿と狩猟採集・農耕・牧畜民の自然誌的研究を通して、人類社会の起源と進化について一貫して論じてきた。本書（岩波書店）はその三十年に亙るアフリカ研究の出発点となるもので、財団法人日本モンキーセンターが一九六〇年に実施した第三次アフリカ類人猿学術調査の紀行である。刊行されてから二十七年が経過するにもかかわらず、そこに示された勇気ある「知的冒険」の精神とユーモアに溢れた筆力の冴えはいよいよ輝きを増している。

一九六〇年七月、コンゴのキヴ湖の西の森でマウンテン・ゴリラの餌づけを行う筈であった伊谷は、コンゴ動乱のあおりで西南ウガンダのカヨンザの森での調査に切りかえざるをえなかった。カヨンザの森は南緯一度に位置し、海抜二千メートル、南北二四キロ、東西二七キロ、三五〇平方キロに及ぶ暖林帯で、英国人がインペネトラブル・フォレスト（入らずの森）と呼んだ、地図など全く役に立たない森林である。

七月二七日、ウガンダのカンパーラという町を出発、八月一日にカヨンザ地区に入り、案内人としてバトゥワ族（ピグミー）の猟師を雇う。ピグミーは顔の幅の半分以上もある、幅が広くて短かい鼻をもち、鼻の頭と左右の小鼻が同じ程の高さで並んでいる、そのような独特の風貌をしている。中には、大きな顔に、悪魔のように横にとんがった耳をもち、おとぎ話に出てくる小人そっくりの者もいた。しかし、そのぶ厚い唇をもった憂うつそうな顔の背後には「底なしの善意」がひそんでもいるのだった。彼らは文明化された人間からみると奇妙な名前をもっていた。最初に雇った二人、ルラマガは「どこへでも行く」、ルワテラは「小便」という意味である。ルワテラの父はピンタといい、これは「荷物」の意である。他の農耕民の使用人の名も「コウモリ」とか「おしゃべり」とかいう意味であることからして、原初的社会における命名の動機づけが分る。

かくてピグミーを含めて伊谷ら六人の共同生活が始まり、こわがるピグミーをなだめながらいよいよゴリラの追跡を開始する。八月四日十時四十五分、ゴリラを発見、四時半までの六時間、じっと観察を続ける。シルバー・バックのオスを中心とする十一頭の群である。ピグミーたちは退屈の余り眠りこける。目をさましたルワテラがひそひそ喋りだした。このブワナ（旦那）は馬鹿とちがうか……。しかしエンガキ（ゴリラ）をこわがらない伊谷はやがてピグミーから「エンガキの親分」と謳われることになる。

バトゥワ族に酋長はいない。家族単位で森を遊動しており、家族相互を結ぶものは猟の組である。これは二人から五人の成年男子で構成され、リーダーが一人ずつ決っている。リーダーは年齢や家柄や富で決るのではなく、森の中を早く駈けることができるもの、森の中の山や谷の名前をよく知っているものがリーダーとなる。そしてリーダーの権威と役割はその猟のときだけのものであり、決してそれ以外の日常生活を律するものではない。猟以外のことでリーダーが何かを命令することは全くなく、猟の組はピグミー一人ひとりの個人の自由を決して束縛したりはしない。また猟の組には縄ばりはなく、森はピグミーみんなの猟場であり、そこで獲った獲物は全く公平に分配し合う。しかもバトゥワ族はきわめて現実的な思考方法をもった実際的な人間でもある。悪魔や亡霊を信じないし積極的なタブーもない。彼らはゾウを恐れるが、それはゾウを獲る方法を知らないからにすぎないのである。

八月三十一日、カヨンザの森の縦断を決行する。九月四日、ンテイザの峰を経てアカゲジキラの湿原をわたるあたりから未踏の地に入り、頼みのピグミーも完全に方角を失ってしまい、一行は動揺し始めた。「わたしは、わたし自身に頼る以外にないと思った。そこでみんなに申しわたした。おれは地図を読むことができる。ここがどこだかおれだけが知っている。（中略）ここで泊りたいものは泊れ、ヒョウに食われようと、ゾウに踏みつぶされようとおれは知らん。おれについてきたものには一日分の給料を余計に支払おう。」こうして三日の行程を一日で歩き首尾よくキャンプに帰り着いた。「この森はもう、入らずの森じゃないんだぞ。今日みんなで、森の奥の誰も知らないところを歩いたんだ。」そう言って、みんなのために熱い紅茶をわかさせ、米の飯とボルシチを炊かせた。——僭越ながら、以上が伊谷の紀行の断片的紹介である。

文明化した人間は今、前古未曾有の危機に瀕している。制度に凭れかかりながら過剰な物品を大量消費する安楽な生活にすっかり慣れてしまい、不快な出来事に耐えてそれを受容する感性は衰滅し、自分たちがそのお蔭を蒙って生活しているこの地球よりも、自分たちの利益追求を優先させ、企業を先兵として国家ぐるみで大地と大気と自然とを、即ち地球全体を侵略し、森林を破壊し、そこで慎しく無欲に生活している人々の社会と諸々の動植物を根こそぎ壊滅させつつある。そうした文明化した大罪を犯す元凶が企業国家日本なのであり、私たちのすべてがその罪と無縁であることは出来ないのである。これが現代の根本的問題であり、こうした課題を眼前にして人間の知識と学問は今まさにその真価を問われようとしている。こうしたとき、過度の豊かさへの欲求をつつしみ、自分たちを自然の中の一つの要素とする立場に位置づけ、およそ国家や制度などは持とうともしないが、しかし相互扶助の社会と豊かな表情を持つ、そうした「未開社会」の人々と生活を共にしながら、ゴリラやチンパンジーの社会をも観察しつつ、人類社会の在り方について自然誌的に考察する伊谷の仕事には、文明化された人間の生き方と生活に対して根本から反省を促す啓発力が在る。原初的社会への考察からは国家制度を否定するユートピアへの展望が開けてくるのだ。危機的な根本問題を前にして、「文学」や「思想」や「歴史」などといった既成の分類はもはや無用のものであり、そうした枠を組み替えながら、人々の物の考え方や生活様式について、太古にまで遡って根本から明らかにしようと再出発する者にとって、本書は「知的勇気」を与えてくれる。

第四部　浮浪ニヒリズムの克服

――藤田省三を読む

日本社会の底にあるもの
――『藤田省三対話集成2』

戦後の六十年にわたる時代は「失敗の時代」であった。『藤田省三対話集成1』の藤田の言を援用すれば、パブリックなセルフコントロールとしての規範意識にもとづいて、独立した自由な市民が相互に連帯して人民主権を確立することに失敗したのである。その主たる原因は、内面化された規制原理としての「精神の形式」（規範意識）を脱ぎ捨てた「丸裸の欲望自然主義」が生活の隅々にまで蔓延していたことにあった。この「規範的混迷の状況」は日露戦争後にすでに顕在化し、戦時統制時から戦後にかけて猖獗をきわめ、いまにいたるまで病魔のごとくに人々の精神にとり憑いている。この「混迷状況」を生み続けるものこそが、藤田によれば天皇制そのものなのであって、この状況のなかでは、福沢諭吉のいう「一身の独立」と、その独立した個人による相互主体的社会の成立は、福沢死後百年経っても依然として困難なままなのだ。

しかし、そうした状況にあって、例外的な三つの時期が戦後にはあった。一つ目は敗戦直後の

「戦後革命」、二つ目は「六〇年安保」と三池闘争、三つ目は六〇年代末期の「学生叛乱」の時期である。この三つの時期には「下から」の直接民主主義による大衆運動が爆発的に昂揚して、「瞬間的」ではあるが「支配者の無秩序な権力ニヒリズムに対して自律した秩序が人民の手によってつくられた」のであった。この「昂揚の中の自律的秩序」を生み出したものこそ、藤田によれば「戦後」を決定的に特徴づける「ホッブズ的自然状態」とでもいうべきものなのであった。渾沌たる「闇市的状況」のなかで、国家をいっさい当てにせず、タブラ・ラサ（白紙）の状態のなかから「俺のことは俺の自由なる判断でやるべきなのだ」（傍点藤田）という「自然的権利感情」にもとづいて、自分の生活権を公然と主張する「直接民主主義」が沸騰していた。「主権とは本来アナーキーな自然状態のなかに自然法に合った秩序を制定する権利のこと」である以上、そこには「人民主権」の萌芽がたしかに存在していた。

　この渾沌たるアナーキーな「自然状態」が産出した運動は、したがって当然のこととして「叛乱」や「騒擾」といった様相を呈していた。そこでは、政治的な主義主張以前の、自分の生活と権利を圧迫するものすべてに対する自分の「存在」を賭した、より根本的な「闘い」がみられたのである。たとえば六〇年代末期の「学生叛乱」が体現していたもののなかには、「地方」や農村から大都市へと流入してきた、「高度成長」からは完全に見捨てられ遺棄されていた貧民たちの内面奥深くに澱《おり》のように淀んでいるもの、すなわち、彼らの生活のあり方すべてを制縛している体制的なもの全体に対する「憤怒」や「憎悪」や「怨恨」や「呪詛」や、自己の存在と世界への「虚無感」や捨て鉢な「絶望感」などの、そうした否定的な諸々の情念があり、そしてそれが噴出されるときの、祭りのような昂揚感と解放感があった。そのニヒルでアナーキーな「情念」は、直接的な街頭行動のみならず、劇画やヤクザ映画やビートルズやフォークソングや都市のブルースとしての演歌等々の大衆文化芸能と結合された多様な形態で噴出されていた。この「お祭り騒ぎ」的に噴出してくる諸々の情念は、当時頻発していた「山谷・釜ケ崎」等の「寄せ場」と沖縄コザでの「暴動」や、水俣をはじめとする反公害闘争での「異議申し立て」のうちにも共有されていたのであり、それは遡れば、敗戦直後の「食糧メーデー」からはむろんのこと、「六〇年安保」の騒然たるデモとそれをヤジ馬的に見物して娯しむ庶民大衆（これは針生一郎の言うように深沢七郎『風流夢譚』のなかで戯画的に見事に表現されていた）の心情や、あるいは三池闘争を担った、家族の女たちを含む炭坑プロレタリアートの心性の深部からマグマのように噴出してくるものと同質のものでもあった。しかもさらにいえば、その情念の歪められねじ曲げられた噴出のひとつとして、たとえば「連続射殺魔」とレッテルを張られた最下層貧民永山則夫の殺人行為があったのだ。

　藤田はこうしたアナーキーな「騒動」に早くから注目していた。「強制権力のない、自由な個人の、自由な共同体を望む点では、私はアナーキストなんですよ」と公言していた藤田は、「戦前の日本で大衆のなかで一番エネルギーをもっている」共同体的アナーキズムが下層貧民や「部落民」等によって噴出された米騒動のなかに、「反近代の姿勢をとるところから生まれてくる近代化を進める力」を発見し、そこから「ドロドロとしたすごみのある近代」、いわば「もうひとつの近代」が創出される可能性を説いていた。藤田の思考的道筋に即して言えば、肝腎要《かなめ》のことは、「絶対的無産者」の爆発的エネルギーを担う共同体的でアナーキーな、瞬間的一時的「騒擾」を組織的プロレタリアートと結合させて持続的な「運動」へと発展転化させることであり、それなくしては人民主権と社会革命は達成されない。そうしてその「運動」の組織化には、「練達した大人」の老獪な生活技術とタクティクスやリアルで弾力的な精神を兼備する前衛的なオルガナイザーが必要とされる。しかし内面的規範と原理原則への感覚を欠落させて感性的にズルズルともたれ合う「パースナリズム」（したがって「もたれ合う」ことができなければつねに「内ゲバ」や分裂や「攻撃」がつきまとう）のなかからは、そうした前衛的な戦略精神とそれによる運動は、米騒動や戦後の三度にわたる「絶好のチャンス」においてさえ失敗に終わったのである。その意味において三つの昂揚期の「失敗」は、「戦後の失敗」の代表でありその典型であった。

かくして藤田は「規範的混迷状況」を産出し続ける元凶たる天皇制について、その「原初的条件」を、諸々の学問を徹底して学び直しながら太古にまで遡って精神史的に考察することになる。そのきっかけのひとつとなったものが、秋元松代の『常陸坊海尊』であった。この作品をめぐる廣末保らとの対話のなかで、藤田は「呪術信仰のもっている集団形成力の日本社会における意味」について述べながら、「明治」以後の天皇制国家による総力戦体制の強制的合理化機構が末端にまで貫徹される第二次大戦下に、原始天皇制の呪術的世界が「百鬼夜行」的な異端として追放されることを指摘し、さらにこの作品の最後で、「死んだよりも、もっとえぐねえざまになっ」て「生きながら死に腐れていぐ男」である主人公がまさに海尊となり、「わが身にこの世の罪科《つとみが》をば、残らず身に負うて辱かしめを受け申さん」と語る場面のなかに、天皇制の「万世一系のもと」をピタリと言い当てていたのである。即ち「万世一系」とは「狂い」を通じて続いているものであると。

かつて王権が危機を克服するプロセスは、「天つ罪」を犯したスサノヲを根の国に追放する神話や、諸々の宗教的罪を贖うスケープゴートを根の国へと祓いやる大祓の儀礼などによって表現されていた。追い払うところが根の国であるのは、そこが罪けがれをがぶがぶと呑み込むことによって、豊饒をもたらす「母なる」力能を孕んでいたからである。罪けがれを背負い受容するものこそが、豊饒の源泉として呪的に崇拝されたのだ。天皇制が自らを永続化させるためには、自身が生み出す「罪科」や「呪術的野蛮」を一身に背負ってさすらう「異類異形の者」を次々と排出しなければならなかった。その者たちは「式部」や「海尊」や諸々の乞食芸人として遍歴し、蔑視されながらも同時に畏怖の念で崇められていた。天皇制は「聖」と「賤」の両世界を往復するこれらの乞食どもをくり返し排出することによって、「根の国」からの豊饒なエネルギーを吸収しながら危機をのりこえ連綿とうち続いてきたのである。かくして、筆者流に読解するならば、藤田のいう「万世一系のもと」とは、時間を排除した「永劫回帰」の悪無限的循環以外の何ものでもない。換言すれば、それは過ぎ逝く時間をしてあたかも「風に吹き上げられるテーブルクロスのように捕まえ折り返」して、「不死の状態」へと無時間化する神話的時間そのものなのだ（レヴィ＝ストロース）。この「万世一系」にわたる「永劫回帰」の構造は、かつて広く深く民衆の世界に根ざして王権をその基盤から呪的に支えていた擬死再生儀礼としての「成年式」とおそらく関連する。その永劫回帰の成年式は、古来、「追放と帰還」を典型的なパターンとする「ゆきて還りし物語」（蘇り）として神話や昔話のなかでさまざまに語り継がれてきた。そうして現実の歴史においても王権が危機に直面したとき、天皇や法皇自身がしばしば「吉野」や「熊野」――紀伊国は「木の国」として文字どおり「根の国」への入り口のひとつであった――に詣で、民衆の呪術的世界をくぐり抜けて体得した「験力」によって王権を呪的に蘇生させたのである。

こうして藤田は、神や王や「異類異形の者」が「軽蔑と尊敬」や「畏れと追放」といった「両義性の結節点」に、その両者の交錯する境界に成立することを突きとめる。この観点は、靖国神社境内の「猿曳き」や「鉢たたきの七兵衛」などの零落した「乞食芸人《ほかいびと》」のなかに聖なる「マレビト」、すなわち王としての天皇の原像をみた折口信夫や、「小栗判官」などの「漂泊の物語」のうちに、罪や禁忌や「かさぶた」を背負わされた芸能民が、定住民と「相互に犯し合うことによって相寄る救済と呪縛」の「マージナルな時空」を読みとった廣末保の識見と密接に連関している。

このクニの大衆の最強のエネルギーは、あらゆる貧苦を背負わされた農漁村の共同体のうちに、そしてそのエネルギーを都市へと持ち込んだ、蔑視された伝統的大衆芸能民とそれを受け入れた都市貧民のうちにあった。「苦痛」を担わされたそれら下層共同体と貧民や大衆芸能の奥底には、藤田と同じく小さなコミュニティに注目していた谷川雁が「農村の無政府的な共和主義」とか、「貧農・漁民的アナーキー」と命名したものへの強い欲動が潜在しているのであり、それは現在の都市的大衆にあっては、もはや意識の奈落の底へと下降していくよりほかには逢着しえない、そのような根源的なものなのである。「社会」と「意識」の最下層において通底し合っている根源的な「地下水脈」から、アナーキーで共和主義的な、いわば「鶏犬の声が聞こえる小国寡民」のコンミューンへの翹望が「自然的渾沌状況」に衝き揺すぶられて、ネガティヴな諸情念とゴッチャになって突如噴出するとき、このクニの大衆運動は「下から」盛り上がってくるのであり、それが米騒動や戦後の三つの「騒擾」であったのだ。規範的精神と市民相互の連帯が成立しがたいこのクニにおいて、「下から」の変革を企図するためには、このアナーキーな「共同体的エネルギー」が唯一の拠り所なのだが、しかしそのエネルギーこそが同時に天皇制の「原始的呪術的野蛮性」を支えて担い、天皇制そのものを再活性化する源となっているのだ。したがって盛り上がったエネルギーはその都度天皇制へと回流して吸収され、「騒擾」はたちまちにして鎮静化してしまう。ここに天皇制にまつわるきわめて困難なアポリアがある。貧苦や「罪」や「汚れ」を背負い背負わされた貧民大衆のエネルギーを、天皇制へと回収させてはならない。その回収作用を阻むためには、少なくとも精神のあり方としてはいかなる方法が要求されるのか。

そのひとつの方法が廣末保のいうような、「万世一系的なものをふまえながらそれを逆にカリカチュアライズ」する『風流夢譚』的方法である。民衆の伝統のなかに生き続ける原始的・呪術的性格をも保有した天皇一族を徹底的に戯画化して、あたかも異形・異類の奇型者が「因果もの」を演じる見世物小屋を、呼び込み口上に釣られて侮蔑と畏敬のまなざしで覗くかのごとくにして深沢七郎は語った。「血族結婚が長い間続いて、頭脳は弱くなつて、頭も顔も小さく足長蜂のような形で、胴体は長くてムカデの様な、手や足は無毛で兎の様な形で、眼鏡をかけていて、大きさは一メートル四十糎ぐらいの皮をむいた蝦や蝦蛄（シャコ）の様で、くねくねと動いている天皇御一家の写真を予想していたのだつた。そうして将来、国民は「これがおいらの祖国だナ」と、国宝の様な、偶像の様な、神秘な、驚異や、尊厳の眼で見つめるのだ。（それが、すつかりダメになつちやつたんだよ）と、僕は御成婚の日にテレビを見ながらガッカリして眺めていた。（中略）天皇陛下や国民が幸福になるにはもつと血族結婚が続けばいいと思う。これが僕の精一杯の祖国愛なのだ。」（「これがおいらの祖国だナ日記」『群像』一九五九年十月号）。ここには、大衆芸能や娯楽を媒介として、何事にもイチャモンをつけたがるヤジ馬的民衆のアモルフでヤケッパチの心情を、アイロニーを込めてパラドキシカルに組織化する方法と視点があった。しかも同時に、天皇制に依拠したり容認したりすることを半永久的に続けるしかない日本人が徹底的に戯画化・滑稽化されているのだ。しかしながら天皇制の当否についての論議さえはばかられ、ましてや天皇一族に対するパロディや皮肉や揶揄をタブーとする「黙契」が半強制的に蔓延しているとき、こうした表現方法は自覚的に追究されることもなく、暗黙のうちに「御禁制」となってしまっているのだ。したがって深沢の言葉を借用させてもらえば、「それが、すつかりダメになつちやつたんだよ……。これがおいらの祖国だナ」と、いまさらながらにガッカリする仕儀となる。

かくして、このクニにおいては独立した個人によるデモクラティックな「近代」も、「ドロドロとしたすごみのある近代」も両方とも陽の目を見ることのないままに、七〇年の「万博」（戦後転向期以来の、いわゆる「前衛芸術家」たちの集団転向を促した）を直接的契機として、コンミューンへのユートピア的な「心指し」と「自然的渾沌状況」そのもの二つが同時に消滅してしまったのだ。以降、精神は天皇制に繫縛されたままで、糸の切れた凧のように浮遊する大衆の欲望は、「形式」を脱いだ「丸裸」のゆえに、それだけいっそう簡単に「マーケッティング」によって「マインド・コントロール」され、消費への衝動をますます増殖肥大させている。そこでは、「生きている」という自己に固有の存在感覚を創造する「生への欲動」すらも資本の論理によって完全に管理操作され、かくして人間の経験はむろんのこと、「相互主体的経験のアンサンブル」としての社会そのものが根幹から崩壊してしまっているのだ。その結果、いま現在そこにあるものは、社会の瓦礫のなかに蟠踞する会社組織と機構だけという惨憺たるありさまとなり、その組織や機構から「追放」された者は、かつてのように「畏れと追放」や「軽蔑と尊敬」の両義性を完全に奪われて、「フリーター」や「派遣契約社員」や失業者やホームレスや、要するに二十一世紀版「寄せ場人足」として「廃墟」のなかを漂流し続けるほかはないのだ。これはまったく新しい「野蛮」であり、この「野蛮と廃墟の時代」こそが藤田が自ら言う「絶望の時代」であり、そしてその「絶望を通りこしてから絶望について書き始めた」時代でもあった。

　この『対話集成2』においても、七〇年代以降の藤田の言説からは苦痛のこもったユーモアと苦いアイロニーが滲み出ている。それはたとえば、足尾鉱毒事件を意識的にもみつぶした悪人陸奥宗光の政治における人間洞察力とオルグ眼を賞めたたえるとき、歌謡とは「嘆声の拡大された形」にせよ、ジャズのもっている黒人社会の深い「嘆き」の質がこのクニで聴くジャズにはないと指摘するとき、あるいはまた、人間としてある種の抵抗感をもっていたがゆえに期待していた人までもが賞のほめ言葉に対する抵抗を失ってしまったとか、「近代文学」派の人々にとっては「自分」がいちばん大事だが、花田清輝は「関係」を大切にする、その花田への追悼文のなかで「心臓は犬にくれてやった」という肝腎のところを「魂は犬にくれてやった」ととり違える時代になってしまったとか、大勢が滔々と流れ出すと日本人は一斉にそれに流される、そういうとき福沢は必ず反対側から物を言っているとか、さらに、弱く貧乏で劣勢であっても独立した人格ならしゃんとするのが諭吉のいう「瘠我慢」だ……などというところにひときわ強く滲み出ている。

　七一年に「浪人生活」を開始してからの藤田は、自分を孤絶した絶対的少数者として措定し、しかも放り出された一個の石ころと感受する「実存感覚」を保持しつつ、有名性や「業績」を拒否し、「進歩」とはルネサンスを繰り返すことだと洞察して、つねに「古典」を範として過去の方角を向きながら「後ろ向きに」前進し、かくも無惨な世界と現実と「存在」の「根拠」を徹底的に考察するために、その「根拠」へとまっしぐらに「没落」しようとし、世間から見れば「瓦礫とゴミの山」としかみえないもののなかから喪失してしまった大切な経験の「破片」を、ロマンチックなノスタルジーや美的陶酔に陥ることなく、冷静にひとつひとつ「バタ屋」のように拾集しようとするのだから、孤立して陋巷に困窮しようともどうにも仕様がなくなって、かくして藤田は今日も「南海先生独り酒を飲む」如き仕儀となる……。藤田は廣末保との対談の最後で「文学精神の基本には（略）おれは人生の敗残者だっていうのが、ある核心のところにあったでしょう」と述べて、「私たちは退屈な敗残者です。にもかかわらず、ちっとも後悔などしていません。悔い改めることのない迷路です。」と締めくくっていた。たしかに藤田こそ、戦後の「敗北」や「失敗」や「喪失」を断固として引き受けて、それらのもつ精神史的意味について徹底的に考察した人であり、それが七〇年代以降の数々の傑作として結晶化したのである。

藤田が逝って三年、「廃墟と絶望の時代」にたたき込まれている私たちに必要とされる肝腎要のことは何か。それは今日ますます世界の「辺境」や「末端」へと放逐されたり、逆に大都市内部の「ゲットー」へと封じ込められている落ちぶれ者や、ルンペンやホームレスや諸々の難民・移民とディアスポラたちの人間的経験に学ぼうとする精神である。彼らの「失敗と敗北」の経験のうちにこそ、世界資本主義の「支配と搾取のゴミの下」に投げ捨てられていながらも、それでもなお「燦然と輝きを放っているもろもろの美徳」（スピヴァック）や「生きること」への根源的エネルギーや私たちが亡くしてしまった大切な知慧が包含されているのだ。そうして、社会的矛盾や苦痛と「罪悪」を一身に背負わされている、現代の乞食漂泊者であるこれら受難者たちこそが、世界を切り開くことができる「普遍性」を唯一代表しうることを徹底して認識しなければならず、その認識眼をもって受難者たちと「苦難を共有する」、そうした義侠の「心指し」をもつことが大切なのだ。しかも実は、その「心指し」をもって、全き消滅としての廃墟のなかから蠢き出した闇市的自然状況のうちに、「葦牙《あしかび》の如く萌《も》え騰《あが》」り生まれ出づる創造の根源を発見し、「崩壊」や「敗北」や「虚無」や「悲惨さ」が、同時に「再生」や「生成」や「復活」や「明るさ」を含みもって「両義性の光芒」を発揮しているのを垣間みたものこそが、藤田のいう、そして藤田自身が紛れもなく体現していた「戦後精神」にほかならない。それは花田清輝によって「復興期の精神」と命名されたものでもあった。かくして現在只今の焦眉の精神史的課題は、この「復興期の戦後精神」を再び復興させることであり、その精神への「復初」を企図し、そこから再出発する知的冒険へと旅立つことである。その「冒険」を企てる者のみが「現実に経験を根づかせるものは何か、経験をどれだけ救えるのか」（サイード）、人間社会をいかにして再生しうるのか、という問いに応答しうるのだ。むろん、その精神の道行きは、「現代の多数派から見るとき確かに烏滸の道としか写らないであろう」（藤田「今日の経験」）が、その道を歩もうとする者は、藤田省三の語る言葉に再び三たび深く静かに聴き入らなければならない。

過ぎ去りしものからのユートピア

――『精神史的考察』

戦後精神に輝きを残す傑作のほとんどは、そのジャンルを問わず、それらを創造した人たちの十五年戦争中の抵抗の中から生み出されたものであった。弾圧や抑圧による「桎梏を転じてバリケード」（花田清輝）を構築しながら反転攻撃を準備していたのである。本書の著者藤田省三も、これらの人たちより世代は下ではあったが、戦争末期から戦後にかけての「崩壊」と「滅亡」と「廃墟」の中から、「天皇制的なるもの」に対するその精神史上の「抵抗」を開始した。戦争と戦後の闇市的状況においては国家が市民の生命を守る機能を完全に消失し、人々は「丸裸」のままで廃墟の中にたたき出され、死に直面していたのであって、生き延びるためには他人を殺すかも知れない、そうした「荒野の決闘」に平等に追いつめられていた。それはまさしくホッブス的な自然状態の出現であった。しかしその状態は、同時に「明治」以来初めてこの国の人々を国家から精神的に解放したのであり、権力の空白と渾沌たる混乱の中で、自分のことは自分の判断で自由に決定する初めてのチャンスが到来していた。それは主体的な個人によって下から自主的に社会が形成される絶好の機会でもあったのだが、その時でさえも自主的ルールは確立することなく、機構的に上から秩序が押しつけられてしまったのである。自由な主体による社会形成を阻んだそのものこそが天皇制的な国家なのであり、以降著者は、近代天皇制の支配原理の解明とそれの克服による自由な精神主体と人民主権の確立を目指すことになる。その著者にとって画期となるのは一九七一年に法政大学を退職してからの十年間の「素浪人生活」である。エキスパートとして禄を喰むことを断固として拒否し、財産や地位や名誉等々とはスッパリと縁を切って「一個のそれ自体の存在」と化して、古代中世史、古典文学、社会思想史、人類学、神話学等々の学問の境界を「横行」してそれらの枠組を根底から突き崩し、いろいろな「セミナー」や研究会や勉強会で「座」を結んでは談論風発し、当意即妙で相互主体的な「対話」を展開しながら、物の考え方や感受性の在り方について徹底的に考察していた。それは素寒貧の「乞食者」に身をやつして「境界」を遍歴しながら、連衆たちの精神を組織して画期的な俳諧を創造した芭蕉的精神の現代的再生でもあった。著者は一切の利害関係から離脱する一介の「精神の鳶かぶり」へと「零落」することによって、精神の自由と内面の自立を我が物とし、そうした「独立の精神」をもって物事を即物的に観察していた。観察する物事と同一の地点に立ってその物事を冷静に受け容れ、精神の在り方や生活の仕方を事物との関係の中で考察すること、事物や出来事との自由な相互的交渉から人間の経験が生まれること、「物」には人間の経験が沈澱しており、現代では失なわれてしまった大切な経験を「断片」や「痕跡」としての過去の「遺物」へと遡って発見し、そこに結晶化されている精神を人類史的に辿り直すこと――これが即ち著者の言う「精神史」であり、こうした思考方法による鮮やかな結実が本書『精神史的考察』なのである。

「或る喪失の経験」は著者の哲学を最もよく表現したものだ。太古の人類社会（本源的社会）から継承されて人類史の核にあったもの――成年式やそれに関する物語やおとぎ話や隠れん坊が含み持っていた試練を含んだ社会的経験と、それのもつ相互主体的世界を再発見し、それと精神史的に対照させることによって、現代がその相互主体的経験を殲滅する全く新しい「野蛮」が跋扈する時代であることを物の見事に照射したのである。精神が存続するためには自由な相互的社会を再生させなくてはならず、その時勝利者には直ちに「その部署を棄て」て失敗や敗北を覚悟の上で再び物事の基礎からやり直すことによって敗北者とその経験を共有する、そうした精神的態度が要求されるのだ。「自己を倒壊させることから始め」て「基礎に達する崩壊と没落」をくぐり抜ける者こそが精神の破滅から再生しうると説く。かくして著者は太古からの千数百年にわたる「崩壊と敗北の精神史」を過去のいくつかの「断片」に沿って一気に疾走するのである。古代宮廷の顚落期や、「江戸時代」の崩壊期や、「維新の精神」の変質期や、「昭和軍国時代」の「自爆期」や、戦後の闇市的混乱期等々を駈け抜けて到達した本書最後の「新品文化」では、「経験」を喪失した現代の危機の核心を、エルンスト・ブロッホの言う「理性なき合理化」として把え、それを克服するために「想像力の飛躍性と理性の多義的な広さと経験の相互主体性とを組み合せ」ることを主張するのである。

何故に「敗北の経験」が大切なのか。「経験」とは「物事との間の驚きに満ち又苦痛を伴う相互交渉」(「今日の経験」)であり、「敗北の経験」においてこそ、手前勝手な思い込みや偏見や先入観が完膚なきまでに粉砕され、自明と思われたものすべてが崩壊して渾沌とした未知なる事態と衝突せざるを得ないのだ。そこには意図や主観を裏切る予期せぬ結果の連鎖が立ちはだかっているのであって、この意図と結果、意識と存在の「喰い違い」の「苦痛」を一身に体現する「受難者」としての「敗者」や「没落者」こそが、偏見や思い込みから解放され、他者や物事へと自らを開放してそれらと自分の関係を基礎から見つめ直すことができるのだ。それは物事を媒介させて自己への理解を深めることでもあり、自分の「失敗」や「没落」をもユーモアや苦いアイロニーをもって突き離す喜劇的精神を獲得することが可能となる。かくして「敗北者」は「失敗」の連続の果てに、あのチャップリン映画のラスト・シーンのように軽やかに再出発することができるのだ。まことに「渾沌」を潜り抜ける「ダンテ的地獄めぐり」の中にこそ経験の典型的形姿がある。

眼前に立ちはだかる「喰い違いの壁」は古来、「運命」とか「摂理」とかと言われ、それに絶望的に挑戦する者が「悲劇の英雄」と言われたのだが、「現代の英雄」は、この「喰い違いの苦痛」を全身で受容せざるを得ない零落した「難民」や「没落者」以外にはない。そうして「喰い違い」による「敗者の悲喜劇」を媒介として歴史のひき臼は回転して行くのであり、それを「理性の狡智」と言うのならば、受難者こそ悪魔的な狡智による歴史のレボルーション（回転）と人間の運命とを一身に担う歴史的主体といえるのだ。かくして『精神史的考察』からは、著者に深く内在している「ファウスト」的でヘーゲル的なダイナミックな精神を発見することができるのである。

「現代」は第一次大戦のカタストロフから出発し、そこからの再生への祈りが大切な思想には込められていたのだが、その祈りは未だに実現せず、全く反対にその破局的状況は極限にまで迫りつつあり、人間精神との相互交渉を拒否してアナーキーに自己増殖し続ける、疎外の極限としての「資本蓄積」（ローザ・ルクセンブルク）によって地球全体が喰い潰されようとしている。しかも、彪大な「受難者」を生み出すこのグローバルな「収奪」を自らの「延命装置」とすることによって、「経験の死に体」を辛うじて維持しているのが現代の都市なのである。そこでは、事物としての実体を完全に喪失した記号と情報のネットワークに呪縛されて、主体それ自身が「ニヒルな虚空」と化し、空虚な「今」を漂流し続ける他はない。歴史的な思考と想像力や現実感覚や実在感が完全に欠如したのが現在なのだ。「経験」と「歴史」が消滅しょうとするとき、それの再生を願う者はどうするのか。そのときこそ暗黒の渾沌・初発の根源へと「没落」するのだ。「超越」と「飛躍」を含んだ弾力的な想像力を働かせて、歴史の回転（レボルーション）を逆転させながら太古の始源にまで回転させてみることだ。そこには経験的精神の基礎である相互性の水源が在る。著者ははるか彼方に在る原始の中に永遠の彼方に在る来世のユートピアを発見したのであって、それはルソー的でマルクス的な想像力の再生であった。「もはや失なわれてしまったもの」と「いまだ実現しないもの」との間に強靱でしなるような橋を架け渡したのだ。ベンヤミンの言う如く「過ぎ去ったものの中に希望の光をかき立てるものがある」のならば、初発の根源への道は「未来への希望にみちた戻り道」なのであって、ユートピアへの想像力は太古の祖型へと到達する。

「経験」は元来両義的なふくらみをもつのであって、著者は太古（前世）と未来（来世）、死と再生、没落と復活、破滅と救済といった「極限同士の弁証法」（M・ジェイ）であるアレゴリカルな方法を貫いて経験の多義的な諸相を描き切った。そうして「過去のイメージは一回限りのひらめきとしてしか捉えられない」（ベンヤミン）ものである以上、過去の諸経験の結晶は、「振ると雪の降る風景が現われる」あの「ガラス球のおもちゃ」の一振りによってさっと現われるような「断片」や「切片」としてのみ表現される。しかもその「断片」のイメージの中には経験の「隠された次元」が重層的に圧縮されていなくてはならず、従ってその表現は、削りに削った抽象度の高い、しかも多義的な「エッセイ」の形式をとることになる。経験の結晶は、こうして「断片」としてのそれ自体において完璧に表現される「形式」に結合されたのであって、「魂」が「精神の基底に隠れて働く真実なるものの営み」であるならば、まことに『精神史的考察』という一冊の書物こそ、「魂と形式」（ルカーチ）が余すところなく具現された「エッセイ」なのである。「形式」に内在している「魂」が生気にあふれて輝き出しているのだ。

言うまでもなく「敗北の経験」にはきれいごとでは済まされぬ「憎悪」や「屈辱」や「恨み」や「後悔」等々が塗り込められており、「苦痛」もろともそれらを抉り出して受容し敗者と共有しようとする、そうした勇気ある義侠心が著者をして「書く」ことを強いるのだ。「書く」ことは著者にとって苦痛と共に在ってそれに耐えることに他ならない。そうして「書く」という行為には常に売名的性格がつきまとう。「書く」ことによって益々「虚栄」へと頽落してゆく「病理現象」が蔓延し、しかも言葉そのものが事物と乖離した虚偽の信号体系となり果ててしまっているとき、著者は「書く」ことに対して内側からブレーキをかける。苦痛を受容する著者の表現にはむしろ「書くまい」とする寡黙へと向かう抑制が深く内在しており、その沈黙と抑制に支えられ、それをバネとしてのみ「書く」というパラドキシカルで「苦い」行為が成立するのだ。著者の寡筆である所以がそこに在る。著者のエッセイにはアンビヴァレンツな「沈黙するための、沈黙を語るための言葉」（石原吉郎）が張りつめており、その文体からは「寡筆の輝き」とも言うべき「もう一つの閃光」が射してくるのだ。

普遍的道理に従う「義侠」の人

――「『安楽』への全体主義」

「『安楽』への全体主義」は、藤田の他の作品である「今日の経験」や「全体主義の時代経験」と三つ合わせてワンセットのものであり、他の二つの文章も併読されなくてはならない。これらの三作を通じて一貫するモチーフ、それは「二十世紀批判」に他ならない。

今まさに終ろうとしている二十世紀、それは如何なる時代であったのか。ズバリ一言で言えば全体主義の時代である。二十世紀を人類史的に画するものこそ全体主義なのである。二十世紀とは人類史上空前の高度技術文明の下で前古未曾有の野蛮が現に今も行われている時代であり、その前半は戦争と政治支配における全体主義、後半は藤田のいう「安楽」への全体主義として特質づけられる。戦争と政治の全体主義は、社会的結びつきを完全に失ってバラバラになった砂のような大衆によって圧倒的に支持されたものだが、現在の「安楽」への全体主義は、不快を一掃して「安楽」を追求する私たち一人ひとりの生活態度によって、恐ろしいことには無意識と無言のうちに、それが全体主義だと自覚されることなしに「完璧」なまでに支えられている。私たちの精神の在り方や心の動きがこの高度技術社会の全体主義を土台から支えているのであって、この「『安楽』への全体主義」一篇は、私たち一人ひとりの精神と感受性の在り方という人間の最も内側をくぐり抜けての全体主義に対する根本的な批判となっている。

読みながら自覚すべきことは、私たちの普段の生活態度とそれを支えている心の動きについてである。便利さや安楽を求めて快適な生活を送り、ピカピカの新製品を次々と使い捨て行く、こうした普段の生活が自然環境や異文化社会に対して甚大な被害を与えていることが既に明らかになっているにもかかわらず、それでもなおその生活を進んで受け入れているのは何故か。それは「不快の源そのものの一斉全面除去を願う心の動き」が動機として働いているからであり、私たちは、不快や苦痛と関係ある物や自然を根こそぎ消滅させることによって、あるいは他者におしつけることによって自分たちの安楽を享受しているのだ。この「快適で安楽な生活」は高度経済成長の結果もたらされたものである。その「成長への欲動」は「成長への全体主義」を伴って朝鮮戦争とともに勃起し、ついに現在の「高度技術大国」を生み出した。したがって本篇は、戦前・戦中の全体主義とこの国の歴史上空前の「敗北経験」についての反省を怠って高度経済成長をしゃにむに追求して来た日本の戦後そのものへの批判としても読み取られねばならない。

大自然と異文化社会を破壊して恬として恥じることのない「安楽への隷属」という生活態度は、その反作用として人間としての真当な感受性と精神構造の解体という悲惨な事態をまねく結果となった。試練を克服してえられる「成就の喜び」や自然を前にした「謙虚さ」などの大切な感情や、それらが与えてくれる生活の充実感を失って、「安らぎを失った安楽」という前古未曾有の逆説的で倒錯した精神に苛なまれている。充実を取り戻すために、一体、私たちはどう生きるのか。

藤田は別の箇所でおよそ次のように述べている。「経験」が喪失しつつある今、大切なことは「自分と違うものの独立性を深く承認して、そのうえで、そのものについて知りたいという感覚」を意識的に育てることである。自分と違った、自分以外の異質なものに関心をもち、それを知ろうと努めるためには、不快なものでも他者である限りはその独立した存在を認める、客観的で自由で寛容な精神が必要であり、そのことが自分自身の限界を知ることにつながって行く。自己批判の精神はここから生まれる。この自己批判力によって初めて人間は自分の行動や生活態度に内側からブレーキをかけることができる。倫理とはこの内側からのブレーキのことであり、この倫理意識を一番欠いているのが現在の私たち日本人である。日本の社会はきわめて同質性が強く、異質なもの、不快なものを排除しようとする、体質的に全体主義的なのが天皇制社会の特徴だ。しかも「設備」や「装置」や「完製品」によって完全なまでに均質化された「高度技術大国」の中では、圧倒的に大多数の人々が組織や機構の「保育器」によって保護されながら、自分とその組織が安泰ならばそれでよいとする「集団的ナルシズム」に感染しており、それ以外の生き方をする余地はほとんど残されていない。天皇制社会の土台の上に高度技術による画一化のローラーがプレスされて、私たちはほぼ全員が「全面絶滅戦争」に加担する罪を犯しているのである。こうした全体主義的症候群の真只中に在るときにこそ、先に述べた自己反省力が必要とされるのだ。人間には「触れてはならないもの」があり、それは太古からの自然の時間とリズムだけが作ったこの地球全体と生物であり、人間はその「はしくれ」に過ぎないという「謙虚」な姿勢もそこから生まれる。この謙虚な自己反省力に基づいて、私たち一人ひとりが自分の生活の全局面に対して一つひとつ注意深くなり、日常的に自分の「罪一等を減ずる」ように暮らすべきであり、それは自分でやらなければならない——と藤田は言う。

寛容で謙虚な自己反省力を分かち持った人々が人間としての限界を自覚して、少数であっても右のような生活の中で相互に協力し合うとき、其処に「文明の限度とそれを担う小社会」というユートピアが現実のものとなる。この「ユートピアとしての小社会」を一つひとつ増やしていって、老子の言う「小国寡民」の現代的再生を心指す努力が必要であり、それができなければ「地球はポイント・オブ・ノー・リターンを越えてしまった」というK・ローレンツの言葉がいよいよ現実のものとなるのだ。ここに二十世紀に生きる私たちが其処で跳ぶことを験されている最後の「ロドス島」が在る。

藤田省三の文章とその生きる姿勢に一貫して在るもの、それは「社会的矛盾から生じる苦痛」を一身に体現している「受難者」に対する徹底した「義俠心」である。そうして「総じて、いろいろな形で反ファッショの抵抗精神を結晶させていた『思想世代』が私の直接の先生であった。」（『天皇制国家の支配原理』あとがき）と書いているように、その「受難者」のために全体主義と闘った人、そのために殺されたり獄中でずっと耐えていた人（例えば古在由重）への尊敬の念である。それは人間の自由と普遍的な道理や主義（イズム）に従う精神から生まれるものであり、その姿勢には、「人類社会の苦痛」を解決しようとする行動が歴史を動かす原動力になるという考えがある。出発において近代政治学を学問として専攻しながら、思想的には丸山学派の中で最もラジカルであり、共産主義とマルクスの思想に共感を抱いていた所以でもある。藤田は左翼精神について「他人でなく自分がつぶれてよかったなあという風に思う前衛の精神」だと語っていたが、このいわば犠牲的な「義侠心」と、普遍的道理に従う精神が天皇制と全体主義に対する藤田の一貫した批判を生んだのだ（その著作と文章から生きる姿勢と精神が読みとれる、そういう文章を書けるところが凡百の学者先生と藤田との決定的な違いである）。

天皇制国家機構の特徴は「涙の折檻・愛の鞭」という言葉に示されるように、権力的な強制が「指導とか訓令とか勧告とかといった教訓主義の形をとって現われる」ところに在る。そこでは『強制装置』が『道徳的教訓機関』と一体となり、強制を教訓し教訓を強制しどっちがどっちか分らない傾向が貫いている。（中略）命令なら命令でハッキリしてくれるなら、こちらは反対なら反対とハッキリしやすいのだが、『教え』という口実で『命令』されると反対の方もアイマイになりやすい。そのアイマイさが習慣になって来ると、こちら側の精神構造自身がアイマイになって意識の表面のところで『教え』を律義に受け容れながら、生活を決定する心理と智恵の部分では原則抜きの自然主義的エゴイズムとなる。これが、天皇制国家と対応しながらそれと次元を異にする天皇制社会の精神構造の核心なのだ。このアイマイさを打ち破って、多面的な知恵と感覚を土台にした重層的な決定能力をわれわれが身につけた時、その時に人民主権は確立する。私が求め続けているのはそういうものだ。学問などはそのための道具の一つに過ぎぬ。学問至上主義を私が否定するのもその点においてだ。」（「諒闇の社会的構造㈠」）。「普遍的道理に従う義侠の人」藤田省三の全著作を一本の矢の如くに貫いている天皇制批判の核心がここに在る。（ちなみにあえて言うが、藤田の述べる天皇制社会の精神構造が最も露骨な形態で堂々とまかり通っているのが学校現場である。まさしく学校という日本最大の組織体こそが天皇制的全体主義をその土台から支えていることに我々教師が無自覚であることは恕されることではない）。この批判の矢が今まさに「安楽への全体主義」に向かって放たれているのだ。自然と生物を絶滅させ自らも不安とストレスに悩まされて人間性の解体に瀕する、そうした「社会的不幸」が存在する以上、これを解決しようとする動機が欠如した「純粋学問」などありはしない。「今日的段階で、より大きな社会的不幸が世界的規模で厳然としてある。それの成立過程をきちんと叙述し、解釈に努力する態度が第二、第三の新しい『マルクス』として出てこなければいけない」と藤田は言う。

さて、『『安楽』への全体主義』の作品としての特質に触れなくてはならない。

この論文はその柱ともなる論点を、R・セネット、K・ローレンツ、A・N・ホワイトヘッドに依拠している。しかし藤田はそれらの典拠を明記することなく、しかもあえて「種明かし」をしているのである。それは何故なのか。ズバリ言えば、セネットからは「安楽への隷属」を、ローレンツからは「不快を一掃した起伏のない精神」を、ホワイトヘッドからは「リズム」を、というようにして、全く異なる三人の著作から三つの「断片」を裁ち切って取り出し、それらを相互に関連させながら、その相互関係を「媒介項」として、全く新しい「作品」を構築しようとしたからである。それは三つの「断片」を「引用」したり「挿入」したり「継ぎ接ぎ」して構成する「モンタージュ」の方法であり、したがってこの建築物としての作品の素材となったそれらの「断片」は、「漆喰のはげ落ちた建物の、煉瓦積みの壁のように露出」（ベンヤミン）して、その骨組をあたかも骸骨のように晒したままなのである。崩壊した「価値」のかけらが散乱しあらゆる「意味」が拡散して相対化されてしまう、そうした渾沌とした現代の廃墟の真只中にあって、藤田はそこから三つの「破片」を拾って救い出し、それの解読を通して全体主義批判という普遍性を心指す作品を構築したのであり、その意味において、『安楽』への全体主義』一篇は廃墟からの救済を目指す、ベンヤミンの言う「復活のアレゴリー」の現代的再生でもあったのだ。

もはや紙幅も尽きたが、最後に、これも藤田の文章に一貫する「歴史を生きる」姿勢について触れなくてはならない。太古の昔から人間を鍛えて成熟させてきた「経験」とその母胎である相互主体的な社会が解体しつつあるとき、肝腎な事は、廃墟と化した歴史の瓦礫の中から過去の「問題的」な出来事の痕跡を発見し、失われてしまった大切な「経験」の意味を再考することである。かくして藤田は、「戦後史」「昭和史」「明治維新」「中世」「王権と神話」等々のいくつかの歴史的経験の痕跡を辿りながら、其処に深く内在しているその経験に固有の意味を「生まれ出づる状態」で探り出し、それを普遍的文脈に置き換えて再解釈する、そうした過去の否定的媒介を通じて相互性の世界を現代に再生させようとしたのである。藤田の言う「精神史」を貫く方法がここに在り、それは歴史を照射する「屈折したユートピア」の光によって過去が含みもっている未完の可能性を探り当てることであった。魯迅の言うように絶望も希望も同じく虚妄にすぎないとしても、ベンヤミンを論じたペーター・ションディの言葉を借りれば、もはや「希望は過ぎ去りしもののうち」にしか在りえないことも確かなことだ。そうしたとき、未来に対する「絶望」を自明の前提としつつなおも前進しようとする「精神の冒険者たち」にとって、「他者としての過去」との対話を通して歴史の受難者に社会を動かす原動力を見い出し、そうすることによって現代を反省的に克服しようとする藤田の作品に学ぶならば、大いなる勇気が湧いてくるに違いない。

あとがき

本書に収めた文章は、ほぼ三十年の間にポツリポツリと書き継いできたものである。したがって若書きで古くさい内容のものもあるが、加筆修正は誤字その他の誤りなどの最小限にとどめた。これらの拙い文章が一冊の本として刊行されるに値するか、その判断は読者諸氏に委ねるほかはない。

間遠ではあっても、なんとか書き繋いでこられたのは、西郷信綱先生と藤田省三氏の鞭撻があったからである。お二人とも物故されたが、あらためて深くお礼を申し上げたい。出版を快くお引き受け下さり、そのうえ御面倒なお仕事までしていただいた影書房の松本昌次氏、また拙文への適切な批評をして下さり、松本氏への仲介の労を取っていただいた本堂明氏に、心より感謝申し上げたい。

二〇一一年七月

武藤武美

初出一覧

或る批評精神の形姿　『みすず』1982年257号　みすず書房
浮浪文化と「第七官界」　『本と批評』1980年7・8月号　日本エディタースクール出版部
不安と混沌の原初的形態　「現代における古典学習の意味――平安朝文学を中心として――」（シンポジウムの報告から）第25回全国高等学校国語教育研究連合会神奈川大会　1992年11月
「操觚者」中野重治　『国語通信』2002年365号　筑摩書房
アナーキズムと芸能　『世界』2003年6月号　岩波書店
文学革命としての『空想家とシナリオ』　『世界』2003年7月号　岩波書店
「観音」と「車輪」　『世界』2003年9月号　岩波書店
傍観のパラドクス　『群系』第22号（2008年）
プロレタリア文学の再生　『群系』第21号（2008年）
葉山嘉樹の「転向」　『群系』第20号（2007年）
啄木・春夫・重治　『群系』第24号（2009年）
白鳥・折口・犀星　『群系』第26号（2010年）
チャップリンと浮浪者　『週刊朝日百科・日本の歴史』朝日新聞社　1989年
「戦後責任」とは何か　『歴史評論』2006年2月号　校倉書房
経験の発見　宮本常一『野田泉光院――旅人たちの歴史1』『国語通信』1985年274号　筑摩書房
或る生き方の探求　川崎彰彦『夜がらすの記』『国語通信』1985年277号　筑摩書房
〈女〉――この名づけえぬもの　J・クリステヴァ『中国の女たち』『国語通信』1985年280号　筑摩書房

一人一人に何が出来るか　E・ライマー『学校は死んでいる』『国語通信』1986年283号　筑摩書房
歴史的想像力の輝き　石母田正『日本の古代国家』『国語通信』1986年286号　筑摩書房
かくも慎ましき形姿　G・ヤノーホ『カフカとの対話』『国語通信』1986年290号　筑摩書房
濃やかさの追求　耕治人『天井から降る哀しい音』『国語通信』1987年294号　筑摩書房
ユートピアへの冒険　伊谷純一郎『ゴリラとピグミーの森』『国語通信』1987年297号
日本社会の底にあるもの　『藤田省三対話集成2』解説　2006年　みすず書房
過ぎ去りしものからのユートピア　藤田省三『精神史的考察』解説（平凡社ライブラリー）2003年　平凡社
普遍的道理に従う「義侠の人」　『国語通信』1994年340号　筑摩書房

武藤武美（むとう・たけよし）

1947年生まれ。1975年法政大学大学院日本文学研究科修士課程修了。
〈著書〉『物語の最後の王』（平凡社）

プロレタリア文学《ぶんがく》の経験《けいけん》を読《よ》む
——浮浪《ふろう》ニヒリズムの時代《じだい》とその精神史《せいしんし》

二〇一一年一一月一一日　初版第一刷

著　者　武藤《むとう》　武美《たけよし》
発行所　株式会社　影書房
発行者　松本　昌次
〒114-0015　東京都北区中里三—四—五
　ヒルサイドハウス一〇一
電　話　〇三（五九〇七）六七五五
FAX　〇三（五九〇七）六七五六
E-mail=kageshobo@ac.auone-net.jp
URL=http://www.kageshobo.co.jp/
〒振替　〇〇一七〇—四—八五〇七八

本文印刷=ショウジプリントサービス
装本印刷=ミサトメディアミックス
製本=協栄製本

定価　二、五〇〇円＋税

ISBN978-4-87714-418-0

本堂　明　**夢ナキ季節ノ歌**
——近代日本文学における「浮遊」の諸相　¥2500

藤田　省三　小論集　飯田泰三・宮村治雄編
戦後精神の経験　Ⅰ　1954〜1975　¥3000
戦後精神の経験　Ⅱ　1976〜1995　¥3000

廣末保著作集【全12巻】　月報・付　各¥3500
編集顧問　藤田省三　編集委員　岩崎武夫・田中優子・日暮聖
森健・山本吉左右
①元禄文学研究　②近松序説　③前近代の可能性　④芭蕉
⑤もう一つの日本美　⑥悪場所の発想　⑦西鶴の小説・ぬけ穴の首
⑧四谷怪談（品切）　⑨心中天の網島　⑩漂泊の物語
⑪近世文学にとっての俗　⑫対談集　遊行の思想と現代

戦後文学エッセイ選【全13冊】　月報・付　各¥2200
花田清輝集　長谷川四郎集　埴谷雄高集　竹内好集　武田泰淳集
杉浦明平集　富士正晴集　木下順二集　野間宏集　島尾敏雄集
堀田善衞集　上野英信集　井上光晴集

〔価格は税別〕　影　書　房　2011. 9 現在